보르헤스의 말

Borges at Eighty: Conversations, edited with Photographs by Willis Barnstone

보르헤스의 말

언어의 미로 속에서, 여든의 인터뷰

호르헤 루이스 보르헤스 · 윌리스 반스톤

서창렬 옮김

마음산책

옮긴이 서창렬

연세대학교 영어영문학과를 졸업했다. 옮긴 책으로 제임스 설터의 『고독한 얼굴』『소설을 쓰고 싶다면』『아메리칸 급행열차』, 줌파 라히리의 『저지대』『축복받은 집』을 비롯해 그레이엄 그린의 『사랑의 종말』『브라이턴 록』『그레이엄 그린』, 에이모 토울스의 『링컨 하이웨이』『모스크바의 신사』, 제프리 유제니디스의 『불평꾼들』, 앨리 스미스의 『데어 벗 포 더』 등이 있다.

보르헤스의 말

언어의 미로 속에서, 여든의 인터뷰

1판 1쇄 발행 2015년 8월 25일
1판 10쇄 발행 2024년 9월 5일

지은이 | 호르헤 루이스 보르헤스 · 윌리스 반스톤
옮긴이 | 서창렬
펴낸이 | 정은숙
펴낸곳 | 마음산책

등록 | 2000년 7월 28일(제2000-000237호)
주소 | (우 04043) 서울시 마포구 잔다리로3안길 20
전화 | 대표 362-1452 편집 362-1451 팩스 | 362-1455
홈페이지 | www.maumsan.com
블로그 | blog.naver.com/maumsanchaek
트위터 | twitter.com/maumsanchaek
페이스북 | facebook.com/maumsan
인스타그램 | instagram.com/maumsanchaek
전자우편 | maum@maumsan.com

ISBN 978-89-6090-236-7 03800

* 책값은 뒤표지에 있습니다.

우리는 승리를 얻을 수도 있고
재앙을 겪을 수도 있지만,
그 두 가지 허깨비를 똑같이 취급해야 해요.

■ 일러두기

1. 이 책은 보르헤스가 1976년과 1980년에 한 인터뷰 열한 개를 모은 책이다.
2. 인터뷰의 시기·장소·인터뷰어는 각주로 표기하였다.
3. 외국 인명·지명·작품명 및 독음은 외래어표기법을 따르되 관용적인 표기와 동떨어진 경우 절충하여 실용적 표기를 따랐다.
4. 원서의 부연은 소괄호로, 옮긴이 주는 글줄 상단에 맞추어 작게 표기하였다. 원서에서 기울여 강조한 글자는 작은따옴표로 처리했다.
5. 국내에 소개된 소설, 영화 등은 번역된 제목을 따랐고, 국내에 소개되지 않은 작품은 원어 제목을 독음대로 적거나 필요한 경우 우리말로 옮기고 원어를 병기했다. 작품명이 영어로 언급된 경우 영어 제목을 적었다.
6. 영화명, 잡지명은 〈 〉로, 책 제목은 『 』로, 편명은 「 」로 묶었다.

서문

윌리스 반스톤

1975년 크리스마스, 부에노스아이레스에서 보르헤스와 나는 시민들의 시위로 긴장이 고조된 분위기 속에서 크리스마스 만찬을 함께했다. 보르헤스는 매우 근엄했다. 우리는 좋은 음식을 먹고 좋은 와인을 마시면서 얘기했지만, 마음속으로 이 나라의 우울한 분위기를 느끼고 있었다. 자리에서 일어나야 했을 때 우리는 버스와 택시 기사들이 파업을 벌이고 있었으므로 걸어가야 했다. 그런데 보르헤스는 신사였으므로 그의 벗인 마리아 코다마보르헤스보다 서른여덟 연하의 비서, 1986년 4월 보르헤스와 결혼하였다를 먼저 집에 바래다주어야 한다고 고집을 부렸다. 그녀의 집은 이 대도시의 반대쪽 끝에 있는데도 말이다. 그러나 눈이 먼 일흔다섯의 노시인에게 그것은 버거운 일이 아니었다. 그는 걷는 것을, 특히 밤에 걷는 것을 좋아했고, 그건 대화를 나눌 핑계로 삼기에 좋았다. 우리는 바람 불고 스산한 분위기의 어스름 속에서 천천히 거리를 걸었다. 시간이 지날수록 보르헤스는 거리의 갖가지 특징과 시력을 잃었음에도 그가 어떤 식으로인가 알고 있는 건축물, 그리고 몇

안 되는 행인들을 알아차렸다. 얼마 후 갑자기 버스 한 대가 도착해서 마리아가 올라탔고, 우리는 보르헤스의 아파트로 걸음을 돌렸다.

우리의 바람대로 마리아가 안전하게 집으로 돌아가고 있을 터이므로 나는 더 이상 보르헤스의 걸음을 재촉할 이유가 없었다. 그때 처음으로 그가 길을 모르는 게 아닐까 생각했다. 그가 몇 걸음 걷고 나서는 걸음을 멈추고 뭔가 중요한 얘기를 하면서 마치 길을 잃은 것처럼 주위를 빙빙 돌았기 때문이다. 그러나 그건 아니었다. 그는 자신의 누이인 노라와 그들의 어린 시절 얘기를 하고 싶어 했고, 약 40년 전에 브라질과 우루과이의 국경에서 총에 맞은 흑인을 보았던 얘기와 19세기의 내전에 군인으로 참여했던 조상들에 대한 얘기도 하고 싶어 했다. 그는 지팡이가 종종 허름한 인도에 난 구멍이나 조그만 도랑을 짚을 때마다 가던 길을 멈추고 서서 배우 같은 동작으로 크게 기지개를 켜곤 했다. 늘 그렇듯이 나는 보르헤스의 성격과 사적인 이야기가 적어도 그의 글만큼 심오하고 기지가 있으며, 바로 이 점이 그의 글 자체에—적어도 나에게는—확신을 갖게 해주는 거라고 느꼈다. 우리는 새벽이 되어서야 그의 아파트에 도착했다. 또 한 번의 긴 대화로 밤을 보낸 것이다.

다음 날 오후 우리는 세인트제임스 카페에 함께 가서 세 시간 동안 단테와 밀턴 얘기만 했다. 저녁이 다가올 무렵 나는 묘한 애수를 느끼기 시작했다. 우리는 그의 아파트를 나와 저녁을 먹으러 막심스라는 식당으로 갔다. 그때 내가 말했다.

"보르헤스, 나는 언제나 당신의 말과 나의 활기를 희미하게나마 기억하겠지만, 구체적으로 기억하지는 못할 거예요." 보르헤스가 내 팔을 잡고 전형적인 역설의 표현으로 위로의 말을 건넸다. "스베덴보리가 그랬지. 신이 우리에게 뇌를 주신 건 망각할 수 있게 하려는 것이라고."

그가 비행기에서, 차에서, 거리에서, 식당에서 그리고 거실에서 했던 말들을 내가 전부 기억하는 것은 불가능하다. 하지만 다행히도 이러한 방법으로나마 그의 놀라운 솔직함과 어리둥절해하는 모습, 지성이 우리 모두를 위해 기록되었다. 내 경험에 의하면 그에게서 느꼈던 소크라테스적 대화의 자질과 심오하고 즐거운 사색과 응수는 어떤 사람과의 대화에서도 없었다. 보르헤스 특유의 우정 어린 말씨로 다른 사람들과 나눈 몇 시간 동안의 대화들이, 그의 생각이 기록으로 남아 있다는 게 우리에게는 얼마나 다행스러운 일인가.

1976년에 호르헤 루이스 보르헤스는 사흘 동안 인디애나대학에서 열린 그의 삶과 글쓰기에 관한 공개 대화에 참여했다. 그리고 1980년 봄, 다시 인디애나대학으로 돌아와서 한 달 동안 윌리엄 T. 패튼 재단에서 지원하는 기금으로 만들어진 패튼 석좌교수직으로 비교문학과와 라틴아메리카문제연구소에 몸담았다.

또한 보르헤스는 1980년에 다른 대담을 위해 시카고, 뉴욕, 보스턴을 여행했다. 시카고대학에서는 많은 사람들에게 연설을 했다. 펜클럽 미국 본부에서는 엘라스테어 리드, 존 콜먼과 인터뷰를 가졌다. 딕 캐빗 쇼에도 출연했다. 컬럼비아대학의 버틀러도서관에서는 수많은 청중이 경청하는 가운데 강연하기도 했다. 여기서 그는 이렇게 말했다. "군중이란 것은 환상입니다. 그러한 것은 존재하지 않습니다. 나는 여러분에게 개인적으로 얘기하고 있는 것입니다." 보르헤스는 뉴욕에서 매사추세츠공과대학으로 갔고 보스턴대학, 하버드대학, 매사추세츠공과대학이 후원하는 토론회에 참여했다. 보르헤스가 케임브리지에 간 것은 하버드대학에서 찰스 엘리엇 노튼 시詩 교수로 재직했던 1967년 이후 이때가 처음이었다.

이 책에 실린 보르헤스의 사진들은 1975년에서 1976년 사이에 부에노스아이레스에서 찍은 것들이다.

차례

난 의무적인 독서는 잘못된 거라고 생각해요.
의무적인 독서보다는 차라리 의무적인 사랑이나
의무적인 행복에 대해 얘기하는 게 나을 거예요.
우리는 즐거움을 위해 책을 읽어야 해요.

비밀의 섬

또 다른 비밀의 섬을 얘기해볼까요? 맨해튼을 얘기하는 건 어때요? 맨해튼을 생각할 때, 사람들은 뉴욕을 공공의 도시로 생각하죠. 그렇지만 여러분들은 그 도시에 눈이 멀게 돼요. 태양에 눈이 멀게 되듯이 말이에요. 태양은 물론 비밀스러운 것이에요. 오직 독수리만이 태양을 볼 수 있다고 하죠. 나는 뉴욕을 볼 수 없어요. 내가 눈이 멀어서 그런 게 아니고, 뉴욕이 내 눈을 멀게 해서 그런 거예요. 동시에 난 뉴욕을 사랑해요. 나는 뉴욕을 말할 때 즉시 월트 휘트먼을 떠올리죠.

오클랜더 이곳에 앉아 계신 모든 사람들이 호르헤 루이스 보르헤스를 알고 싶어 합니다.

보르헤스 나도 그랬으면 좋겠어요. 나는 그 사람이라면 넌더리가 나는 걸요.

이 인터뷰는 1980년 3월 인디애나대학교에서 열렸다. 인터뷰어는 호르헤 오클랜더(Jorge Oclander)와 윌리스 반스톤.

오클랜더 우리에게 당신만의 도서 목록을 알려주시겠습니까? 젊었을 때 어떤 책을 즐겨 읽으셨는지요?

보르헤스 지금도 즐겨 읽는 책들이에요. 나는 스티븐슨을 읽고, 키플링을 읽고, 성경을 읽고, 『아라비안나이트』를 에드워드 윌리엄 레인 번역본으로 읽고, 나중에는 그걸 버턴 번역본으로 읽었지요. 그리고 그 책들을 다시 읽고 있어요. 나는 살아오는 동안 적지 않은 책을 읽었고, 그걸 다시 읽는 경우도 많았어요. 1955년에 시력을 잃는 바람에 더 이상 목적을 갖고 책을 읽을 수 없게 되었고, 그 후론 당대의 책들을 읽으려 하지 않았답니다. 나는 평생 신문을 읽지 않은 것 같아요. 우리에게 과거는 알 수 있는 것이지만, 현재는 눈에 띄지 않게 감춰져 있지요. 현재는 역사가들이나 스스로를 역사가라고 부르는 소설가들에 의해서 알려질 것입니다. 그러나 오늘날 발생하고 있는 일들은 우주의 총체적 신비의 일부일 뿐이지요.
나는 읽었던 책을 다시 읽는 것을 좋아했어요. 제네바에서 프랑스어를 배웠고, 또 라틴어를 배웠지요. 그리고 내가 어떤 시에서 말했듯이, 라틴어를 잊어버렸다고 해도 라틴어를 배운 건 재산이에요. 나는 스페인어를 사용하기 때문에 어떤 의미에서는 일종의 변칙적인 라틴어를 구사하고 있는 것이지만, 아무튼 나는 언제나 동경과 일종의 향수를 느끼며 라틴어를 되돌아보곤 한답니다. 전 세계에 걸쳐 아주 많은 작가들이 이런 감정을 느끼지요. 나의 영웅 중 한 사람인 새뮤얼 존슨은 아주 성공적으로 영어에서 라틴어를 사용하는 시도를 했어요. 케베도, 새베드라 페하르도, 공고라는 라틴어를 스페인어로 아주 멋지게 사용했지요. 어떤 의미에서 우리는 라틴어로 돌아가야 하고, 모두 그러기 위해 최선을 다하고 있는 거예요. 계속 옆길로 새는 것을 용서해주세요. 나는 쇼펜하우어를 원서로 읽고 싶어서 제네바에서 혼자 독일어를 공부했어요. 그리고 독일어를 아주 즐겁게 배우는 방법을 발견했지요. 독일어를 모른다면 당신들에게 이 방법을 권합니다. 방법은 이래요. 하이네의 『노래의 책Buch der Lieder』을 한 권 구하세요. 그 책을 구하는 건 쉬울 거예요. 그리고 독영 사전을 구하세요. 그런 다음 읽기 시작하는 거예요. 처음엔 쩔쩔매겠지만, 두세 달 뒤엔 자신이 이 세상에서 최고로 멋진 시를 읽을 수 있다는 걸 알게 될 거예요. 아마 시를 이해하는 게 아니라 느끼면서 말이에요. 시는 이성을 위해서가 아니라 상상을 위해 존재하는 것이므로 그게 훨씬 좋은 거지요.

내가 시력을 잃고 더 이상 책을 읽을 수 없게 되었을 때, 나는 이렇게 말했답니다. 이건 끝이 아니야. 나는—내가 언급했어야 할 어떤 작가가 말한 것처럼—"요란한 자기 연민에 빠지지 않을 거야." 그렇고말고. 이건 새로운 경험의 시작이라는 것을 입증해야 해. 그러고 나서 생각했어요. 조상들이 썼던 언어를 탐구해야겠어. 그분들은 머시아영국 중부의 옛 왕국와 지금은 노섬벌랜드라고 부르는 노섬브리아에서 그 언어를 사용했을 거야. 나는 고대영어로 돌아갈 거야. 그래서 마리아 코다마를 포함하여 조그만 그룹을 만들었고, 고대영어를 공부하기 시작했답니다. 나는 많은 시구를 외우고 있어요. 아주 멋진 시들이죠. 감상적인 구절은 전혀 없어요. 전사와 사제, 선원들을 위한 글인데, 그리스도 시대 이후 약 7세기 무렵에 영국인들은 이미 바다를 보고 있었다는 걸 알게 되죠. 초기의 시를 보면 자주 바다가 나오는 걸 보게 돼요. 이런 일이 영국에서 일어난 거예요. 우린 "on flodes æht feor gewitan(바다의 힘에 의해 멀리 여행하다)" 같은 훌륭한 시구를 만나게 된답니다. 실제로 나는 바다의 힘에 의해 멀리 여행을 와서 지금 이곳에, 아주 행복하게, 당신들의 대륙 한가운데에 있는 거예요. 나는 남아메리카 사람이니까 나의 대륙이기도 하군요. 나의 대륙은 아메리카니까요.

그런 다음 아이슬란드어를 공부했어요. 실은 어린 시절에 이미 그 공부를 시작했던 셈이에요. 아버지가 나에게 윌리엄 모리스가 영어로 번역한 『볼숭의 전설Volsung Saga』이라는 책을 주었으니까요. 나는 그 책을 무척 좋아했고, 그러자 아버지가 게르만 신화 안내서를 나에게 주었어요. 하지만 그 책은 스칸디나비아 신화라고 했어야 마땅한 책이었지요. 왜냐하면 독일과 영국, 네덜란드와 스칸디나비아 대륙은 이미 신에 대해 다 잊어버렸으니까요. 그 기억이 아이슬란드에는 살아 있었지요. 나는 2년 전에 아이슬란드—윌리엄 모리스는 이 나라를 "북쪽의 성스러운 나라"라고 표현했던 것 같아요—로 순례를 떠났어요. 그렇지만 어린 시절 모리스의 『볼숭의 전설』과 게르만 신화 안내서를 읽었을 때 이미 그 순례를 시작했던 셈이지요. 아이슬란드는 우리를 위해 북쪽의 기억을 간직해왔어요. 우리는 모두 아이슬란드에게 빚을 지고 있는 겁니다. 거기에 갔을 때 느꼈던 것들은 말로 표현할 수 없을 정도예요. 나는 전설과 신화를 생각했지요. 그곳의 신화를 생각할 때면 「그린란드 시」라는 한 편의 시도 떠올랐어요. 이 시는 고대 스칸디나비아 사람이 그린란드에서 썼거나 읊었던 것으로, 아틸라5세기 전반기에 살았던 훈족의 왕에 관한 시예요. 색슨족은 그를 아틸라라고 불렀지만, 고대 스칸디나비아인은 '아틀'이라고 불렀고 게르만족은 '에첼'이라고 불렀지요. 나는 여러 곳에서 아이슬란드에 대해 언급했습니다. 내가 그곳에 갔을 때의 느낌과 그곳 사람들을 보았을 때의 느낌이 어땠는지, 매우 상냥하고 키가 큰 사람들이 나를 둘러싸고 있을 때의 느낌이 어땠는지 얘기해왔어요. 그리고 고대 북유럽의 전설과 신화들에 관한 얘기를 나누었지요.

방금 나는 비밀의 섬이라고 할 만한 곳에 대해 얘기했습니다. 그리고 두 번째 섬—난 모든 섬은 비밀스럽다고 생각해요—에 대해 얘기하려고 합니다. 작년에 일본에 갔다가 나에게는 몹시 생경한 것들을 발견했어요. 믿기 힘드실지 모르나 나는 대단히 문명화된 나라에서, 동양 밖에서는 거의 만나기 힘든 경험을 했답니다. 오늘날 일본 사람들은 두 개의 문명을 지니고 있어요. 서구 문명과 그들 자신의 문명이지요. 불교도인 사람이 신도神道조상신과 자연신을 섬기는 일본 종교 신자일 수도 있고, 또한 우리 조상들처럼 감리교 신자이거나 루터교도, 다른 어떤 것일 수도 있어요. 사람들은 일본 혹은 중국의 도회적이고 세련된 태도에 대해 얘기하는데, 그 도회적인 태도는 깊이 내면화되어 있지요. 나는 일본에서 한 달 정도 지냈어요. 좋은 친구들을 여럿 사귀었지요. 그들은 개인적인 진술로 나를 귀찮게 하는 일이 전혀 없었어요. 자신들의 사생활 얘기는 전혀 하지 않았고—그들의 생활은 정말 사적이었어요—나 역시 내 사생활 얘기를 전혀 하지 않았죠. 우린 단순히 신변잡사가 아닌 진짜 문제들, 예를 들면 종교나 철학 같은 얘기를 나눌 수 있었으므로 친구가 될 수 있었답니다.

아이슬란드 얘기와 일본 얘기를 했네요. 이제 우린 어쩌면 모든 섬 중에서 가장 비밀스러운 섬이자 내가 깊이 사랑하는 나라, 내 핏속에 있는 나라로 갈 겁니다. 물론 영국 얘기예요. 노발리스가 한 말이 생각나네요. "Jeder Engländer ist eine Insel.(영국인은 각자가 다 하나의 섬이다.)" 물론 영국인은 파리 사람과 비교하면, 부에노스아이레스 사람과 비교하면 섬사람이지요. 런던은 사적인 도시이고 비밀스러운 도시예요. 그래서 난 그곳을 무척 좋아한답니다. 나는 영어와 영국 문학이 인류의 가장 위대한 모험에 속한다고 생각해요.

또 다른 비밀의 섬을 얘기해볼까요? 맨해튼을 얘기하는 건 어때요? 맨해튼을 생각할 때, 사람들은 뉴욕을 공공의 도시로 생각하죠. 그렇지만 여러분들은 그 도시에 눈이 멀게 돼요. 태양에 눈이 멀게 되듯이 말이에요. 태양은 물론 비밀스러운 것이에요. 오직 독수리만이 태양을 볼 수 있다고 하죠. 나는 뉴욕을 볼 수 없어요. 내가 눈이 멀어서 그런 게 아니고, 뉴욕이 내 눈을 멀게 해서 그런 거예요. 동시에 난 뉴욕을 사랑해요. 나는 뉴욕을 말할 때 즉시 월트 휘트먼을 떠올리죠. 월트 휘트먼은 잊힐 수 없는 사람 중 하나예요. 이렇게 말할 수 있는 '미국' 작가들이 여럿 있죠. 에드거 앨런 포가 없었다면, 월트 휘트먼—휘트먼이 아니라 그가 창조한 신화를 말하는 거예요—이 없었다면, 허먼 멜빌이 없었다면, 소로가 없었다면, 에머슨이 없었다면 문학은 오늘날과 같은 게 되지 못했을 거예요. 나는 에머슨을 사랑하고 그의 시를 대단히 좋아해요. 그는 나에게 단 한 사람의 지적인 시인이에요. 사상을 가진 지적 시인인 거죠. 다른 사람들은 사상 없이 지적이기만 해요. 에머슨의 경우 그는 사상을 가졌으면서도 철저히 시인이었어요. 그리고 에밀리 디킨슨에게 영향을 주었죠. 디킨슨은 아마 미국이—우리 아메리카 대륙도 포함해야 할 것 같군요—배출한 가장 위대한 여성 작가이자 시인일 거예요.
네 개의 섬에 대해 얘기했군요. 아이슬란드 얘기를 했고, 일본—나는 평생 일본을 회상하게 되리라는 걸 알아요—얘기를 했고, 영국과 뉴욕 얘기를 했어요. 그런데 우리가 왜 계속 섬 이야기를 해야 하는 거죠? 다른 질문을 기대해볼게요. 색다른 대답을 할 수 있었으면 좋겠어요. 비록 나는 계속해서 같은 얘길 하고 있지만 말이에요. 용서해주세요, 난 늙은이잖아요.

반스톤 하트 크레인은 타자기로 '이 거대한 영원의 날개(wing)'라고 치려다가 실수로 '이 거대한 영원의 눈짓(wink)'으로 쳤다는 것을 알았을 때, 그게 훨씬 좋아 보여서 고치지 않고 그대로 두었다고 합니다.

보르헤스 '날개'보다 '눈짓'이 더 좋다? 아니에요. 난 그렇게 생각하지 않아요. 난 당신 말에 동의하지 않아요. 어떻게 '날개'보다 '눈짓'을 더 좋아할 수 있나요? 이봐요, 그렇게 하면 안 되죠.

반스톤 어쨌든 하트 크레인은 실수를 한 거잖아요. 타자 실수든 판단의 실수든 말이에요. 내가 당신께 묻고자 하는 것은 우리는 실수를 많이 하는데…….

보르헤스 난 눈짓보다 날개가 더 좋아요.

"내 삶은 실수의 백과사전이었어요.
실수의 박물관이었지요"

반스톤 실수에는 개인적 실수, 직업적 실수, 문학적 실수 등이 있어요. 어떤 실수는 우리를 재앙으로 이끌고, 어떤 건 행운을 가져다주지요.

보르헤스 내 삶은 실수의 백과사전이었어요. 실수의 박물관이었지요.

반스톤 프로스트의 시구를 빌려서 물어볼게요. 숲 속에 난 길 중에서 우린 어떤 길을 선택해야 하나요? 살면서 당신이 잘못된 길을 선택했을 때, 그 결과로 나타난 재앙이나 행운에 대해 말씀해주시겠습니까?

보르헤스 내가 쓴 잘못된 책들을 말하는 거예요?

반스톤 네. 그리고 당신이 사랑했던 잘못된 인연, 당신이 보낸 잘못된 나날에 대해서도.

보르헤스 알겠어요. 하지만 그것들에 대해 내가 뭘 어떻게 할 수 있겠어요? 잘못된 인연, 잘못된 행동, 잘못된 환경과 같은 그 모든 것들이 시인에게는 도구랍니다. 시인은 그 모든 것을 자신에게 주어진 것으로 생각해야 해요. 불행조차도 말이에요. 불행, 패배, 굴욕, 실패, 이런 게 다 우리의 도구인 것이죠. 행복할 때는 뭔가를 만들어낼 수 있을 것 같지 않아요. 행복은 그 자체가 목표이니까요. 그러나 우리에겐 실수가 주어지고 악몽이 주어지죠. 거의 밤마다 말이에요. 우리의 과제는 그것들을 시로 녹여내는 겁니다. 만약 내가 진정한 시인이라면 나는 내 인생의 모든 순간이 시적이라고 느낄 것이며, 주무르고 빚어서 형상을 만들어내야 하는 일종의 점토라고 느낄 거예요. 그러니 내 실수에 대해 사과해야 한다는 생각이 들지 않는군요. 매우 복잡한 인과관계의 사슬에 의해서, 좀 더 정확히 말하면 끝이 없는 결과와 원인—원인에서 시작되지 않을 수도 있어요—의 사슬에 의해서 그런 실수들이 나에게 주어졌어요. 내가 그것들을 시로 바꿀 수 있도록 말이에요. 그리고 난 스페인어라는 멋진 도구를 가지고 있어요. 물론 영어라는 선물과 라틴어의 기억도 가지고 있고, 내가 굉장히 사랑하는 또 하나의 언어인 독일어도 가지고 있죠. 나는 요즘 고대영어를 공부하고 있고, 일본어에 대해 조금이라도 알기 위해 최선을 다하고 있어요. 난 계속 이러고 싶어요. 물론 내 나이가 여든이라는 걸 알고 있어요. 언제든 죽을 수 있다고 생각합니다. 그렇지만 꿈꾸는 게 과업인 내가 계속 살고 꿈꾸는 것 외에 뭘 할 수 있겠어요? 나는 항상 꿈을 꾸어야 하고, 그 꿈들은 말이 되어야 하고, 나는 말과 씨름해서 최선의 것이든 최악의 것이든 그걸 형상화해야 하는 겁니다. 그러니 내 실수에 대해 사과할 필요가 없는 것 같군요. 내가 쓴 글에 관해서 말하자면, 난 그걸 다시 읽는 법이 없어요. 그걸 잘 모른답니다. 내가 뭘 썼다면 그래야만 했기 때문에 그렇게 쓴 거예요. 그리고 일단 글이 출판되고 나면 난 최선을 다해서, 아주 쉽게 그걸 잊어버리죠. 우리는 친구 사이니까 얘기를 하나 더 해줄게요. 당신들이 만약 우리 집에 오게 된다면—난 적당한 때에 당신들이 부에노스아이레스의 북쪽 마이푸 거리에 있는 우리 집에 오길 바랍니다—꽤 좋은 서재를 보게 될 것인데, 거기 내 책은 한 권도 없다는 걸 알게 될 거예요. 내 책이 서재 안에 자리를 차지하는 걸 내가 허락하지 않기 때문이죠. 내 서재는 '좋은' 책들로 이루어져 있답니다. 내가 누군데 베르길리우스나 스티븐슨과 한자리에 놓이겠어요. 그래서 우리 집에는 내 책이 없답니다. 한 권쯤은 있지 않을까 생각해볼 필요도 없어요.

오클랜더 보르헤스, 집 얘기가 나와서 하는 말인데요, 당신은 여러 지역에서 살아봤고 온갖 나라를 여행했잖아요.

보르헤스 그건 아니에요. 온갖 나라를 가본 건 아니에요. 난 중국과 인도에 가보고 싶어요. 실은 이미 가본 셈이죠. 키플링을 읽고 『도덕경』을 읽었으니까요.

오클랜더 당신은 우리들이 가본 적 없고 앞으로도 가볼 일 없을, 당신이 자란 옛 부에노스아이레스 지역으로 우릴 데려다줄 수 있을 것 같은데요. 부에노스아이레스의 거리와 역사로 말이에요.

보르헤스 난 사실 본 게 별로 없어요. 팔레르모라는 가난한 동네에서 태어났는데, 난 그 동네에 전혀 흥미를 느끼지 못했어요. 내가 팔레르모에 흥미를 느낀 건 1929년쯤일 거예요. 하지만 소년 시절의 내 기억은 대부분 내가 읽은 책에 관한 기억이에요. 내게는 책이 실제 장소보다 훨씬 더 현실적이랍니다. 그러므로 내 기억은 사실 스티븐슨의 기억, 키플링의 기억, 『아라비안나이트』의 기억, 『돈키호테』의 기억이지요.(나는 『돈키호테』를 어렸을 때 읽기 시작했는데, 지금도 계속 읽고 있어요. 특히 최고라고 말하고 싶은 2부를 말이에요. 1부는 정말 훌륭한 1장을 제외하면 아마 생략해도 괜찮을 것 같아요.) 그러니 내 어린 시절에 대해 무슨 말을 할 수 있겠어요? 별로 할 말이 없답니다. 조상들의 사진이 기억나요. 당신들은 서부 개척이라 부르고 우린 La conquista del desierto, 즉 사막의 정복이라 부르는 일에 이바지한 조상들의 칼이 기억나요. 우리 할아버지는 토착 인디언, 또는 우리가 Los indios pampas라고 부르는 팜파스 인디언들과 싸웠죠. 하지만 난 그 시절에 대한 개인적인 기억이 거의 없어요. 내 기억은 주로 책에 관한 거예요. 사실

난 나의 삶도 잘 기억하지 못한답니다. 날짜를 기억하지 못해요. 열여덟 개국을 여행했다는 건 알지만, 그 순서를 제대로 말할 수 없어요. 이 지역 저 지역에서 얼마나 머물렀는지도 잘 알지 못해요. 모든 것에 이런저런 인상이 뒤섞여 있어요. 그러므로 우린 책으로 돌아가야 할 것 같아요. 사람들이 나와 얘기할 때는 으레 이렇답니다. 난 늘 책으로 돌아가고, 인용문으로 돌아가죠. 나의 영웅 가운데 한 사람인 에머슨이 그것에 대해 경고했던 말이 생각나는군요. 그는 이렇게 말했죠. "인생은 하나의 긴 인용문이 될 수 있다는 걸 유념하라."

반스톤 지옥에 관해 당신에게 묻고 싶습니다.

보르헤스 난 지옥을 아주 잘 알아요.

"일상의 불행과 악몽에는 큰 차이가 있고,
악몽에는 특유의 맛이 있다고 생각해요"

반스톤 지옥은 뭐죠? 매 순간이 최후의 심판인, 그런 곳인가요? 악몽 속에서 만나는 어떤 것인가요? 지옥은 당신에게 어떤 의미인가요, 보르헤스?

보르헤스 내 친구가 악몽을 언급해서 무척 기쁘다는 말을 먼저 해야겠군요. 악몽은 다른 모든 꿈들과 다릅니다. 나는 꿈에 관한 책과 심리학에 관한 책들을 많이 읽었지만 거기에서 악몽에 관한 재미있는 내용을 발견하지 못했어요. 그렇지만 악몽은 다른 꿈들과 달라요. 이름 자체도 흥미롭지요. 어원적으로 악몽은 두 개의 의미를 지닌다고 생각해요. 악몽(nightmare)은 밤(night)의 우화일 수 있어요. 독일어 Märchen이 이와 유사하죠. 악몽은 또 밤의 악령이거나 또는 우리 모두가 알다시피 밤의 암말(mare)일 수 있어요. 셰익스피어는 이미 악몽에 대해 얘기했고, 빅토르 위고는 틀림없이 그걸 읽었을 거예요. 왜냐하면 자신의 책에서—나는 위고를 무척 좋아하지요—위고는 "le cheval noir de la nuit(밤의 검은 말)"이라는 말을 썼는데, 이건 당연히 악몽을 나타내죠. 일상의 불행과 악몽에는 큰 차이가 있고, 악몽에는 특유의 맛이 있다고 생각해요.

나는 불행하다는 느낌이 들 때가 많았어요. 누구나 다 그렇잖아요. 그러나 악몽을 느낀 적은 없어요. 실제로 악몽을 꾼 경우를 제외하곤 말이에요. 우린 이렇게 생각할 수 있을 거예요.(왜 안 되겠어요? 오늘은 모든 게 허용되는 자리이고, 이 자리에 있는 사람들은 내 친구들인데 말이에요. 이런 말을 한다는 게 대단히 슬프긴 하지만 당신들에겐 진심을 얘기해야겠어요.) 즉 악몽은 지옥이 존재한다는 증거라고요. 우리는 악몽 속에서 아주 특별한 공포를 느끼는데, 그건 깨어 있는 동안에는 어떤 식으로도 느끼지 못하는 것이에요. 불행히도 나는 악몽을 잘 알아요. 그건 문학에 큰 도움이 되었죠. 나는 아주 인상적인 악몽들을 기억해요. 그것들은 꿈이었을까요, 아니면 지어낸 것이었을까요? 그건 드퀸시의 대단히 인상적인 악몽 『어느 영국인 아편 중독자의 고백』과 똑같아요. 또 에드거 앨런 포의 많은 작품도 있지요. 당신들은 이러이러한 문장이 잘못되었고 이러이러한 은유가 마음에 들지 않는다고 생각하겠지만, 그것들은 정말 악몽이에요. 물론 카프카의 작품에서도 악몽을 보게 될 거예요. 지옥에 관해서는 이런 말을 할 수 있겠지요. 모든 게 악몽인 어떤 곳이 있는데, 그곳이 지옥이라고 말이에요. 우린 그런 걸 겪지 않기를 바랍시다. 악몽의 맛은 이걸로도 충분하니까요. 악몽은 육체적인 고통처럼 날카롭고 참을 수 없는 것이랍니다.

지옥에 관해 말하자면, 난 지옥이 장소가 아니라고 생각해요. 사람들이 지옥을 장소라고 여기는 이유는 단테를 읽었기 때문인 것 같은데, 난 지옥을 상태라고 생각해요. 밀턴의 시가 떠오르는군요. 사탄이 이렇게 말하는 대목이에요. "내가 바로 지옥이다." 나는 마리아 코다마와 함께 앙겔루스 실레시우스의 『게루빔 순례자Cherubinischer Wandersmann』를 번역했는데, 우린 동일한 표현을 만나게 되었어요. 만약 어느 영혼이 저주를 받는다면 그건 영원히 지옥에 있는 것이라는 표현이었죠. 그 영혼은 천국에 가게 된다 해도 아무 소용없어요. 스웨덴의 위대한 신비주의자인 스베덴보리도 이와 흡사한 생각을 했답니다. 저주받은 사람에게 지옥 생활은 불행하겠지만, 그가 천국에 간다면 훨씬 더 불행할 거라고요. 스베덴보리의 철학 전체를 간결하게 보자면 조지 버나드 쇼의 『인간과 초인』 2막 안에서도 그걸 찾을 수 있을 거예요. 거기에는 천국과 지옥의 전체 모습이 나와 있는데, 보상이나 벌이 아니라 영혼의 상태로 제시되어 있답니다. 영혼은 스스로 지옥이나 천국에 이르게 되죠. 좀 더 정확하게 말하자면 영혼은 그 스스로를 거치면서 지옥이나 천국이 되는 거예요. 나는 하루하루를 마감할 때—난 여든 살이에요—더없이 행복한 순간을 살고 있다고—이건 천국일 거예요—여기기도 하고, 불행한 순간을 살고 있다고 여기기도 해요. 여기서 불행한 순간을 살고 있다고 느끼는 것을 지옥이라고 부를 수 있을 터인데, 이는 지나치게 과장된 비유가 아니에요.

오클랜더 보르헤스, 당신은 언젠가 보는 것은 맹인의 특권이라고 말했어요. 당신은 맨해튼에 대해 얘기했는데, 내 생각엔 청중 가운데 미국에 사는 사람들과 미국 문화를 보지 못한 사람들이 태반인 것 같아요…….

보르헤스 이곳엔 아주 많은 사람들이 있고 아주 다양해요.

오클랜더 미국 국민, 미국 문화의 다양성과 미국에 대해 우리에게 말씀해주실 수 있을까요?

보르헤스 너무 방대한 질문이에요. 난 이 질문에 대답할 자격이 없는 사람인 것 같아요. 하지만 텍사스에 관한, 특히 오스틴에 관한 매우 좋은 기억을 가지고 있다는 건 말할 수 있어요. 나는 1961년에 어머니와 함께 텍사스를 통해 미국을 발견했지요. 어머니는 5년 전에 99세의 나이로 돌아가셨어요. 나는 남부를 좋아해요. 그리고 언급했던 그 모든 작가들을 따라 동부도 좋아하죠. 중서부를 생각하면 칼 샌드버그를 떠올리지 않을 수 없군요. 나는 그도 좋아해요. 그러나 금세기의 위대한 미국 시인은 로버트 프로스트예요. 내가 선택할 이름은 그 이름입니다. 하지만 난 서로를 '대비하면서' 뭔가를 좋아한다고 생각하진 않아요. 난 내가 읽은 모든 작가, 모든 나라를 좋아해요.(여전히 나에게 영향을 미치고 있는 사람의 작품을 읽지 않은 경우도 많아요.) 나는 과거의, 모든 과거의 사도랍니다. 나는 학교를 신뢰하지 않아요. 시간의 연대기를 신뢰하지 않아요. 나는 글을 쓴 시대를 따지고 드는 것을 좋아하지 않아요. 시는 익명이어야 한다고 생각해요. 만약 내가 선택할 수 있다면 나는 내 시들이, 내가 쓴 이야기들이 다른 누군가에 의해 다시 쓰이고 더 좋아져서 계속 살아남기를 바랄 거예요. 그리고 나 개인의 이름은 잊히길 바랄 거예요. 때가 되면 그렇게 되겠지만 말이에요. 모든 작가들이 다 마찬가지예요. 참으로 멋진 꿈인 『아라비안나이트』를 쓴 사람들의 이름에 관해 우리가 뭘 알고 있나요? 우리는 그것에 대해 알지 못하고, 신경 쓰지도 않잖아요. 셰익스피어의 사생활에 대해 우리가 뭘 알고 있나요? 우리는 아무것도 모르고, 신경 쓰지도 않아요. 왜냐하면 셰익스피어는 그 사생활을 맥베스로, 햄릿으로, 소네트14행의 짧은 시로 바꿔놓았으니까요. 물론 그 소네트들은 수수께끼죠. 스윈번은 그 소네트들을 "신성하고 위험한 문서"라고 말했는데, 그건 멋진 문장이에요. 난 그게 사실인지 아닌지 궁금해요. 작가의 경우 가장 좋은 것은 전통의 일부가 되는 것, 언어의 일부가 되는 것이라고 생각해요. 왜냐하면 언어는 계속되지만 책은 잊힐지도 모르니까요. 어쩌면 시대마다 같은 책을 되풀이해서 다시 쓰는 것인지도 모르죠. 몇몇 상황을 바꾸거나 덧붙이면서 말이에요. 영원한 책은 다 똑같은 책인지도 몰라요. 우린 항상 고대인들이 썼던 것을 다시 쓰고 있는 거예요. 그거면 충분할 테니까요.
개인적인 생각을 말하자면 나는 야망이 없어요. 나는 나 자신을 하나의 실수라고 생각하지요. 사람들이 나를 너무 부풀려놓았어요. 나는 몹시 과대평가된 작가예요. 동시에 난 나를 진지하게 받아들여준 것에 대해 여러분 모두에게 감사하고 있답니다. 난 그럴 자격이 부족한 사람인데 말이에요.

"내가 원하는 것은 잊히는 거예요.
물론 나는 잊히겠죠. 모든 건 때가 되면 잊히니까요"

반스톤 지옥 얘기를 했으니 같은 식으로 천국에 대해서 말씀해주시겠습니까?

보르헤스 영국의 한 성직자가 쓴 책을 읽었는데, 거기에서 천국에는 슬픔이 많다고 쓰여 있더군요. 난 그걸 믿어요. 그러길 바라기도 하고요. 어쨌든 즐거움은 참을 수 없는 것이니까요. 우리는 잠시 동안이나 얼마 동안은 행복할 수 있지만 영원한 행복은 상상도 할 수 없어요. 개인적으로 나는 사후 세계를 믿지 않아요. 난 그대로 끝나기를 바란답니다. 기분이 언짢을 때, 걱정이 있을 때—나는 늘 걱정을 해요—나 자신에게 이렇게 말하죠. 어느 순간에든 구원이 죽음이라는 소멸의 형태로 찾아올 텐데 뭐하러 걱정을 해? 어차피 곧 죽을 텐데, 어느 순간에든 죽음이 닥칠 수 있는데 왜 이런저런 일로 걱정을 해? 내가 바라는 것은 완전한 암흑이 아니에요. 암흑이라는 것도 그 어떤 것이니까요. 내가 원하는 것은 잊히는 거예요. 물론 나는 잊히겠죠. 모든 건 때가 되면 잊히니까요.

오클랜더 오늘 당신은 모든 항해 가운데 가장 힘든 항해가 눈앞에 닥친 항해라고, 그걸 예상하는 게 무엇보다 어렵다고 말씀하셨어요. 여기에 대해 설명해주시겠습니까?

보르헤스 내가 그런 말을 했는지 잘 모르겠군요. 내가 말한 건 뭔가를 예상한다는 것은 끔찍한 일이라는 거였어요. 그러나 일이 진행되면 현재는 이내 과거가 돼요. 현재는 스르르 과거로 편입되지요. 나는 브래들리가 쓴 아주 멋진 책을 읽었어요. 『현상과 실재Appearance and Reality』라는 책인데, 거기서 그는 시간을 강물로 표현했어요. 물론 헤라클레이토스를 비롯하여 울프의 『시간과 강Of Time and the River』 등 여러 곳에서 그런 표현이 나오지요. 브래들리는 시간이 미래에서 우리를 향해 흘러오는 것이라고 생각했어요. 우리는 항상 그 흐름에 맞서서 수영을 하죠. 미래가 과거로 변해가는 혹은 녹아드는 그 순간이 바로 현재의 순간인 거예요. 현재는 미래가 과거로 변하는 순간인 거죠. 나는 약 6개월 전에 아주 힘들고 고통스러운 수술을 받았어요. 두려웠죠. 그래서 나는 속으로 이 두려움, 예상, 다가올 사흘간의 낮과 밤, 모든 게 수술 자체의 일부라고 생각했어요. 그러자 기분이 상당히 나아졌어요.

반스톤　당신은 영지주의자영적인 지식을 추구하는 사람, 신비주의자, 그리고 『광명의 책Book of Splendor』을 비롯한 카발라중세 유대교의 신비주의를 다룬 글들에 심취했잖아요.

보르헤스　최선을 다했어요. 하지만 아는 게 별로 없어요.

반스톤　당신은 신비주의자에 관심이 많았어요.

보르헤스　나 자신은 신비주의자가 아니에요.

반스톤　내 생각에 당신은 신비주의자의 항해를 참된 경험이지만 세속적인 것으로 여길 것 같아요. 다른 글, 예컨대 프라이 루이스 데 레온의 글에 나오는 신비적 경험에 대해 한 말씀해주시겠어요?

보르헤스　프라이 루이스 데 레온이 신비적 경험을 했는지 안 했는지, 난 잘 모르겠어요. 안 했을 거라고 생각해요. 난 신비주의자 얘기를 할 때 스베덴보리, 앙겔루스 실레시우스 그리고 페르시아인들을 생각하지요. 스페인 사람은 아니에요. 난 스페인 사람들이 어떤 신비한 경험을 했을 거라곤 생각하지 않아요.

반스톤 십자가의 성 요한은요?

보르헤스 십자가의 성 요한은 아가雅歌의 양식을 따랐다고 생각해요. 그게 다예요. 난 그에게 실제 경험이 있었던 건 아니라고 생각하죠. 나는 사는 동안 딱 두 번 신비적 경험을 겪었는데, 그걸 얘기해주진 못해요. 왜냐하면 무슨 일이 일어났는지 말로 옮길 수 없으니까요. 말이란 공유된 경험을 의미합니다. 당신들이 그런 경험을 하지 않았다면 그걸 공유할 수 없어요. 마치 커피를 마셔본 적이 없는데 커피 맛을 얘기하는 것처럼. 나는 평생에 그런 느낌을 두 번 겪었어요. 다른 때보다 좀 더 쾌적한 느낌이었죠. 그건 깜짝 놀라고 기겁을 하면서 어떤 기운에 휩싸이게 되는, 그런 것이었어요. 시간 안에서 살고 있는 게 아니라 시간 바깥에서 살고 있는 느낌이었죠. 난 그런 느낌이 얼마나 지속되었는지 몰라요. 나는 시간 바깥에 있었으니까요. 1분 정도였을 수도 있고 그 이상이었을 수도 있어요. 하지만 그런 느낌을 평생에 걸쳐 두 번, 부에노스아이레스에서 겪었다는 건 알아요. 한번은 남부에 있는 콘스티투시온 기차역 근처에서 겪었답니다. 왠지 모르게 갑자기 시간 너머에서 살고 있는 듯한 느낌에 휩싸였고, 나는 최선을 다해 그걸 붙잡으려고 했죠. 하지만 그건 왔다가 그냥 지나갔어요. 나는 그에 관한 시를 썼는데, 그 시들은 평범한 시일 뿐 그 경험을 말해주진 못했죠. 난 그걸 당신들에게 말해줄 수 없어요. 나 자신에게도 다시 얘기해줄 수 없으니까요. 하지만 난 그걸 겪었고, 그것도 두 번 겪었어요. 어쩌면 죽기 전에 한 번 더 겪을 수 있을지도 모르죠.

오클랜더 당신은 왜 중국에 가보고 싶은 거죠? 중국에서 뭘 발견하길 바라시는지요?

보르헤스 어떤 의미에서 나는 늘 중국에 있는 느낌이 들어요. 허버트 앨런 자일스의 『중국 문학사History of Chinese Literature』를 읽었을 때 그런 느낌이 들곤 했지요. 나는 『도덕경』의 많은 번역본을 읽고 또 읽었어요. 가장 좋은 것은 아서 웨일리가 번역한 책이라고 생각해요. 나는 또 빌헬름이 번역한 것도 읽었고 프랑스어 번역본도 읽었어요. 스페인어 번역본도요. 게다가 난 일본에서 한 달을 지냈는데, 일본에 늘 중국의 유령이 깃들어 있는 것을 느끼게 돼요. 이건 정치와 아무 관계가 없어요. 일본 문화가 독자적인 문화라는 사실과도 관계없어요. 일본 사람들은 우리가 그리스를 느끼듯이 중국을 느껴요. 물론 나는 중국어를 모르지만, 아무튼 계속해서 번역된 책들을 읽을 겁니다. 난 『홍루몽』을 읽었어요. 당신들도 읽어보았는지 모르겠군요. 영어로 번역된 것과 독일어로 번역된 것을 읽었죠. 그런데 훨씬 방대하고, 아마도 대단히 충실한 프랑스어 번역본이 있다더군요. 『홍루몽』, 이 책은 정말 제목만큼이나 좋은 책이랍니다.

"나는 일부러 어떤 주제를 내세우려 한 적이 없어요.
일부러 주제를 찾은 적도 없고요"

반스톤 우리를 의식의 섬으로, 말의 원천인 생각과 감각으로 데려다 주세요. 그리고 그곳에서 언어 이전에, 보르헤스에 의해 말이 빚어지기 전에 무슨 일이 일어났는지 말씀해주세요.

보르헤스 시를 쓰는 것이나 이야기를 쓰는 것은—그건 결국 다 같은 거예요—작가의 의지를 넘어서는 과정이라고 말할 수 있을 것 같아요. 나는 일부러 어떤 주제를 내세우려 한 적이 없어요. 일부러 주제를 찾은 적도 없고요. 주제가 나를 찾도록 내버려둔 채 거리를 걷고, 내 집의 이 방 저 방을 왔다 갔다 하죠. 눈먼 사람의 조그만 집 안에서 말이에요. 그러다 보면 뭔가 일어나려 한다는 걸 느껴요. 그건 한 줄의 시구일 수도 있고 어떤 종류의 모양일 수도 있어요. 섬을 비유로 들어 말해볼게요. 나는 두 개의 끝 부분을 봅니다. 그 끝 부분은 시나 이야기의 처음이자 끝이에요. 그게 다예요. 나는 그 사이에 있어야 할 것을 지어내야 합니다. 만들어내야 해요. 그게 나에게 남겨진 일이죠. 더 멋지고 어두운 이름을 사용해서 말하자면, 뮤즈나 성령이 나에게 주는 것은 이야기 또는 시의 끝과 처음이에요. 그럼 나는 그 사이를 채워야 해요. 길을 잘못 들어설 수도 있고, 갔던 길을 되돌아와야 할지도 몰라요. 다른 어떤 것을 지어내야 할지도 모르죠. 하지만 언제나 처음과 끝을 알고 있어요. 내 개인적인 경험은 이렇답니다.
나는 시인마다 자신의 고유한 방법이 있다고 생각해요. 내가 듣기로는 오직 처음 부분만 알고 있는 작가들이 있다고 하더군요. 그들은 계속 써나가죠. 그리고 끝 가까이에 이르러서야 결말을 발견하거나 지어내요.(발견하는 것과 지어내는 것은 같은 뜻이에요.) 그러나 나의 경우, 처음과 끝을 알아야만 해요. 내 의견이 글에 침범하는 걸 허락하지 않으려고 최선을 다하죠. 나는 이야기의 교훈을 생각하지 않고 이야기를 생각해요. 의견은 왔다 갔다 하고, 정치적인 문제도 왔다 갔다 하는 거잖아요. 내 개인적인 의견은 늘 변해요. 그래서 난 글을 쓸 때 꿈에 충실하려고, 진실하려고 노력한답니다. 내가 말할 수 있는 건 그뿐이에요. 나는 글쓰기를 시작했을 때 매우 바로크적인 스타일로 썼어요. 토머스 브라운 경이나 공고라나 루고네스 같은 사람이 되려고 최선을 다했어요. 그리고 늘 의고체 일상적으로 사용하지 않는 말을 특별한 효과를 위해 사용하는 것나 진기한 것이나 신조어 등을 사용해서 매번 독자를 속이려고 애썼죠. 그러나 지금은 아주 단순한 단어를 쓰려고 노력해요. 딱딱한 단어나 사전적인 단어는 피하려고 노력하죠. 그런 걸 피하려고 최선을 다하고 있어요. 나는 내 소설집 가운데 최고의 책은 가장 최근에 쓴 『모래의 책El libro de arena』이라고 생각하는데, 거기엔 독자의 진도를 방해하거나 붙드는 단어가 하나도 없다고 생각해요. 이야기는 매우 평이한 방식으로 진행되죠. 그렇지만 이야기 자체는 평이하지 않아요. 왜냐하면 이 우주에는 평이한 것이 없기 때문이고, 모든 게 복잡하기 때문이에요. 난 그런 것을 단순한 이야기로 위장하죠. 실은 그런 것을 아홉 번이나 열 번쯤 쓰고 다시 써요. 나는 그 모든 게 얼마간 부주의하게 행해졌다는 느낌을 갖고 싶어요. 난 가능한 한 평범하려고 애쓴답니다. 당신들이 내 책을 모른다면, 감히 추천

하고자 하는 책이 두 권 있어요. 한 시간 정도면 읽을 수 있을 거예요. 그걸로 끝이에요. 한 권은 시집 『달의 역사Historia de la luna』(실제 제목은 『밤의 역사Historia de la noche』)라는 책이고, 다른 한 권은 『모래의 책』이에요. 다 읽고 난 뒤에는 그걸 아주 쉽게 잊을 수 있을 거예요. 당신들이 그렇게 잊는다면 나로선 매우 감사한 일일 거예요. 나도 그걸 잊어버렸으니까 말이에요.

반스톤 죽음은 시간을 드러내 보이는 것입니다. 우리에겐 두 개의 죽음이 있어요. 우리가 태어나기 전과 삶이 끝난 후가 그것이지요. 이것은 일반적인 죽음입니다. 하지만 진짜 개인적인 죽음은 우리가 매일 살아가면서 겪는 죽음일 텐데, 그것에 대해 우리는…….

보르헤스 성 바울을 기억하는군요. "나는 날마다 죽노라."

반스톤 죽음은 단지 우리가 지금 인지할 수 있는 것일 뿐이에요. 신비주의자들은 삶 속의 죽음을 시간 바깥의 경험으로 얘기하지요. 당신은 그걸 어떻게 인지하나요?

보르헤스 난 사람이 늘 죽는다고 생각해요. 우리가 단순히 뭔가를 기계적으로 반복하고 있을 때 우리는 뭔가를 느끼지 않고 뭔가를 발견하지 않아요. 그 순간 우리는 죽은 것이에요. 물론 삶은 어느 순간에나 돌아올 수 있어요. 어느 하루를 살펴본다면 우리는 거기에서 많은 죽음을, 또한 많은 탄생을 발견하게 될 거예요. 그러나 나는 죽어 있지 않으려고 노력한답니다. 나는 호기심을 가지려고 노력하며 늘 경험을 받아들이고 있어요. 그 경험들이 시로, 단편소설로, 우화로 바뀌는 것입니다. 나는 늘 경험을 받아들이고 있어요. 비록 나의 행위와 말 가운데 많은 것들이 기계적이라는 것을, 다시 말해 그것들은 삶이라기보다 죽음에 속한다는 것을 알고 있지만 말이에요.

"과거는 우리의 보물이에요.
우리가 가지고 있는 것은 과거뿐이고,
과거는 우리가 자유로이 사용할 수 있는 것이에요"

오클랜더 당신이 가본 적 없는 어떤 곳으로의 여행에 우리를 초대해주셨으면 합니다.

보르헤스 그 하나의 장소가 과거라고 말하고 싶군요. 현재를 바꾸는 건 매우 어렵기 때문이에요. 현재는 딱딱하고 융통성이 없는 것들을 지니고 있죠. 그러나 과거에 관해 얘기하자면, 우리는 줄곧 과거를 바꾸고 있어요. 우리는 뭔가를 떠올릴 때마다 약간씩 기억을 바꾸죠. 우리는 모든 과거에, 인류의 역사에, 모든 책에, 모든 기억에 감사해야 한다고 생각해요. 왜냐하면 우리가 가지고 있는 것은 과거뿐이고, 그건 신념에 찬 행위이니까요. 예를 들어 내가 "나는 1899년에 부에노스아이레스에서 태어났습니다"라고 말하면 그것은 신념에 찬 행위인 거예요. 내가 그걸 기억하지 못하니까요. 부모님이 나에게 "너는 3세기에 팀북투에서 태어났어"라고 말하셨다면 나는 그 말을 믿었을 겁니다. 부모님은 나에게 거짓말을 하지 않는다고 생각하기 때문에 그 신념을 고수하는 것이지요. 그러므로 내가 1899년에 부에노스아이레스에서 태어났다고 말할 때 나는 정말 신념에 찬 행위를 하고 있는 거예요.

과거는 우리의 보물이에요. 우리가 가지고 있는 것은 과거뿐이고, 과거는 우리가 자유로이 사용할 수 있는 것이에요. 우리는 과거를 바꿀 수 있어요. 역사적 인물을 다르게 생각할 수도 있지요. 그리고 대단히 멋진 점은 과거가 일어났던 일뿐 아니라 꿈이었던 것들과 혼합되어 있다는 사실이에요. 예컨대 맥베스는 스웨덴의 카를이나 율리우스 카이사르 또는 볼리바르만큼이나 과거 사람이면서 우리에겐 현재의 사람이기도 하다는 것을 말하고 싶군요. 우리에겐 책이 있고, 그 책들은 사실 꿈이에요. 우리가 책을 읽을 때마다 책은 약간 다르고 우리 역시 약간 다릅니다. 그래서 우리는 과거라는 어마어마한 상점에 안전하게 의지할 수 있다고 생각해요. 나는 계속해서 그 안으로 찾아 들어갈 수 있기를 바라고, 그 안에서 내 삶의 물리적 경험이 더해질 수 있기를 바랍니다.

내가 잠에서 깰 때

나는 잠에서 깰 때 안 좋은 기분으로 깨어나요. 나 자신이라는 것에 깜짝 놀라면서 말이에요.

반스톤 삶은 달걀 좋아하세요?

보르헤스 네, 그럼요.

반스톤 그럼 제가 껍데기를 벗겨드릴게요.

보르헤스 그렇게 해줘요. 난 삶은 달걀 껍데기를 벗기지 못하니까. 딱딱한 건 다 그래요!

반스톤 삶은 달걀을 가져오길 잘했네요. 안 그래요?

이 인터뷰는 1976년 3월 인디애나대학교 WFIU 방송국에서 열렸다.

보르헤스　멋진 조합이라고 생각해요. 삶은 달걀과 라디오방송국!

반스톤　보르헤스, 이걸 시로 녹여내고 싶지 않으세요?

보르헤스　아니요. 안 그럴 거예요. 하지만 모든 것들이 다 시가 될 수 있다고 생각해요. 모든 말이 그렇고, 모든 것이 그래요. 어떤 것이든 가능해요. 하지만 실제로 시가 되는 것은 극히 일부일 뿐이죠.

반스톤　몇 가지 질문이 있습니다. 다소 장황한 질문일지 모르겠으나 당신의 답변은 그렇지 않을 거예요.

보르헤스　간결한 답변이 좋다는 거죠?

반스톤　우리는 모든 인간에게 의식이 존재한다는 걸 알고 있어요. 하지만 우린 자신의 마음만 인식할 뿐이에요. 이를테면 때때로 잠에서 깨어날 때 우린 마음이 따로 존재한다는 것을 알고 얼떨떨한 기분이 되지요.

보르헤스　음, 이건 유아론실재하는 것은 자아뿐이고 다른 것은 자아의 관념이거나 현상이라는 입장의 본질에 관한 질문이로군요. 그렇죠? 나는 유아론을 믿지 않아요. 내가 그걸 믿는다면 아마도 미쳐버릴 테니까요. 그러나 우리가 존재한다는 건 기이한 사실이에요.
그와 동시에 난 내가 당신의 꿈을 꾸고 있다고는 생각하지 않아요. 바꿔 말하면 당신이 나의 꿈을 꾸고 있는 건 아니라고 생각해요. 하지만 삶에 의문을 품는 이러한 태도가 시의 본질을 드러낼 수는 있을 거예요. 모든 시는 대상을 낯설게 느끼는 데서 비롯되지요. 반면에 모든 미사여구는 대상을 무척 평범한 것으로, 당연한 것으로 여기는 데서 비롯된답니다. 물론 나는 내가 존재한다는 것, 내가 사람의 몸 안에서 존재한다는 것, 눈으로 본다는 것, 귀로 듣는다는 것과 같은 사실에 당혹감을 느끼곤 해요. 어쩌면 내가 쓴 모든 것은 사물과 현상에 대한 당혹감이라는 핵심 주제에 관한 은유이거나 변용에 불과한 것인지도 몰라요. 이 경우에는 철학과 시 사이에 본질적인 차이가 없다고 생각합니다. 둘 다 같은 종류의 당혹감을 나타내니까요. 철학의 경우에는 답이 논리적인 방식으로 주어지고 시의 경우에는 비유를 사용한다는 점이 다를 뿐이죠. 당신이 언어를 사용한다면 늘 비유를 사용할 수밖에 없어요. 당신은 내 작품(작품이라는 말을 쓰긴 했지만, 난 실은 그걸 '작품'이라고 생각하지 않아요)을 아니까, 내가 하는 '활동'들을 아니까, 내가 줄곧 당혹스러워했으며 그런 당혹감의 토대를 발견하려고 애썼다는 것을 느꼈으리라고 생각해요.

반스톤 신시내티에서 당신을 존경하는 어떤 사람이 "천년을 사시길 기원합니다"라고 말했을 때 당신은 "나는 기쁜 마음으로 죽음을 기다리고 있습니다"라고 대답했어요. 무슨 뜻으로 그렇게 말했나요?

보르헤스 기분이 안 좋을 때면—이런 일은 누구에게나 자주 일어나잖아요—나는 몇 년 뒤에, 어쩌면 며칠 뒤에 죽을 것이고, 그러면 이 모든 게 문제 되지 않을 것이라는 생각에 진실로 위안을 얻는답니다. 나는 깨끗이 지워지길 고대하고 있어요. 하지만 내 죽음은 착각일 뿐이고 죽은 뒤에도 내가 계속 이어진다고 생각하면 나는 몹시 슬프고 우울한 기분이 됩니다. 나는 정말 나 자신에게 넌더리가 나기 때문이지요. 물론 내가 계속 이어져도 보르헤스였다는 개인적인 기억이 없다면, 그 경우에는 문제가 되지 않을 거예요. 왜냐하면 나는 태어나기 이전에도 온갖 종류의 이상한 사람이었을 테지만, 그걸 다 잊어버리면 그 사실이 나를 괴롭히지 못하니까요. 존재의 유한성이나 죽음에 대해 생각할 때면 난 그러한 것들을 희망적으로, 기대하는 심정으로 생각해요. 나는 죽음을 탐낸답니다. 매일 아침 깨어나 '흠, 내가 여기 있군. 다시 보르헤스로 돌아가야겠네'라고 반복하는 걸 멈추고 싶어요.

당신도 알 것 같은데, 스페인 말에 이런 게 있어요. 지금도 쓰이는 말인지는 모르겠어요. 그들은 잠을 깨울 때 "일어나"라고 말하는 대신 recordarse라고 말해요. 너 자신을 생각해내라, 너 자신을 기억해내라, 라는 말이지요. 어머니는 이렇게 말씀하시곤 했어요. "Que me recuerde a las ocho.(여덟 시에 나 자신을 기억해내게 해주렴.)" 매일 아침 난 이런 느낌이에요. 나는 거의 존재하지 않으니까요. 그래서 잠에서 깨면 늘 실망스러운 기분이랍니다. 내가 여기 있으니까요. 낡고 어리석은, 똑같은 게임이 계속되고 있으니까요. 나는 어떤 사람이 되어야 해요. 정확히 그 어떤 사람이 되어야 합니다. 내겐 수행해야 할 일들이 있죠. 그 가운데 하나는 온 하루를 살아야 하는 것이에요. 나는 내 앞에 놓인 그 모든 일상을 봐요. 모든 게 나를 피곤하게 하죠. 물론 젊은 사람들은 이런 식으로 느끼지 않을 거예요. 이 경이로운 세계에 돌아왔으니 참으로 기쁘구나, 라고 느끼겠죠. 그러나 나는 그런 식으로 느낀 적이 없는 것 같아요. 젊었을 때조차 말이에요. 젊었을 땐 특히 더 그랬던 것 같아요. 나는 이제 그냥 받아들여요. 지금은 눈을 뜨면 이렇게 말하죠. 또 하루를 맞닥뜨려야 해. 그렇게 생각하면서 그냥 넘어가요. 많은 사람들은 불멸을 일종의 행복으로 생각하기 때문에 나와 다르게 느끼는 것 같아요. 어쩌면 사람들이 깨닫지 못하기 때문인지도 모르죠.

반스톤 사람들이 뭘 깨닫지 못한다는 겁니까?

보르헤스 끊임없이 계속된다는 건 뭐랄까, 끔찍한 것이라는 사실.

"이 삶은 이미 지옥이니까요.
갈수록 심하게 지옥이 되어가니까요"

반스톤 당신이 소설에서 말한 또 하나의 지옥이겠군요.

보르헤스 맞아요. 그럴 거예요. 이 삶은 이미 지옥이니까요. 갈수록 심하게 지옥이 되어가니까요.

반스톤 200년 동안?

보르헤스 그래요. 그렇지만 200년이라는 것은 존재하지 않는다고 말할 수 있을 것 같아요. 실제로 존재하는 것은 현재니까요. 현재가 과거에 의해 그리고 미래의 두려움에 의해 압박을 받고 있는 거예요. 그런데 현재란 언제인 거죠? 현재는 과거나 미래만큼이나 추상적인 것이에요. 현재의 우리는 언제나 과거와 미래를 함께 가지고 있는 거예요. 우린 늘 미래에서 과거로 미끄러져 들어가고 있어요.

반스톤 하지만 살면서 분명히 기쁜 순간들도 있었을 거예요.

보르헤스 그럼요. 누구나 그렇겠죠. 하지만 내 생각에 그런 순간들은 아마 그걸 기억할 때 더 좋아지는 것 같아요. 우린 행복을 느낄 당시에는 상황을 거의 의식하지 않으니까요. 뭔가를 의식한다는 사실은 불행에 기여하는 것 같아요.

반스톤 행복을 의식하면 보통 의심이 스며들잖아요.

보르헤스 그러나 난 행복한 순간들을 알았다고 생각해요. 모든 사람이 그런 것 같아요. 이를테면 사랑, 말 타기, 수영, 친구와 이야기하기, 대화, 책 읽기 같은 순간들이 있잖아요. '글쓰기'도 있고요. 아니, 글쓰기는 아니고 뭔가를 만들어낸다는 것이 적합할 것 같군요. 글을 쓰기 위해 앉으면 기법의 문제로 걱정하느라 더 이상 행복하지 않으니까요. 그러나 뭔가를 골똘히 생각할 땐 행복감을 느낄 수 있다고 생각해요. 나는 잠에 빠지는 순간에도 행복감을 느낍니다. 적어도 난 그래요. 나는 처음으로 수면제를 먹었던 때를 기억해요.(그것은 나에게 새로운 것이었으므로 당연히 효과가 있었답니다.) 그때 속으로 이렇게 중얼거렸죠. 전차가 모퉁이를 도는 소리가 들리는군. 난 덜거덕거리는 전차 소리를 끝까지 들을 수 없을 거야. 곧 잠이 들 테니까. 그러고 나서 커다란 행복감을 느꼈어요. 의식이 없는 상태에 대해 생각했지요.

반스톤 당신은 문학적으로 인정받는 것에 대해 신경을 쓰나요? 명예를 바라시나요?

보르헤스 아니요, 그렇지 않아요! 그런 건 존재하지 않아요. 동시에 그런 게 나에게 오면—그게 나에게 왔을지도 모르겠어요—나는 감사해야 한다고 생각해요. 사람들이 나를 진지하게 받아들인다면, 내 생각엔 그들이 틀린 거예요. 하지만 난 그들에게 고마워해야지요.

반스톤 당신은 다음에 쓸 시, 소설, 에세이 또는 대화를 목표로 살아가고 있습니까?

보르헤스 네, 그래요.

반스톤 저에게 당신은 창조하고 기록하고자 하는, 끝없는 집착력을 가진 행복한 사람으로 보입니다. 당신은 어쩌다가 작가가 될 운명을 가지게 되었는지, 그 이유를 아시나요? 그 운명 또는 그 집착력에 대해서 말이에요.

보르헤스 내가 알고 있는 건, 내게 그러한 집착력이 필요하다는 것뿐이에요. 만약 그게 없다면 내가 왜 계속 살아야 하겠어요? 물론 자살은 하지 않겠지요. 그러나 매우 부당하다고 느낄 거예요. 이 말은 내가 쓴 것들을 아주 대단하게 생각한다는 의미가 아니에요. 어쨌든 '써야만' 했다는 뜻이에요. 만약 내가 글을 쓰며 끊임없이 글쓰기에 사로잡히지 않았다 해도, 난 글을 쓰면서 해방되어야만 했어요.

반스톤 플라톤은 『국가』에서 정의의 뜻을 찾는 데 많은 시간을 들였어요. 일종의 공적인 뜻을 찾고자 했지요. 이러한 개념이 우리에게 개인적으로 타당한가요? 죽음으로 끝날 당신의 삶은 하나의 실험일 뿐인가요? 아니면 몸과 마음에 대한 생물학적 배신인가요? 플라톤은 공적 정의에 대해 얘기합니다. 죽는다는 사실을 고려할 때 당신은 사적 정의를 믿습니까?

보르헤스 나는 유일한 정의가 사적 정의라고 생각해요. 공적 정의라는 게 정말 존재하는지 의심스럽거든요.

"최후의 심판은 마지막에 오는 어떤 것이 아니에요.
늘 진행되는 것이지요"

반스톤 사적 정의는 존재한다고 믿으세요? 우리는 도덕과 최후의 심판을 어떻게 생각해야 할까요?

보르헤스 우리는 삶의 순간순간에 우리가 올바르게 행동하는지 그릇되게 행동하는지 알아요. 최후의 심판은 늘 진행되고 있다고 말할 수 있을 거예요. 우리가 그릇되거나 올바르게 행동하는 매 순간마다 진행되고 있다고 말이에요. 최후의 심판은 마지막에 오는 어떤 것이 아니에요. 늘 진행되는 것이지요. 그리고 우리는 어떤 본능을 통해서 우리가 하는 행동이 올바른 것인지 그릇된 것인지 안답니다.

반스톤 삶에서 죽음 때문에 생물학적 배신이 생겨날 수 있을까요?

보르헤스 생물학적 배신이라는 게 무슨 뜻인지 잘 모르겠어요. 생물학이라는 게 나에겐 너무 모호하게 들려요. 내가 그 말을 이해할 수 있을지 모르겠군요.

반스톤 그럼 '물리적' 배신.

보르헤스 음, 물리적이라. 좋아요. 이해할 수 있을 것 같아요. 나는 머리가 아주 둔한 사람이에요. 당신이 그처럼 멋들어진 말을 구사하면, 생물학이나 심리학 같은…….

반스톤 당신 아버지변호사이자 심리학 교수였음가 사용했을 언어를 언급했네요. 그렇죠?

보르헤스 그래요. 아버지는 그런 언어를 사용했을 거예요. 그러나 그런 적은 매우 드물어요. 심리학 교수인 아버지는 회의론자이기도 했지요.

반스톤 저는 학생 시절에 제 인생의 1년을 쏟아부어 의식의 중심을 찾는 일에 몰두했어요. 하지만 찾지 못했죠.

보르헤스 찾을 수 없을 거라고 생각해요. 그건 늘 우리를 피해 다니죠.

반스톤 하지만 저는 자기 자신을 찾는 일이 매력적이면서도 참을 수 없는 일이라는 걸 알아냈어요.

보르헤스 네, 맞아요. 나는 눈이 멀었기 때문에 거의 언제나 그런 일을 해야 한답니다. 눈이 멀기 전에는 언제나 이런저런 것들을 구경하고 보고 읽는 일에서 피난처를 찾았지요. 그렇지만 지금은 생각과 친해져야 해요. 아니, 내 생각의 능력이 그리 좋지 않으니 생각이라는 말 대신에 꿈이라고 합시다. 어떤 의미에서 나는 인생을 꿈처럼 보내고 있는 거예요. 그게 내가 할 수 있는 유일한 것이죠. 물론 나는 오랜 시간의 고독과 친해져야 해요. 하지만 그건 개의치 않아요. 전에는 그러지 못했거든요. 예전에 부에노스아이레스 남쪽에 있는 아드로게Adrogué라는 지역에서 살던 때가 생각나는군요. 그땐 30분 정도 집 밖에 나갈 때도 책을 가져가지 않으면 아주 기분이 안 좋았어요. 하지만 지금은 책 없이도 오랜 시간을 보낼 수 있지요. 책을 읽을 수 없으니까요. 그리고 난 고독을 반드시 불행한 것이라고 생각하지 않아요. 예컨대 한동안 불면증을 겪는다고 해도 별로 신경 쓰지 않아요. 어쨌든 시간은 미끄러져 내려가니까요. 그건 완만한 경사 같은 거잖아요. 안 그래요? 난 그렇게 살아가도록 나 자신을 그냥 놓아둬요. 눈이 멀지 않았을 땐 늘 여러 가지 것들로 내 시간을 채워야 했지요. 지금은 그러지 않아요. 나 자신을 그냥 놓아둔답니다.

반스톤 하지만 당신은 남들과 함께 있는 시간을 즐기잖아요.

보르헤스 그렇지만 난 기억 속에서 살아요. 그리고 시인은 모름지기 기억 속에서 살아야 한다고 생각해요. 상상력이란 무엇인가요? 난 상상력이 기억과 망각에 의해 만들어진다고 생각해요. 그 두 가지를 섞어놓은 것이라고 할 수 있죠.

반스톤 당신은 시간을 잘 꾸려가고 있나요?

보르헤스 네, 그래요. 눈이 먼 사람들은 일종의 보상을 받는답니다. 일반인들과는 다른 시간 감각이 그거예요. 눈먼 사람에게 시간은 더 이상 매 순간 뭔가를 채워 넣어야 하는 것이 아니에요. 그냥 시간에 기대어 살아야 하죠. 시간이 살아가게 해주는 대로 살 뿐이에요. 그런 상황은 어떤 편안함을 줘요. 그건 아주 큰 편안함 또는 아주 큰 보상이라고 생각해요. 시력 상실이 준 선물은 대부분의 사람들과 시간을 다르게 느끼는 것이랍니다. 사람들은 기억도 해야 하고 잊기도 해야 해요. 모든 걸 다 기억해서는 안 돼요. 왜냐하면 내 작품에 나오는 푸네스『픽션들』 중 「기억의 천재 푸네스」에 등장라는 인물처럼 모든 것을 끝없이 기억하면 미쳐버릴 것이기 때문이에요. 물론 우리가 모든 걸 잊는다면, 우린 더 이상 존재하지 않게 될 거예요. 우린 우리의 과거 속에 존재하기 때문이지요. 그렇지 않으면 우리가 누구인지, 이름이 무엇인지도 알지 못할 거예요. 우린 그 두 가지 요소가 뒤섞인 상태를 지향해야 하는 거예요. 안 그래요? 이 기억과 망각을 우린 상상력이라 부르지요. 거창한 이름이에요.

반스톤 당신은 문학가이기 때문에 거창한 말을 좋아하지 않는다고 알고 있어요.

보르헤스 물론 좋아하지 않죠. 나는 말에 대해 무척 회의적이니까요. 문학가는 말을 거의 믿지 않아요.

"나 자신을 찾고자 했을 때 난 아무도 찾지 못했다고.
세상의 이치가 그런 거예요"

반스톤 처음의 질문으로 돌아갈게요. 나는 나 자신을 찾으려고 시도했는데, 그건 매력적이면서도 참을 수 없는 일이었어요. 나 자신으로 깊이 들어가면 들어갈수록, 나는 점점 더 사라져버려서 모든 걸 확신할 수 없고 심지어 나 자신의 존재조차 확신할 수 없을 정도에 이르렀으니 말이에요.

보르헤스 흄이 이렇게 말한 것 같아요. 나 자신을 찾고자 했을 때 난 아무도 찾지 못했다고. 세상의 이치가 그런 거예요.

반스톤 몽상이 악몽으로 변하는군요.

보르헤스 나는 거의 매일 밤 악몽을 꿔요. 오늘 아침에도 꾸었지요. 진짜 악몽은 아니었지만.

반스톤 어떤 꿈이었나요?

보르헤스 이런 꿈이었어요. 나는 아주 큰 건물 안에 있었어요. 벽돌 건물이었지요. 빈 방이 많았어요. 커다란 방이었고, 벽돌 방이었어요. 나는 이 방 저 방 돌아다녔지요. 방에는 문이 없는 것 같았어요. 나는 계속 마당으로 나가는 길을 찾고 있었죠. 한동안 이리저리 왔다 갔다 한 후에 난 소리를 질렀어요. 하지만 아무도 없었죠. 그 커다랗고 상상력이 부족한 건물은 텅 비어 있었고, 나는 속으로 이렇게 중얼거렸어요. 이건 미로의 꿈일 거야. 그러니까 난 어떤 문도 찾을 수 없을 거야. 이 많은 방 중에서 어느 한 방에 앉아 그저 기다리기만 해야 할 거야. 언젠가는 깨어나겠지. 그리고 실제로 그렇게 되었어요. 내가 이건 미로의 악몽이라는 걸 깨닫고 속으로 중얼거렸을 때, 나는 미로의 속임수에 빠지지 않게 된 거예요. 그래서 그냥 바닥에 앉아 있기만 했지요.

반스톤 계속 기다렸군요.

보르헤스 잠시 기다렸다가 깨어났어요.

반스톤 되풀이하여 꾸는 악몽이 있나요? 있다면 어떤 것들이죠?

보르헤스 두세 가지가 있어요. 당장은 미로가 떠오르는군요. 또 하나가 있는데, 그건 내 눈이 멀었다는 사실에서 비롯된 거예요. 뭘 읽으려고 하는데 글자들이 살아 움직이는 탓에 읽을 수가 없는 악몽이랍니다. 각각의 글자들이 다른 글자로 바뀌고, 내가 뜻을 파악하려 애를 쓰지만 첫 부분의 단어들이 모자라서 뜻을 알 수 없는 악몽이에요. 모음을 겹쳐서 쓰는 경우가 흔한, 긴 네덜란드어 단어들이지요. 그렇지 않으면 줄과 줄 사이의 간격이 벌어지면서 글자들이 나뭇가지처럼 뻗어 나오는데, 이 모든 일들이 검은 글자나 빨간 글자로 매우 윤이 나는 종이 위에서 이루어져요. 게다가 글자들은 참을 수 없을 만큼 크답니다. 잠에서 깨어나면 그 글자들이 얼마 동안 뇌리에 머물러 있어요. 그러면 감정이 격앙된 순간에 난 이렇게 생각해요. 난 결코 이걸 잊을 수 없을 것이고, 미쳐버릴 거야. 이런 일들이 아주 빈번하게 일어나는 것 같아요. 시력을 잃고 나서 특히 더, 글자들이 살아 움직이기 때문에 글을 읽을 수 없는 그와 같은 꿈을 꾸지요. 그게 바로 또 하나의 악몽이에요. 다른 꿈으로는 거울에 관한 꿈, 가면을 쓴 사람들에 관한 꿈이 있네요. 본질적으로 미로, 글, 거울이라는 세 개의 악몽을 꾼다고 생각되는군요. 다른 꿈들은 모든 사람들이 다소간 공통으로 꾸는 것들이지만 이 세 가지는 나의 반복되는 악몽이에요. 난 이것들을 거의 매일 밤 꾼답니다. 그 꿈들은 깨고 나서도 잠시 뇌리에 머물러 있어요. 때로는 잠이 들기도 전에 그 꿈들이 찾아오기도 하지요. 대부분의 사람들은 잠이 들기 전에 꿈을 꾸고, 깨고 나서도 잠시 동안 꿈을 꿉니다. 일종의 비몽사몽이죠. 안 그래요? 깨어남과 잠듦 사이의 상태 말이에요.

반스톤 그건 당신이 글쓰기의 소재를 많이 끄집어내는 곳이기도 하지요?

보르헤스 네, 그래요. 여기엔 드퀸시 같은 이들의 멋진 문학적 전통이 있지요. 드퀸시는 작품을 쓸 때 자신의 악몽을 작품화한 게 틀림없어요. 그래서 그의 작품이 아주 멋진 거예요. 그의 작품은 말에 의존하기도 해요. 반면에 악몽은 일반적으로 말에 의존하지 않아요. 악몽을 글로 쓰기 어려운 것은, 악몽의 느낌이 이미지에서 비롯되지 않기 때문이에요. 정확히 말하면, 콜리지가 말했듯이 느낌이 이미지를 제공하는 거예요.

반스톤 아주 큰 차이점이로군요. 대부분의 사람들은 반대로 생각하니까요. 사람들은 그렇게 생각한 적이 없을 거예요.

보르헤스 우리가 이미지를 글로 쓸 때, 그 이미지는 우리에게 아무 의미도 없을 거예요. 에드거 앨런 포와 러브크래프트의 경우에서 그걸 알 수 있답니다. 이미지는 끔찍하지만 느낌은 끔찍하지 않잖아요.

반스톤 좋은 작가는 느낌에 부합하는 적합한 이미지를 제시하는 사람이라고 생각해요.

보르헤스 느낌에 부합하는…… 맞아요. 또는 평범한 사물이나 대상을 가지고 악몽의 느낌을 제시하는 사람이거나. 그 증거를 체스터턴에게서 발견했던 게 기억나는군요. 그는 이렇게 말했죠. 우린 세상의 종말에 나무 형태의 악惡이 있다고 생각할 수 있다고 말이에요. 그건 멋진 말이에요. 나는 그게 그런 종류의 느낌을 나타낸다고 생각해요. 안 그래요? 그 나무는 묘사할 수 없어요. 만약 우리가 두개골이나 유령으로 만들어진 나무를 생각한다면, 그건 무척 바보 같을 거예요. 그렇지만 나무 '형태'의 악은 어떤가요. 이것은 그가 정말 그 나무에 관한 악몽을 꾸었다는 것을 보여줘요. 그렇지 않다면 그가 어떻게 그 나무에 관해 알겠어요?

반스톤 나는 늘 혀가 왜 움직이는지, 말이 왜 입이나 머리에서 나오는지 그 이유를 몰라서 쩔쩔맸어요. 이 말들은 시계의 초침처럼 거의 스스로 작동하고 소리를 내잖아요.

보르헤스 하지만 잠들기 전에 당신은, 적어도 의미 없는 문장을 중얼거릴 거라고 생각해요. 그러고 나서 곧 잠이 들 거라는 걸, 난 알지요. 내가 뭔가 의미 없는 소리를 중얼거리는 것을 들을 때, 나의 목소리를 내가 엿들을 때, 그건 곧 잠이 들 거라는 좋은 징조랍니다.

반스톤 나는 우리 입 속에서 형성되는 말에 관해 당신에게 물어보려고 했어요. 시간이 존재하는 한 말은 있기 마련이잖아요. 생각도 그렇고요. 하지만 난 그러한 말을 하려고 애쓰지 않아요. 심지어 그러한 말을 하려고 애써야겠다고 애쓰지도 않아요. 말이 나를 지배하고 있으니까요.

보르헤스 그러한 말이 어떤 의미를 나타낸다고는 생각되지 않는군요. 적어도 당신은 그 의미를 모르잖아요.

반스톤 저는 잠들기 전에 하는 말을 말하는 게 아니에요. 바로 이 순간 당신을 향해 또는 나를 향해 나오는 모든 말을 가리키는 거예요. 달리 설명하면 왜 지금 이 순간에 내 입에서 말들이 나오고 있는지 모르겠다는 거예요. 어떤 힘이 말을 하게 하고 있어요. 난 전혀 조종하고 있지 않은데 말이에요. 그걸 이해하지 못하겠어요. 나에겐 그게 근본적인 미스터리예요.

보르헤스 난 그러한 말들은 어떤 생각과 함께 어울려 나오는 거라고 생각해요. 그렇지 않다면 그 말은 의미 없거나 관계없는 말일 거예요.

반스톤 그렇지만 나는 태엽이 감긴 시계 같은 게 있을 거라는 생각이 들어요. 거기에서 초침이 재깍거리고 말이 나오는 거죠. 내가 지금 왜 부족한 논리로 당신에게 얘기하고 있는지, 또는 당신이 왜 내 말에 대답하고 있는지, 난 그 이유를 몰라요. 이건 나에게 거대한 수수께끼예요.

보르헤스 그렇군요. 내 생각엔, 당신은 그걸 받아들여야 해요.

반스톤 받아들여야겠죠. 그렇지 않으면 미쳐버릴 테니까요.

보르헤스 맞아요. 그거예요. 그걸 생각하려고 애쓰면 미칠 거예요.

반스톤 네.

보르헤스 그런 생각은 신중하게 피해야 해요. 그렇죠?

반스톤 그런데 우리가 왜 생각을 하는지 생각하려고 애를 써도 우린 그걸 알아내지 못해요. 그럼에도 나는 때때로 길을 걸어가면서 중얼거려요. "이 길을 걸어가는 이 사람은 누구지"라고 중얼거리는 게 아니라 "이 길을 걸어간다고 생각하는 이 사람은 누구지"라고 중얼거리는 거예요. 그러면 정말 혼란스러워요.

보르헤스　그러면 당신은, 그는 그가 생각한다고 생각하는 생각을 하고 있는 이 사람은 누구인가, 라는 식으로 계속 생각하게 되겠죠. 안 그래요? 그건 아무 의미도 없다고 생각해요. 단순히 문법적인 것일 뿐이에요. 그냥 말일 뿐이죠.

"그러나 나는 그게 증명될 수 있다고 생각하지 않아요"

반스톤　마치 거울 같은 느낌이 드는군요.

보르헤스　두 번째 범주로 들어간 것 같군요. 우리는 매우 강한 신체적 고통을 느낄 수 있을 거예요. 예를 들면 감전되거나 치통을 앓으면 그런 고통을 겪을 수 있죠. 하지만 우린 그 고통을 느끼는 게 아닐 거예요. 우리는 음, 치통이군, 이라고 말하고 나서야 그 고통을 느꼈다는 것을 알게 돼요. 그 이후 세 번째로 그걸 겪으면서 음, 난 내가 그걸 알았다는 것을 알았지, 라고 말할 수도 있겠죠. 하지만 그 이후로는 그렇게 할 수 없다고 생각해요. 우린 같은 게임 안에서 그걸 성공적으로 할 수 있어요. 같은 것을 계속 되풀이하여 생각하니까요. 하지만 그걸 세 번 이상 할 수는 없는 것 같아요. 만약 우리가 "나는 내가 생각한다고 생각하는 걸 생각한다고 생각하는 걸 생각한다고 생각한다(I think that I think that I think that I think that I think that I think)"라고 말한다면 아마 두 번째 이후로는 그 모든 게 매우 비현실적일 거예요. 나는 존 윌리엄 던의 『시간의 경험Experience with Time』을 읽었는데, 그는 거기서 이렇게 말해요. "당신이 뭔가를 안다면, 당신이 그걸 안다는 것을 당신은 알고, 당신이 안다는 것을 당신이 아는 걸 당신은 알고, 그걸 또 당신은 알고, 당신이 그걸 안다는 걸 당신은 아는 것이니 모든 사람에게 무한히 많은 자아가 있는 거랍니다." 그러나 나는 그게 증명될 수 있다고 생각하지 않아요.

반스톤 당신은 신나기도 하고 두렵기도 한, 잠에서 깨어나는 순간에 어떤 생각을 하나요? 우리의 마음이 어떤 생각을 하고 어떤 말을 할까 궁금한 순간이잖아요. 나는 늘 내가 나로 존재하는구나, 하는 놀라운 마음으로 깨어난답니다.

보르헤스 나는 잠에서 깰 때 안 좋은 기분으로 깨어나요. 나 자신이라는 것에 깜짝 놀라면서 말이에요. 이러저러해서 1899년에 부에노스아이레스에서 태어나고 제네바에서 살았던 어떤 사람이라는 것에 놀라면서 말이에요.

반스톤 당신은 왜 북경원인약 50만 년 전에 살았던 인류이나 또는 지금으로부터 500만 년 전에 살았던 어떤 사람은 아닌 거예요?

보르헤스 예전에 문학적인 목적으로 일종의 환상을 생각해낸 적이 있어요. 우리 모두가 어느 순간에든 다른 누군가로 바뀔 수 있다는 것이었어요. 다른 누군가로 바뀌면 우린 그 사실을 알지 못해요. 예를 들어, 어느 순간에 나는 당신으로 바뀔 거예요. 당신은 나로 바뀔 것이고요. 그러나 그런 변화가 끝난 뒤엔 아무런 기억이 없어서 바뀐 걸 알지 못하는 거예요. 우린 늘 바뀌어요. 우리는 달에 사는 사람이 될 수도 있지만, 그걸 알지 못해요. 왜냐하면 달에 사는 사람이 되면 '그'의 과거를 지닌, 그의 기억을 지닌, 그의 두려움과 희망 같은 것을 지닌 달에 사는 사람이 되기 때문이지요.

반스톤 과거의 자아가 없어지는군요.

보르헤스 그래요. 우린 늘 다른 누군가로 바뀔 수 있는지도 모르죠. 아무도 그걸 모를 테고요. 그런 일이 일어나고 있는지도 모르죠. 물론 무의미한 일일 거예요. 그게 이야기 하나를 떠올리게 하긴 했죠. 하지만 그건 문학적인 목적에만 좋을 뿐이에요. 그것도 그리 좋지 않은 문학적 목적에, 속임수 이야기에나 좋을 뿐이죠.

반스톤 우리 안에는 언제나 우리 자신으로부터 나와 세상에 이르는 강력한 힘이 있어요. 그것은 모든 면에서 드러나게 마련이지요. 성적으로, 글쓰기로, 말하기로, 만지는 것으로…….

보르헤스 살아가는 것으로.

반스톤 살아가는 것으로. 우리는 우리 자신일 뿐이지만, 우리 안에 많은 것을 불어넣음으로써 우리의 고독한 삶을 깨뜨리려는 대단히 강한 충동이 존재해요. 그걸 잘 요약한 사포의 조각글 온전한 형태로 전해지지 않는 단편적인 글이 있어요. 그녀는 이렇게 말해요. "나는 소망할 수가 없네 / 나의 두 팔로 / 하늘을 만지는 것을." 그녀의 생각은 손을 뻗어 추구하고자 하는 강렬한 생명력을 나타내지요.

보르헤스 내가 당신 말을 이해했는지 모르겠지만, 우린 늘 우리 자신으로부터 탈출하려고 하며 또한 그래야 한다는 말이로군요.

반스톤 우린 우리 자신의 영역 밖으로 나아가고 손을 뻗기 위해, 우리 자신을 더 크게 확장하려 애를 쓰지요.

보르헤스 그런 것 같군요. 하지만 당신은 그것에 대해 걱정하지 말아야 할 것 같아요. 거기에 대해 언짢은 기분을 느끼지도 말고요. 당신은 우리가 그렇게 할 수 없다는 것을, 또는 아주 잘할 수 없고 그저 불완전하게만 할 수 있을 뿐이라는 것을 알고 있으니까요.

"어쨌든 한평생의 시간이 있으니까요.
그렇게 하지 않으면 인생이 정말 따분하겠지요"

반스톤 우린 그렇게 할 수 없지만, 그러나 그렇게 하고자 열심히 노력하는 게 삶의 기술인 것이지요. 그건 글쓰기에 도움이 되고, 사랑에 도움이 되고, 사람들을 결속시키는 모든 일에 도움이 돼요.

보르헤스 우리에겐 70년이 넘는 인생이 주어지고, 우린 어떻게든 그 시간을 채우며 살아가야 하니, 그런 시도를 하지 않을 이유가 어디 있겠어요? 어쨌든 한평생의 시간이 있으니까요. 그렇게 하지 않으면 인생이 정말 따분하겠지요.

반스톤 당신은 앞으로의 작업을 이전에 성취한 것들보다 더 소중히 여기겠죠?

보르헤스 음, 그래야겠죠.

반스톤 당연히 그러셔야지요. 그런데 놀랍게도 당신은 최근에 낸 시집들을 이전의 시집들보다 덜 중요하게 여기는 것 같아요.

보르헤스 내가 아주 잘 아니까요.

반스톤 저는 당신의 새로운 시들이 지적인 면에서나 열정의 면에서나 당신의 시 가운데 가장 강렬한 작품들이라고 확신해요. 새로운 시들에서는 당신의 단편소설이나 에세이에서 허용되지 않았던 개인적인 절망이 종종 표출되곤 해요.

보르헤스 아니에요. 당신 생각이 잘못된 것 같아요. 당신은 내 시를 너무 좋게 생각해요. 그 시들을 이전 시의 관점으로 읽으니까요. 그러나 이 시들이 무명 시인의 작품으로 당신 눈에 띄었다면 당신은 아마 이것들을 팽개쳤을 거예요. 그렇게 생각하지 않아요? 당신은 잘 아는 작가가 쓴 작품을 읽을 때면 그 작품들을 긴 소설의 마지막 부분인 것처럼 읽어요. 하지만 그 마지막 부분은 이전에 쓰인 것들이 없었다면 아무 의미도 없을 거예요. 당신이 어느 시인을 생각할 때 당신은 언제나 그의 마지막 시를 훌륭한 시로 생각하는 경향이 있어요. 하지만 그 시 자체만 떼어놓고 보면 그게 아닐 수도 있어요.

반스톤 맞아요. 그러나 마지막 시들은 초기 시에 도움을 줘요. 그 시들이 목소리의 누적된 특성에 기여하니까요. 그 마지막 시들이 없다면 당신의 이전 시들도 완성도가 덜해 보일 거예요.

보르헤스 그 시들이 서로 도움을 준다고 생각하는군요.

반스톤 하나의 총체적인 목소리를 만들어내니까요. 하지만 블레이크가 어떤 재미있는 말을 할 때 그건 부분적으로 재미있는 거예요. 왜냐하면 그는 평소에 재미있는 말을 하지 않으니까요. 그럼 우리는 이렇게 말하죠. 아, 이 짧은 경구에 블레이크의 재치가 담겨 있군.

보르헤스 그는 전반적으로 장황하고 지루해요!

반스톤 나에게 당신의 새로운 시들은 지성과 열정 면에서 당신의 시 가운데 가장 강렬한 시들이에요.

보르헤스 그러길 바랍시다. 하지만 난 그런 식으로 생각하지 않아요. 그것들은 단순히 연습시예요. 내가 뭔가 그리움을 느낄 때, 향수를 느낄 때 부에노스아이레스로 돌아가거나 그 상황으로부터 달아나고자 하는 실험일 뿐이죠. 그 시들은 내가 쓰고 있는 새 책에 덧붙이는 용도로만 쓰일 거예요. 하지만 당신 생각이 옳았으면 좋겠군요.

반스톤 당신은 시에서 거울 앞에 서는 장면이나 꿈의 파토스를 정확하게 묘사하는데, 그것은 오늘날의 시가 잃어버린 자질이에요. 당신이 당신의 최근 시들을 높이 평가하지 않는 것은 좋은 일이지만, 아마 그 판단이 틀렸을 거라는 걸 아셔야 해요.

보르헤스 나도 내 생각이 틀렸기를 바랍니다! 당신이 확신을 갖고 있으니 기뻐요. 다만 나는 확신하지 못할 뿐이죠. 나도 내 생각이 옳지 않기를 원해요. 왜 그걸 원하지 않겠어요? 내가 매우 빈약한 시를 쓰고 있다는 사실을 고집스레 주장할 이유가 어디 있겠어요?

반스톤 당신 마음에 숨어 있다가 빈번히 당신의 발길을 붙드는 시가 있나요? 그런 일은 당신이 갑자기 어머니나 아버지를 사랑한다는 걸 떠올릴 때처럼 흔한 일을 인식하는 행위인가요? 당신이 시에게 가는 건가요, 아니면 시가 당신에게 오는 건가요?

보르헤스 시가 내게 온다고 할 수 있을 것 같아요. 단편소설의 경우에는 더욱더 그렇고요. 그러면 나는 사로잡히게 돼요. 거기서 해방되어야 해요. 유일한 방법은 그걸 글로 쓰는 것이지요. 다른 방법은 없어요. 쓰지 않으면 사로잡힌 상태가 계속되죠.

"소설의 경우 난 이야기를 명료하고
일관되게 생각해내야 그걸 쓸 수 있다는 걸 알아요"

반스톤 당신은 당신 시가 단순히 연습시라고 했어요. 그렇다면 뭘 연습하는 거지요?

보르헤스 언어를 연습하는 거라고 생각해요. 스페인어의 연습이고, 운문의 활음조 연습이고, 또 운을 맞추는 연습이기도 해요. 나는 운을 그리 잘 맞추는 사람이 아니기 때문에 그걸 잘 모면하려고 노력해요. 그것은 또한 상상력 연습이기도 해요. 소설의 경우 난 이야기를 명료하고 일관되게 생각해내야 그걸 쓸 수 있다는 걸 알아요. 그렇지 않으면 쓰지 못하죠. 모든 게 뒤죽박죽인 말들에 불과할 거예요. 소설은 그 이상이어야 해요. 소설은 말일 뿐 아니라 그 말 뒤에 있는 어떤 것이기도 해야 합니다. 예전에 읽은 어떤 글이 생각나는군요. 스티븐슨의 에세이였던 것 같아요. "책 속의 인물은 무엇이냐? 그는 단지 일련의 단어들일 뿐이다." 나는 이 말이 틀렸다고 생각해요.

책 속의 인물은 일련의 단어들일지 모르나, 그는 우리에게 일련의 단어들이라는 인상을 남겨서는 안 돼요. 왜냐하면 우리가 맥베스나 로드 짐, 에이해브 선장을 생각할 때 우리는 그런 인물들을 종이에 쓰인 단어 너머에 존재하는 것으로 생각하기 때문이에요. 우리는 그들에 대한 모든 것을 알 수 없지만 그들에게는 많은 일들이 일어났으며 그건 확실히 존재하는 것이에요. 예를 들면 우린 어떤 인물이 이러저러한 일을 했다는 것을 들어요. 다음 날 그는 다른 일을 해요. 이제 작가는 그에 관해 아무 말도 하지 않아요. 하지만 우리는 그가 밤이면 잠을 잤으며 꿈을 꿨다는 것을 느끼지요. 우리가 직접적으로 알 수 없는 일들이 그에게 일어난 것이지요. 내가 기억하는 한, 책에는 돈키호테의 어린 시절에 관한 말이 한마디도 없지만 우린 돈키호테가 예전에는 어린아이였다고 생각해요. 그러므로 인물은 일련의 단어들 이상이어야 하는 거예요. 만약 그가 단어들 이상이 아니라고 한다면 그는 현실적인 인물이 아닌 것이죠. 따라서 우린 그에게 관심이 없을 거예요. 심지어 반쪽 분량도 안 되게 존재하는 인물의 경우도 그래요. "아아, 가엾은 요릭. 호레이쇼, 난 이 사람을 잘 아네." 이때 이 인물은 혼자서 존재하지요. 반쪽 분량도 안 되게 등장하지만, 그럼에도 그는 일련의 단어들 이상으로 존재해요.

반스톤　그는 다른 사람의 입을 통해서만 존재하잖아요. 무대에 직접 나타나지도 않아요.

보르헤스 그래요. 다른 사람의 입을 통해서만. 그렇지만 우리는 그를 실제로 살아 있었던 사람처럼 생각해요.

반스톤 그리고 그에 대한 연민을 느끼죠.

보르헤스 맞아요. 셰익스피어는 햄릿을 묘지에 등장시켰어요. 햄릿으로 하여금 해골을 보게 하려는 생각이었죠. 하얀 해골을 말이에요. 햄릿은 검은 옷을 입고 있었으니까 그건 대단히 효과적인 장면을 만들어냈을 거예요. 그러나 그는 해골을 들고 말을 할 수 없었으니 뭔가 다른 말을 해야 했어요. 그래서 요릭이 등장하게 된 거지요. 셰익스피어의 기술적 필요성에 따라서 말이에요. 그리하여 그는 영원히 존재하게 된 거예요. 그런 의미에서 요릭은 일련의 단어들을 훨씬 넘어서는 존재예요. 나는 스티븐슨도 그걸 잘 알았을 거라고 생각해요. 그는 작가이고, 많은 인물들을 창조했고, 그 인물들은 일련의 단어들을 훨씬 넘어서는 존재들이니까요.

반스톤 요릭은 반쪽도 안 되게 등장하여 영원히 시대를 앞서가게 됐군요.

보르헤스 그래요. 아주 이상하죠?

반스톤 매우 사적인 질문이 하나 있어요.

보르헤스 흥미로운 질문들은 다 사적인 질문이랍니다. 공화국의 미래, 미국의 미래, 우주의 미래에 대한 질문 같은 게 아니에요! 이런 것들은 의미 없어요.

반스톤 난 그동안의 질문들이 다 사적인 것이었다고 생각해요.

보르헤스 사적인 것들이었어요.

반스톤 당신은 아버지 같은 느낌을 가지고서 친구들을 대하나요? 아니면 '아버지 같은'이라는 단어는 전혀 상관없는 단어인가요?

보르헤스 아니요, 그건 아버지 같은 감정이 아니에요.

반스톤 모두가 다 똑같아요?

보르헤스 아버지 같은 감정이라기보다 형제 같은 감정, 우애의 감정이에요. 물론 나는 나이 많은 노인이니까 아버지 같은 감정을 기대하거나 예상하기 쉽죠. 하지만 그렇지 않아요. 마세도니오 페르난데스는 아버지 같은 감정이 잘못된 거라고 생각했어요. 그는 내게 말했죠. "내가 내 아들과 무슨 공통점이 있을까요? 우린 세대가 달라요. 나는 아들을 좋아해요. 하지만 그건 내 실수예요. 아들도 나를 좋아하지만 그건 그의 실수예요. 우린 서로를 좋아하면 안 되는 거예요." 그래서 내가 그에게 말했죠. "하지만 그런 법칙에 의존해선 안 돼요. 그럼에도 불구하고 당신은 아들을 좋아할 수 있어요. 그런 논거는 당신이 아들을 너무 걱정하기 때문이거나 아들이 당신을 바르게 대하지 않는다고 느꼈기 때문에 만들어진 거라고 생각해요. 아버지가 아들을 사랑하는 것 그리고 아들이 아버지를 사랑하는 것이 바람직하지 않다는 건 말도 안 돼요."

반스톤 계속 말씀하세요.

보르헤스 물론 그는 가족을 포기했어요. 명확한 명분이 있었지요. 자신의 삶을 살기 위해 가족을 떠났다는 게 그거랍니다.

"꿈의 경험은 우리 자신에 의해 생겨날 수 있고,
창조될 수 있고, 우리 자신으로부터 전개될 수 있는
어떤 것이라는 사실이 틀림없어요"

반스톤 화제를 아버지에서 몽상으로 바꿔보죠. 당신은 꿈 얘기를 많이 하잖아요. 당신이 말하는 꿈은 뭔가요? 꿈은 깨어 있는 상태와 어떻게 다른 거죠?

보르헤스 꿈은 창조이기 때문이에요. 물론 깨어 있는 상태도 창조일 수 있지요. 유아론 같은 것 말이에요. 그러나 꿈을 그런 식으로 생각해선 안 돼요. 꿈의 경우에는 모든 게 우리 자신으로부터 온답니다. 반면 깨어 있는 경우, 우리 자신으로부터 나온 게 아닌 많은 것들이 우리에게 올 거예요. 유아론을 믿지 않는다면 말이에요. 유아론을 믿는다면 깨어 있든 잠을 자든 언제나 몽상가인 거죠. 나는 유아론을 믿지 않아요. 그 누구도 유아론을 진심으로 믿지는 않는다고 생각해요. 깨어 있을 때의 경험과 잠잘 때 혹은 꿈꿀 때의 본질적인 차이는, 꿈의 경험은 우리 자신에 의해 생겨날 수 있고, 창조될 수 있고, 우리 자신으로부터 전개될 수 있는 어떤 것이라는 사실이 틀림없어요.

반스톤 반드시 잠을 자며 꾼 꿈일 필요는 없잖아요.

보르헤스 그럼요, 반드시 잠을 자며 꾼 꿈일 필요는 없어요. 시를 지을 땐 잠 속의 사실과 깨어 있을 때의 사실 사이에 차이가 거의 없어요. 안 그래요? 둘 다 같은 걸 나타내죠. 우리가 생각하거나 뭔가를 지어내거나 꿈을 꾸면, 그 꿈은 현실의 장면이나 잠 속의 장면과 부합할 거예요. 그건 거의 문제가 되지 않아요.

반스톤 우리 모두와 마찬가지로 당신은 이기적인 사람이에요. 당신은 자신의 마음을 탐구하고 개발해왔으며, 당신이 관찰한 것들을 남들에게 전달해왔어요.

보르헤스 글쎄요, 그밖에 뭘 할 수 있었겠어요? 내가 그 때문에 비난받아선 안 돼요.

반스톤 당신은 자기 내면에만 몰두했고 그것을 남들에게 전달했기 때문에 분명 이타적인 사람은 아니에요. 그렇지만 당신의 작품을 남들에게 준다는 사실에 더하여 일종의 소크라테스적인 대화를 제공했다는 건 아주 드물게 윤리적이고 관대한 행위예요.

보르헤스 나 역시 그게 즐겁기 때문에 그런 거라고 생각해요.

반스톤 그렇지만 나는 이런 유형의 윤리적 관대함이 앞으로는 존재하지 않을 것 같아 마음이 무거워요. 눈이 먼 데다 이전 시대 작가들에 대한 충성심이 지극해서 믿음이 가는 당신 같은 사람이 다시는 나오지 않을 것 같아 마음이 무거워요. 그러나 걱정되기는 해도 금세 낙관적인 마음이 되어 이런 윤리적인 사람, 이런 예술가가 다시 나타날 거라고 생각한답니다.

보르헤스 나 같은 사람은 영원히 나오지 않겠지요!

반스톤 당신은 윤리적인 사람입니까?

보르헤스 네, 나는 본질적으로 윤리적인 사람이에요. 나는 뭘 생각할 때 항상 옳고 그름의 관점에서 생각해요. 예를 들면 우리 나라의 많은 사람들은 윤리에 대한 감각이 희박한 것 같아요. 미국에 사는 사람들이 우리 나라 사람보다 더 윤리적이라고 생각해요. 예를 들어 미국 사람들은 무슨 일을 생각할 때 옳은가 그른가 하는 관점을 따져요. 그러나 우리 나라 사람들은 뭘 생각할 때 이익인가 손해인가 하는 관점에서 바라보지요.

그게 차이인 것 같아요. 이곳에서는 청교도주의, 프로테스탄티즘 등과 같은 많은 것들이 윤리적 고려를 하게 만들어요. 반면 가톨릭 종교는 겉치레와 상황을 중시하는 쪽으로 흐르는데, 그건 본질적으로 무신론인 거죠.

반스톤 보르헤스, 당신은 아주 재미있는 분이에요. 어린애처럼 천진하고 작은 일에도 즐거워하며 유머도 아주 풍부해요.

보르헤스 글쎄, 그런 것 같아요. 내가 정말 다 자란 것인지 의심스럽기도 해요. 그렇지만 다 자란 사람이 어디 있겠어요?

반스톤 맞아요. 우리 중에 그런 사람은 없어요. 과거에 내가 사랑이라는, 그런 바보 같은 일 때문에 실의에 빠졌을 때…….

보르헤스 아니에요. 바보 같은 게 아니에요. 그런 일은 인간 경험의 한 부분이에요. 내 말은 사랑하는데 사랑을 받지는 못하는 상황, 그게 모든 삶의 일부라는 뜻이에요. 안 그래요? 당신이 내게 와서 "나는 아무개와 사랑에 빠졌는데 그녀가 날 거부해요"라고 말한다면 나는 누구나 다 그런 말을 할 수 있다고 생각할 거예요. 누구나 퇴짜를 맞고 퇴짜를 놓지요. 그 두 가지가 모든 사람의 삶에서 쉽게 눈에 띄어요. 누군가는 거부하고 또 거부당하지요. 그런 일은 항상 일어나요. 물론 그런 일이 일어나면, 하이네가 말했듯이 우린 매우 상심하게 되죠.

반스톤 간혹 상심에 빠졌을 때, 난 죽고 싶었어요. 그러나 이것은 살고 싶다는 신호였을 뿐이라는 걸 나는 알았어요.

보르헤스 나는 여러 번 자살을 생각했어요. 그러나 언제나 그걸 미뤄두었지요. 이렇게 생각했어요. 내가 왜 걱정을 해야 해? 자살이라는 강력한 무기가 있는데 말이야. 그와 동시에 난 한 번도 그 무기를 사용하지 않았어요. 앞으로도 그걸 사용하는 일이 없을 거라고 생각해요!

"자신의 행동에 대해 누군가 죄책감을 느끼게 하려는 것,
이건 대단히 잘못된 일이지요"

반스톤 당신은 내 질문에 대답한 거나 다름없어요. 자살을 생각한 것은 살고 싶다는 신호였을 뿐이라는 걸 말하고 싶었어요. 내가 종종 마음에 품었던 자살 충동조차도 더 충만하게, 더 잘 살고 싶다는 필사적인 바람이었다는 걸 말하고 싶었어요.

보르헤스 자살을 생각할 때 사람들은 자신이 자살했다는 걸 알고 나서 남들이 자신에 대해 무슨 생각을 할까, 하는 것만 떠올려요. 어떤 의미에서는 그 때문에 계속 살아가는 거예요. 일반적으로 말해서 사람들은 복수심 때문에 자살을 하지요. 화가 나서 자살을 해요. 자살은 자신의 분노와 복수심을 보여주는 하나의 방법이에요. 자신의 행동에 대해 누군가 죄책감을 느끼게 하려는 것, 이건 대단히 잘못된 일이지요.

반스톤 자살은 주로 젊은이의 연애 이야기예요. 젊은 사람들이 간혹 들어서는 그릇된 문이지요. 그렇다면 그 역은 어떨까요? 살고자 하는 열정은 왜 있는 걸까요? 그 열정이 왜 젊은이를 죽음으로 몰고 가기도 하고 작가로 하여금 글을 쓰게 만들기도 하는 걸까요? 살고자 하는 그 격렬한 열정은 왜 있는 걸까요?

보르헤스 그걸 답할 수 있다면 난 우주의 수수께끼를 설명할 수 있을 거예요. 그런데 난 그럴 수 없잖아요? 모든 사람이 다 실패했으니까요. 나는 자살한 사람들을 많이 알아요. 내 친구들 중 많은 이가 자살했지요. 사실 우리 나라 문학가 사이에서 자살은 꽤 흔한 편이에요. 아마 미국보다 많을 거예요. 그러나 대부분은 누군가에게 고통을 주려는 갈망에서, 자신의 죽음에 대해 누군가 죄책감을 느끼게 하려는 갈망에서 자살을 했다고 생각해요. 대부분의 경우 그게 자살의 동기예요. 레오폴도 루고네스의 경우, 그는 누군가를 살인자로 만들 속셈이었던 것 같아요.

반스톤 때로는 피로감에서 비롯되는 경우도 있어요. 놓여나고 싶은 갈망이지요. 심하게 아픈 경우에 말이에요.

보르헤스 물론 다른 종류의 자살도 있어요. 한 친구는 암에 걸렸다는 걸 알았을 때 자살을 했어요. 그건 있을 수 있는 일이에요. 나는 자살했다는 이유로 그 사람을 나쁘게 보지 않을 거예요. 난 그게 옳았다고 생각해요.

반스톤 저는 더 이상 질문이 없습니다. 당신이 저에게 물어보고 싶은 질문은 없나요?

보르헤스 네, 없어요. 이 대화를 매우 즐겁고 친절하게 이끌어주어서 감사해요. 고역일 거라고 생각했는데, 고역이 아니었으니 말이에요. 오히려 아주 즐거운 경험이었어요. 나를 일깨워주고, 마치 내가 당신의 사상을 잘 아는 것처럼 당신은 자신의 생각을 말해주는 큰 아량을 베풀었어요. 모든 걸 매끄럽게 진행하고 내내 솜씨 좋게 이끌어준 것에 대해 정말 감사드려요. 고마워요, 반스톤.

반스톤 고맙습니다, 보르헤스.

그건 여름날의 더딘 땅거미처럼 왔어요

아주 서서히 시력을 잃어가고 있다는 것을 알았으므로 특별히 충격을 받은 순간은 없었어요. 그건 여름날의 더딘 땅거미처럼 왔어요. 나는 국립도서관 관장이었는데, 내가 글자가 없는 책들로 둘러싸여 있다는 것을 발견한 거예요. 그다음엔 내 친구들의 얼굴을 잃었어요. 이어 나는 거울 안에 아무도 없다는 것을 알게 되었지요.

캐빗 저명한 시인이자 작가일 뿐 아니라 가금류 검사관이기도 했던 분을 모시게 되어 기쁩니다. 당신이 왜 닭을 검사하는 일을 하게 되었는지—이건 마치 S. J. 페럴맨미국의 유머 작가이 했을 법한 이야기네요—설명해주시겠습니까?

보르헤스 나는 부에노스아이레스에 있는 도서관에서 일을 하고 있었어요. 그때 시장에 나가 가금류와 달걀의 판매를 검사하라는 지

이 인터뷰는 1980년 5월 뉴욕에서 열린 것으로, 희극 작가이자 영화배우 딕 캐빗이 진행하는 PBS의 인터뷰 프로그램 〈딕 캐빗 쇼The Dick Cavett Show〉를 옮겼다.

시를 받았죠. 나는 시 청사에 있는 자치단체로 가서 한 친구에게 물었어요. "어떻게 이럴 수가 있어?" 그가 말했어요. "음, 그렇지만 자넨 조합을 지지하잖아." 물론 나는 지지했죠. 이어서 그가 말했어요. "자네가 뭘 기대할 수 있겠어? 이미 결정난 일인걸." 그래서 내가 말했어요. "물론 난 그 주장에 반박할 수가 없네." 그렇게 된 거예요.

캐빗 페론 정부 때 있었던 일이죠?

보르헤스 네. 페론 정부는 히틀러와 무솔리니 편이었죠. 나는 이탈리아를 사랑하고 독일을 사랑해요. 그렇기 때문에 무솔리니와 히틀러를 혐오해요.

캐빗 페론 정부에 얼마나 밉보였으면 그랬겠어요? 그건 일종의 모욕으로 보이는군요. 하지만 당신에게는 가금류 검사관으로 일하는 게 그리 심각한 게 아니었잖아요. 그런데 당신 어머니가 어느 날 밤 불길한 전화를 한 통 받았다면서요. 그 얘기를 좀 해주실 수 있어요?

보르헤스 그래요, 어머니는 새벽 이른 시각에 전화를 받았어요. 난 그 소리를 들었죠. 다음 날 아침, 나는 어머니에게 물었어요. "내가 꿈을 꾼 건가요?" 어머니가 말했어요. "아니. 꿈을 꾼 게 아니야. 어떤 바보 녀석이 전화해서 이렇게 말하더구나. '난 당신을 죽이고, 그런 다음 당신 아들도 죽일 거야.'" 그래서 어머니가 이렇게 말하셨대요. "내 아들을 죽이는 건 쉬울 거야. 언제든 네가 원하는 날에 아들을 찾을 수 있을 테니까. 하지만 나를 죽이려면, 내 나이가 아흔이 넘었으니 서두르는 게 좋아. 그러지 않으면 널 기다리다가 내가 먼저 죽을 거야." 이 말을 하고 나서 어머니는 잠자리에 드셨어요.

캐빗 어머니를 만나보고 싶다는 생각이 드는군요. 혹시 돌아가셨나요?

보르헤스 네. 5년 전 일이에요. 99세로 돌아가셨죠. 돌아가실 당시 어머니는 한탄스러워했어요. 이런 말씀을 하시곤 했죠. "이렇게 오래 사는 건 고역이야." 아흔아홉 살까지 사는 건 끔찍한 일이에요.

"어쩌면 사는 게 끔찍한 일인지도 모르겠어요.
그러나 우린 그걸 피할 수 없어요"

캐빗 그렇군요.

보르헤스 그래요. 여든까지 사는 것도 끔찍해요. 어쩌면 사는 게 끔찍한 일인지도 모르겠어요. 그러나 우린 그걸 피할 수 없어요. 한편으로 그건 아주 아름다울 수도 있죠. 예컨대 지금은 사는 게 아름다워요.

캐빗　지금은 괜찮아요?

보르헤스　네, 물론이죠. 난 지금 뉴욕에 있고, 당신과 얘기를 하고 있잖아요.

캐빗　뉴욕을 좋아하시는군요.

보르헤스　그럼요. 나는 뉴욕을 월트 휘트먼과 오 헨리와 연관 지어 생각해요. 또한 순수한 아름다움의 측면에서도 생각한답니다. 마천루가 분수처럼 솟아오른 이 도시…… 정말 서정적인 도시예요.

캐빗　보르헤스 씨, 눈이 멀게 된 것은 유전적인 것인가요?

보르헤스　네. 나는 아버지가 눈이 먼 상태로 미소 지으며 돌아가시는 것을 보았어요. 할머니는 잉글랜드 북부에서 태어났어요. 노섬벌랜드 출신이죠. 나는 할머니가 눈먼 상태로 미소 지으며 돌아가시는 것도 보았어요. 증조할아버지도 맹인으로 돌아가셨죠. 그분이 미소를 지었는지 아닌지는 모르겠어요. 내가 거슬러 올라갈 수 있는 건 거기까지예요. 그러니까 난 4대인 거죠.

캐빗　눈이 멀게 되었을 때 당신에게 어떤 변화가 일어났나요?

보르헤스　아주 서서히 시력을 잃어가고 있다는 것을 알았으므로 특별히 충격을 받은 순간은 없었어요. 그건 여름날의 더딘 땅거미처럼 왔어요. 나는 국립도서관 관장이었는데, 내가 글자가 없는 책들로 둘러싸여 있다는 것을 발견한 거예요. 그다음엔 내 친구들의 얼굴을 잃었어요. 이어 나는 거울 안에 아무도 없다는 것을 알게 되었지요. 그런 다음 모든 게 흐릿해졌고, 지금은 흰색과 회색만 겨우 알아볼 수 있어요. 검정과 빨강, 이 두 가지 색은 내게 금지된 색이에요. 검정과 빨강은 갈색으로 보여요. 셰익스피어는 "맹인이 보는 암흑을 보며"라고 말했는데, 그가 잘못 안 거예요. 맹인은 암흑을 볼 수 없어요. 나는 희뿌연 빛의 한가운데에서 살고 있답니다.

캐빗 희뿌연 빛이로군요.

보르헤스 잿빛 또는 푸르스름한 빛이 감도는 색인데, 뭐라고 확실히 말할 수가 없군요. 몹시 흐릿해요. 아마 푸르스름한 세계의 한가운데에서 살고 있다고 말해야겠군요.

캐빗 푸르스름하군요.

보르헤스 아마 잿빛에 가까울 거예요.

"나는 읽었던 책을 다시 읽는 걸 많이 하고
새로운 책은 거의 읽지 않았어요"

캐빗 당신은 눈이 멀게 될 거라는 걸 알았을 때 읽을 수 있는 모든 것들을 가능한한 빨리 읽으려고 애썼나요?

보르헤스 아니요. 물론 그랬어야 했는데 그러지 못했어요. 시력을 잃은—혁명이 일어난 해인 1955년이었어요—이후로 나는 읽었던 책을 다시 읽는 걸 많이 하고 새로운 책은 거의 읽지 않았어요.

캐빗 점자로도 읽고, 당신에게 책을 읽어주는 사람을 통해서 읽기도 하고, 그런가요?

보르헤스 아니요. 점자로 읽으려고 해본 적은 없어요. 내가 어렸을 때 읽었던 책과 똑같은 책들을 계속 읽고 있어요.

캐빗 내 기억에 의하면 당신은『허클베리 핀의 모험』은 좋아하지만 톰 소여는 좋아하지 않는다고 했던 것 같아요.

보르헤스 나는 톰 소여가 그 책을 망쳤다고 생각해요. 톰 소여가 왜 그 책에 들어가게 되었을까요?『허클베리 핀의 모험』은 위대한 책이에요.

캐빗 『허클베리 핀의 모험』의 끝 부분에 톰 소여가 나오는 것을 말하는 거지요?

보르헤스 네. 그 책이 무너지는 느낌이에요. 대단히 훌륭한 책이어서 무너질 수 없는 책인데 말이에요. 나는 개인적으로 『허클베리 핀의 모험』은 또 다른 위대한 책을 낳았다고 생각해요. 키플링의 『킴』을 말하는 거예요. 두 책은 완전히 다르지만—하나는 미국이 배경이고 다른 하나는 인도가 배경이지요—동일한 구성, 동일한 얼개를 가지고 있어요. 노인과 소년이 자신들의 나라를 발견하는 내용이 그거예요. 나라도 다르고 문체도 다르지만 말이에요. 키플링은 실제로 마크 트웨인을 만났어요. 그의 책에서 그걸 읽은 적이 있죠.

캐빗 당신은 책에서 그 두 사람을 다 만난 게 좋았나 보군요.

보르헤스 물론이죠. 키플링의 그 책은 『바다에서 바다로From Sea to Sea』라는 책이었던 거 같은데, 확실치는 않아요. 그는 마크 트웨인을 만났지만 로버트 루이스 스티븐슨은 만난 적이 없어요.

캐빗 만나길 원했을 텐데요.

보르헤스 네, 그는 스티븐슨을 만나길 원했지만 뜻을 이루진 못했어요.

캐빗 저는 가끔 당신이 조금 더 이른 시기에 태어났더라면 더 행복했을 텐데, 하는 생각을 해봅니다. 그 시기에 대한 당신의 애정이 지극하니까요.

보르헤스 나는 나 자신을 현대 작가라고 생각하지 않아요. 난 19세기 작가예요. 나의 새로움은 19세기의 새로움이지요. 나 자신을 초현실주의나 다다이즘, 이미지즘, 또 다른 존경받는 바보 같은 문예사조들과 시대를 함께하는 사람이라고 생각하지 않아요. 그렇지 않나요? 나는 문학을 19세기와 20세기 초반의 관점에서 생각해요. 버나드 쇼, 헨리 제임스의 애독자거든요.

캐빗 당신의 독자들은 당신의 작품에 흠뻑 빠져 있어요. 대단히 훌륭한 작품들이죠. 이런 말을 하기가 죄송스럽지만, 저는 최근에야 그걸 알았어요. 독자들이 즉시 알아보는 것 중 하나는 당신의 작품은 미로와 수수께끼로 가득하고, 심지어 짓궂은 속임수도 있다는 거예요.

보르헤스 짓궂은 속임수, 아마 그럴 거예요. 하지만 미로는 내가 경이로운 세계에 살고 있다는 사실로 설명될 수 있어요. 그러니까 내 말은, 나는 이 세상의 많은 것들에 늘 당황하고 깜짝 놀란다는 뜻이에요.

캐빗 당신은 스페인어가 당신의 운명이라고 말한 적이 있습니다. 글을 쓰는 데 있어 당신을 제한하는 언어라는 거죠. 영어로는 표현할 수 있는데 스페인어로는 표현할 수 없는 게 예를 들자면 뭐가 있을까요?

보르헤스 글쎄요, 키플링이 쓴 「동과 서의 전투The Battle of East and West」

에 나오는 운문 가운데 한 부분을 인용할 수 있을 것 같아요. 한 영국인 경찰이 아프가니스탄인 말 도둑을 뒤쫓고 있는 장면이에요. 그들은 둘 다 말을 타고 있는데, 키플링은 이렇게 썼어요. "They had ridden the low moon out of the sky. Their hooves drum up the dawn.(그들은 말을 타고 가며 하늘에 낮게 뜬 달을 보네. 말발굽 소리가 새벽을 울리네.)" 이러한 표현은 스페인어로 할 수 없어요. 물론 스페인어에는 다른 장점이 있죠. 개모음입을 크게 벌리고 혀의 위치를 가장 낮추어서 발음하는 모음을 예로 들 수 있어요. 고대영어에도 개모음이 있었어요. 내 생각에는 셰익스피어도 개모음을 사용했던 것 같아요. 난 스코틀랜드에 갔을 때 셰익스피어가 실제로 이렇게 말했다고 들었어요. "Tow be or not tow be, that is the question. Whether 'tis nobler in the maend to suffer the slings and arrows of outrageous fortune.(죽느냐 사느냐 그것이 문제로다. 가혹한 운명의 돌팔매와 화살을 참고 사는 것이 더 장한 일인가, 아니면…….)" to be or not to be 대신 tow be or not tow be, in the mind 대신 in the maend라고 썼다는 것. 즉 개모음의 사용을 이야기하고 있음.

캐빗 당신은 그 언어들을 다 알고 있군요. dim(흐릿한)은 아름다운 단어예요.

보르헤스 이 단어는 독일어의 Dämmerung(황혼)과 비슷해요. Dämmerung과 dim은 서로 어울리는 단어지요.

캐빗 셰익스피어의 글에 "death's dim vagueless night(죽음의 흐릿한, 그러나 모호하지 않은 밤)"라는 구절이 있죠?

보르헤스 네, 있어요. 거기에 색슨족의 두운이 사용되었잖아요. 그렇지만 두운은 스페인어에서 거의 쓰이지 않는답니다. 레오폴도 루고네스의 훌륭한 시가 있는데, 여기에서 우린 n 음을 두 번 듣게 되지요. Iba el silencio andando como un largo lebrel.(침묵은 기름한 그레이하운드 개처럼 움직이고 있었네.) 여기에 두운이 쓰였어요. 하지만 스페인어에서는 이런 걸 거의 시도하지 않아요. 우린 각운과 모음의 압운을 더 즐겨 쓰는 편이에요.

캐빗 영어로 글을 쓰려고 시도해본 적이 있습니까?

보르헤스 네. 영어는 내가 무척 숭배하는 언어예요. 나는 친구들을 위해 두세 편의 시를 영어로 썼는데, 그들은 그걸 인쇄물에 싣기까지 했어요. 그러나 지금은 영어로 글을 쓰려는 시도를 하지 않아요. 내가 쓸 수 있는 걸 스페인어로 쓰고 있죠. 어쨌든 스페인어는 나의 운명이면서 도구이기도 해요. 나의 모국어니까요.

캐빗 아르헨티나가 나치와 히틀러에 동조한다는 사실은 내가 늘 어리둥절해하는 점인데, 이에 대해 설명해줄 수 있을까요?

보르헤스 이봐요, 아르헨티나 공화국은 설명할 수 없다고 생각해요. 우주만큼이나 수수께끼 같은 나라지요. 난 이해할 수 없어요. 난 우리 나라를 이해한다고 말하지 못해요. 게다가 나는 정치적인 성향의 사람이 아니에요. 가능한 한 정치를 피하려고 하죠. 어느 당에도 속해 있지 않아요. 나는 개인주의자예요. 아버지는 허버트 스펜서를 추종했어요. 아버지는 '개인 대 국가'의 사상을 접하며 성장했지요. 나는 그런 종류의 것을 설명하지 못해요. 나 자신이 그걸 이해하지 못하거든요.

"만약 당신이 정복자를 존경한다면
당신은 그를 지지하는 거나 다름없어요"

캐빗 당신은 어디에선가 히틀러에 관해 썼는데, 그가 어느 면에서 패배하기를 원했던 사람이라고 했잖아요.

보르헤스 그랬죠. 그렇지만 그건 아마 내 문학적 표현이었을 거예요. 아무튼 사람들은 나폴레옹을 존경하는데 왜 히틀러는 존경하지 않겠어요? 난 그 둘이 서로 통한다고 생각해요. 만약 당신이 정복자를 존경한다면 당신은 그를 지지하는 거나 다름없어요. 하지만 나는 히틀러를 증오하고 혐오해요. 그의 반유대주의는 정말 어리석은 것이었지요.

캐빗 당신의 작품에 등장하는 미로와 이상한 패턴들은 예술적 기교로서 나오는 것인가요, 아니면 어떤 생생한 존재이기 때문에 나오는 것인가요?

보르헤스 그게 아니에요. 나는 그것들을 근본적인 징후, 근본적인 상징으로 여겨요. 내가 그것들을 선택한 게 아니에요. 그것들이 내게 주어진 것이지요. 그것들이 내 마음 상태에 딱 들어맞는 상징이라고 여기기 때문에 내가 그것들에게 집착한 거예요. 나는 늘 당황스럽고 혼란스러워요. 그러니 미로는 적합한 상징이지요. 그것들은 적어도 내게 문학적인 장치나 기교가 아니에요. 나는 그것들을 기교로 생각하지 않아요. 운명의 일부, 내가 느끼는 방식의 일부인 거예요. 난 그것들을 선택하지 않았어요.

캐빗 아직도 영화관에 가시나요?

보르헤스 네. 그러나 소리만 들을 수 있을 뿐이죠.

캐빗 당신이 영화에 관심이 많다는 얘기를 듣고 놀랐어요. 실제로 영화 대본을 쓴 적도 있다고 알고 있어요.

보르헤스 나는 근래에 잊힌 것처럼 보이는 아주 멋진 영화들을 기억해요. 요제프 폰 스턴버그 감독의 갱스터 영화들이요. 〈마지막 결전The Showdown〉 〈수사망The Dragnet〉이 기억나는군요. 배우는 조지 밴크로프트, 윌리엄 파월, 프레드 콜러 등이었어요. 마지막 무성영화들이었지요. 그러다가 유성영화가 나왔고, 모든 게 변했어요. 나는 아주 멋진 영화인 〈시민 케인〉을 여러 번 봤어요.

캐빗　　그 영화는 사람들이 반복해서 보는 영화이지요.

보르헤스　　난 〈사이코〉를 보고 무서워 죽을 것 같았어요. 서너 번 보았지요. 그 어머니를 보지 않으려고 눈을 감아야 했던 게 생각나는군요.

"불행은 작가에게 주어지는 도구 가운데
하나라고 말하고 싶군요"

캐빗　　어디선가 당신은 불행이 작가의 축복이라고 말했어요.

보르헤스　　불행은 작가에게 주어지는 도구 가운데 하나라고 말하고 싶군요. 또 다른 비유를 들자면 많은 재료 가운데 하나라고 할 수 있어요. 불행, 고독 같은 것들은 모두 다 작가가 사용해야 하는 것들이에요. 악몽도 도구예요. 내 소설 가운데 많은 것들은 악몽이 내게 준 거예요. 나는 거의 이틀에 한 번꼴로 악몽을 꾼답니다.

캐빗　　아무도 나이를 먹지 않고 어느 시점 이후에는 아무도 죽지 않는 내용이 나오는 소설이 뭐죠? 그곳엔 무한히 긴 시간에 걸쳐 모든 시대의 사람들이 나오잖아요. 그중 한 인물은 호머라는 게 밝혀지고요.

보르헤스　　아, 물론 그런 소설이 있어요. 그 소설에는 너무 오래 살아서 자기가 호머라는 것도 잊고 그리스어도 잊어버린 사람이 있죠. 제목이 '죽지 않는 사람The Mortal'인 것 같아요. 하지만 그건 바로크 스타일로 쓴 거예요. 요즘은 그런 식으로 쓰지 않아요. 요즘은 키플링의 『옛날부터 전해오는 소박한 이야기Plain Tales from the Hills』의 교훈을 따르려고 노력한답니다. 키플링의 복잡한 후기 소설들이 아니라 그가 쓴 초기 소설들을 따르려고 해요.

캐빗 어느 글을 읽었더니 당신은 칼 샌드버그를 다소 야박하게 평가하더군요. 당신이 생각하기에 그는 열등한…….

보르헤스 그렇지 않아요. 다만 그가 프로스트보다 못하다고 말했을 뿐이에요. 사실 그 정도면 훌륭한 거죠. 칼 샌드버그는 월트 휘트먼의 가장 훌륭한 제자였다고 생각해요. 난 칼 샌드버그를 에드거 리 매스터스보다 좋아해요. 아마 이건 일반적인 생각과 다른 생각일 거예요.

캐빗 과소평가되었다고 생각하는 사람은 누구인가요?

보르헤스 에머슨이 시인으로서 과소평가되었다고 생각해요. 난 에머슨이 위대한 시인이라고 생각해요. 냉철하고 지적인 시인이죠. 하지만 잊힌 것 같아요. 체스터턴 역시 위대한 시인이죠. 하지만 그도 잊힌 것 같아요. 키플링도 마찬가지고요. 사람들이 체스터턴에 대해 말할 때, 그는 가톨릭교도라고 말하죠. 키플링은 제국주의자라고 말하고요. 그러나 두 사람은 그런 것을 훨씬 넘어서는 존재들이에요. 둘 다 천재죠. 오스카 와일드가 키플링에 대해 한마디 했어요. 물론 아주 불공평하면서도 재치 있는 말이었죠. "문학의 관점에서 보면 키플링은 자신의 작품에서 h를 빠뜨린 천재다."키플링이 h를 빼고 발음하는 런던의 방언을 썼다는 뜻.

캐빗　매우 유명한 것이 약점이라고 생각한 적이 있나요?

보르헤스　나는 감사하게 생각하지만 동시에 그 모든 게 커다란 실수라고 생각한답니다. 어느 순간에든 탄로 날 수 있을 테니까 말이에요. 사람들이 날 알아볼 거예요.

캐빗　들키고 만다는 뜻이군요.

보르헤스　내가 왜 유명한지 정말 모르겠어요. 졸작을 썼는데도 불구하고 유명하니까요.

캐빗　정말 소박하고 겸손하시군요.

보르헤스　그래요. 나는 소박해요. 맞는 얘기예요.

캐빗　당신의 책을 번역하는 사람이 unanimous night라는 말을 번역하느라 애를 먹었다는 얘기가 있더군요.

보르헤스 네, 아마 무척 까다로웠을 거예요.

캐빗 그 번역자가 말했어요. "unanimous night라니, 이게 대체 무슨 뜻이야?"

보르헤스 나도 잘 몰라요.

"나는 몸과 영혼, 모두 완전히 죽고 싶어요.
그리고 잊히고 싶어요"

캐빗 불멸하는 게 중요하다고 생각하세요?

보르헤스 나는 몸과 영혼, 모두 완전히 죽고 싶어요. 그리고 잊히고 싶어요.

캐빗 그게 당신이 바라는 소망이군요.

보르헤스 내 이름에 관해 말하자면, 내가 왜 이 이름을 좋아하겠어요? 호르헤 루이스 보르헤스, 아주 어색한 이름이에요. 혀가 잘 돌아가지 않는 말인 호르헤 루이스 호르헤스나 보르헤 루이스 보르헤스가 더 나을 뻔했어요. 나 자신도 내 이름을 발음하기 어렵답니다.

캐빗 글쎄요, 잘하시는데요. 얼마나 오랫동안 그 이름을 발음해야만 했겠습니까.

보르헤스 그건 그래요. 80년 동안 그랬으니. 난 여든이 넘었어요.

캐빗 이 자리에 모시고 만나 뵙게 되어 무척 좋았습니다.

보르헤스 당신을 만나고, 뉴욕을 만나고, 미국을 만나서 좋았어요.

캐빗 그렇죠? 마천루도 그렇고……. 보르헤스 씨, 감사합니다.

보르헤스 네, 감사합니다.

나는 그저 타고난 대로의 나를 나타내지요

보르헤스는 내가 몹시 싫어하는 모든 것들을 나타내고……
나는 그저 타고난 대로의 나를 나타내지요.

나의 일생 MI VIDA ENTERA

여기 다시, 기억을 잔뜩 머금은 나의 입술이 있네,
독특하지만 당신 닮은 입술이.
나는 무기력한 격정, 그것이 나의 영혼.
나는 고집스레 기쁨에 다가가고 고통을 감수했네.
나는 바다를 건넜지.
많은 지역을 겪었지. 한 여자와
두세 남자를 보았지.

이 시 낭송회는 1980년 3월 인디애나대학교에서 열렸다. 스콧 샌더스(Scott Sanders. 영화감독, 각본가)와 윌리스 반스톤은 보르헤스의 시와 짧은 산문을 영어로 낭송했고, 루이스 벨트란(Luis Beltrán), 미겔 엥기다노스(Miguel Enguídanos. 인디애나대학교 스페인어 교수), 호르헤 오클랜더는 같은 내용을 스페인어로 낭송했다. 보르헤스는 그에 대한 논평을 덧붙였다.

나는 라틴아메리카의 조용함을 지닌 흰 살결의
도도한 소녀를 사랑했지.
끝없이 펼쳐진 도시의 변두리를 보았지, 그곳은
해가 끊임없이 지는, 일몰의 불멸이 이루어지는 곳.
나는 몇몇 들판을 보았지, 그곳은
기타의 벗겨진 살이 고통스러운 곳.
나는 많은 말들을 음미했지.
이게 전부라는 것을, 그리고 어떤 새로운 것도
보지 않고 하지 않으리라는 것을 깊이 믿네.
나는 나의 낮과 밤이 궁핍하든 풍요롭든
신의 낮과 밤, 모든 이의 낮과 밤과 똑같다는 것을 믿네.

나는 이 시를 의기소침한 상태에서 썼어요. 나는 미래가 나를 위해 얼마나 많은 것들을 비축해두고 있는지 몰랐죠. 나의 하루하루가 단순한 반복이고 단순한 거울들일 뿐이라고 생각했어요. 선물이 나를 기다리고 있다는 걸 몰랐던 거죠. 예를 들어 영국, 스코틀랜드, 아이슬란드, 스웨덴 등을 방문하고 1961년에는 텍사스에서 미국을 발견하게 될 거라는 걸 몰랐던 거예요. 나는 텍사스에서 내 친구 엥기다노스를 만났고, 또한 영국 문학을 가르쳤죠. 물론 영국 문학은 끝이 없어서 가르칠 수가 없어요. 아무튼 난 학생들에게 영국 문학에 대한 사랑 또는 색슨족에 대한 사랑, 드퀸시, 밀턴 등등에 대한 사랑을 가르쳤어요. 많은 일들이 내게 일어났죠. 우정과 사랑이 있었고, 우린 독재를 경험했어요. 어머니와 여동생이 감옥에 갇혔고, 많은 일들이 일어났어요. 그 모든 것들이 내가 결코 예상하지 못했던 하나의 일에 이르게 된답니다. 바로 우리가 지금 함께 나누고 있는 이 밤으로 이어진 거예요. 그 모든 게 인디애나대학 블루밍턴으로, 오늘 밤 우리의 개인적이고 은밀한 유대로 이어졌어요.

회한 EL REMORDIMENTO

나는 인간이 저지를 수 있는 죄 중에서
가장 나쁜 죄를 저질렀지. 나는 행복하지 않았네.
망각의 빙하여, 나를 끌고 가서
무자비하게 내동댕이치려무나.
부모님은 낮과 밤의 인생살이에서 더 높은
신뢰를 얻으려고 나를 낳았지.
흙과 바람과 물과 불을 위해 나를 낳았지.
나는 부모님을 실망시켰지. 행복하지 않았네.
내 삶은 부모님의 싱싱한 바람을 이루지 못했네.
나는 조화롭고 완고한 예술에 마음을 쏟았지.
사소한 것들을 섞어 짜는 예술에 마음을 쏟았지.
부모님은 용기를 물려주었지만 나는 용감하지 못했네.
마냥 음울한 사람의 이 그림자는 애초부터
나를 떠나지 않고 언제나 내 곁에 머무르네.

지금 이 순간 "시는 평온한 가운데 회상이 일으키는 정서에서 나온다"라고 했던 워즈워스의 말이 떠오르는군요. 우린 행복이나 고통을 겪습니다. 우린 그저 환자일 뿐이죠. 그러나 훗날 그걸 회상할 때 우리는 배우가 아니고 관중이고 구경꾼이 되는 거예요. 워즈워스에 따르면 바로 '그런' 상태가 시를 끌어내기 가장 좋은 상태인 거죠. 나는 이 소네트를 어머니가 돌아가신 지 닷새 만에 썼는데, 여전히 어머니를 잃은 슬픔에 휩싸여 있었으므로 소네트가 좋을 리 없었죠. 그렇지만 많은 사람들이 이걸 기억하고, 부에노스아이레스에 사는 많은 사람들이 이걸 외우고 있더군요. 이 시에 대해 논하는 사람들도 있었고, 여러 번 읽는 사람들도 있었어요. 개인적으로는 이 시가 기교적으로는 아무 가치가 없다고 생각해요. 그러나 어떤 비밀스러운 면에서는 좋을 수도 있겠지요. 지금은 이 시가 마음에 드는군요. 아마 엥기다노스가 아주 잘 낭송했기 때문일 테고, 또 윌리스 반스톤이 이걸 훌륭하게 번역해서 더 잘 만들어냈기 때문일 거예요.

바다 EL MAR

우리들 인간의 꿈이(혹은 공포가) 직조되기 전에
신화와 우주생성론과 사랑이 있었네.
시간이 자신의 재료를 빚어 날들을 만들어내기 전에
바다가, 언제나 바다인 바다가 이미 존재했네.
바다는 누구인가? 그 폭력적인 존재는,
땅의 토대를 물어뜯는 폭력적이고 아주 오래된
그는 누구인가? 그는 하나이자 여러 개인 바다.
그는 심연이며 광휘, 우연이며 바람.
바다를 보는 사람은 맨 처음 그걸 보네.

근원적인 것들에서 스며 나온—아름다운
저녁, 달, 타오르는 모닥불에서 스며 나온
경이감을 품고 매번 그걸 보네.
바다는 누구이고, 나는 누구인가? 나의
마지막 고통 이후의 날에야 알게 되리라.

나는 이 시가 좋은 시일 거라고 생각해요. 왜냐하면 주제가 바다니까요. 바다는 호머 이래로 마음을 사로잡는 시의 소재였지요. 영국 시에서는 가장 이른 시기부터 줄곧 바다가 등장했어요. 『베오울프』의 첫 부분에서도 덴마크 왕 쉴드의 배 이야기가 나올 때 바다가 등장하지요. 그들은 베오울프를 배에 태워 바다로 보냈어요. 작가는 바다의 힘에 의지하여 그를 멀리까지 보냈다고 썼어요. 바다는 항상 우리와 함께 있었죠. 바다는 땅보다 훨씬 더 불가사의해요. 나는 『모비 딕』의 1장을 떠올리지 않고 바다를 말할 수는 없다고 생각해요. 그 작품 속의 인물은 바다의 신비를 느끼죠. 난 뭘 했을까요? 단지 바다에 관한 옛 시들을 다시 쓰려고 했을 뿐이에요. 나는 물론 루이스 카몽스도 떠올리고—Por mares nunca de antes navegados(오, 이전에 한 번도 배가 지나간 적이 없는 바다여)—『오디세이』에 나오는 바다를 포함하여 아주 많은 바다를 떠올려요. 그건 언제나 우리의 마음을 사로잡지요. 바다는 여전히 우리에게 수수께끼 같은 존재예요. 내가 시에 썼듯이 우린 바다가 무엇인지 또는 바다가 누구인지 모릅니다. 우리가 누구인지 모르기 때문이죠. 그것은 또 하나의 수수께끼예요. 나는 바다에 관한 시를 많이 썼어요. 이 시는 아마 여러분들이 관심을 기울일 만한 가치가 있을 거예요. 내가 더 이상 할 수 있는 말이 없는 것 같네요. 이 시는 지적인 시가 아니니까요. 그냥 좋은 거예요. 이 시는 감정에서 생겨난 시이니, 그리 나쁠 리가 없지요.

G.L. 뷔르거 G. L. BÜRGER

나는 도무지 이해할 수가 없네.
내가 왜 뷔르거에게 일어난 일로
이리도 안절부절못하는지.
(그가 한 일들이 백과사전에 나와 있지)
그는 평원에 자리 잡은 한 도시에서 살았지.
둑이 하나밖에 없는 강 옆의 도시엔
소나무 아닌 야자나무가 자라고 있지.
모든 사람과 마찬가지로
그는 거짓말을 하고 거짓말을 들었고,
배신하고 배신당했고,
종종 사랑에 괴로워했고,
불면의 밤을 보낸 뒤엔
잿빛 여명에 물든 창유리를 보았지.
그러나 그는 셰익스피어의 위대한 목소리와
(그 안에는 다른 여러 사람의 목소리가 있지)
브레슬라우의 안겔루스 질레지우스의 목소리를
들을 수 있었네. 그리고 무심한 척 시를
다듬었지. 남들이 그러하듯이.
그는 현재가 아무것도 아니라는 걸 알았네.

덧없이 지나가는 과거의 한 조각일 뿐.
그리고 우리는 망각의 산물일 뿐.
스피노자의 필연적 결과처럼, 또는 두려움의 마법처럼
쓸모없는 지혜의 산물일 뿐.
고요한 강가의 도시에서
신이 죽은 지 이천 년 후에
(이 이야기는 오래된 이야기라네)
뷔르거는 홀로 지금,
바로 지금, 시 몇 줄을 다듬고 있네.

이 시는 어느 날 오후 부에노스아이레스에 있는 내 아파트에서 내게로 왔어요. 나는 매우 슬프고 우울하고 비통스러운 기분에 빠져 있었는데, 그러다가 문득 나 자신에게 말했어요. 도대체 왜 내가 보르헤스에게 일어나는 일을 걱정해야 하지? 결국 보르헤스는 아무것도 아니고 허구일 뿐이잖아. 그래서 나는 이걸 시로 써야겠다고 생각했고, 나 자신을 어원적으로—나는 늘 어원에 대해 생각한답니다—생각해보았어요. 난 이렇게 생각했죠. 매우 흔한 포르투갈 이름인 내 이름 보르헤스(Borges)는 버거(burger)를 의미해. 이어서 나는 한 독일 시인을 머리에 떠올렸어요. 널리 알려진 독일 시인이지요. 그의 이름이 내 이름과 같은 뷔르거(Bürger)예요. 나는 문학적 기교를 하나 생각해냈어요. 뷔르거에 대한 시를 쓰기로 한 거예요. 그리고 독자들은 시를 읽어가는 동안 뷔르거는 뷔르거가 아니고 보르헤스라는 걸 알아차리게 될 거예요. 어쨌든 우리는 같은 이름을 공유하고 있어요. 그러고 나서 나는 시를 쓰기 시작했고, 평원에 자리 잡은 도시를 언급했죠. 그런 곳은 독일이라기보다 저지

대일 테고, 부에노스아이레스의 한 지역일 수도 있어요. 그런 다음 암시를 하나 던졌죠. 소나무가 아닌 야자나무를 언급했고 강을 언급했는데, 그 강은 둑이 하나밖에 없는 강이에요. 그리고 난 마예아가 쓴 책의 아름다운 제목 『강가의 도시La ciudad junto al río』를 떠올리고, 그걸 시에 이용했어요. 독자는 마지막에 이 시가 뷔르거에 관한 게 아니고 나 자신에 관한 것이며, 내가 그를 적절히 활용했다는 것을 알게 될 거예요. 그랬으면 좋겠어요.

보르헤스와 나 BORGES AND I

세상일을 겪는 사람은 다른 사람, 보르헤스라는 사람이다. 나는 부에노스아이레스의 거리를 걸으면서 이제는 기계적으로 잠깐씩 걸음을 멈추고 현관 아치와 철문의 격자 문양을 바라보곤 한다. 나는 우편물을 통해 보르헤스의 소식을 듣고 교수 명단이나 인명사전에서 그의 이름을 본다. 나는 모래시계, 지도, 18세기의 활판 인쇄, 커피 맛, 그리고 스티븐슨의 산문을 좋아한다. 보르헤스도 나와 마찬가지로 이러한 것들을 좋아한다. 하지만 그는 이것들을 한 배우의 특성으로 만들어버리는 허세스러운 방식으로 좋아한다. 우리의 관계가 적대적이라고 말한다면 과장일 것이다. 왜냐하면 내가 이렇게 그냥 살아가야 보르헤스는 자신의 문학을 만들 수 있고, 이 문학이 나의 존재를 정당화할 것이기 때문이다. 나는 그가 가치 있는 글을 몇 편 썼다는 것을 별 어려움 없이 인정한다. 그러나 그 글이 나를 구원할 수는 없다. 좋은 글은 어느 누구의 것도 아니고, 심지어 그의 것도 아니며, 언어나 전통에 속하기 때문이다. 나는 소멸될 게 명백한 운명이고, 단지 나의 어떤 순간들만이 그에게서 살아남을 것이다. 나는 왜곡하고 과장하는 그의 못된 습관을 잘 알고 있으면서도 그에게 조금씩 모든 것을 주고 있다. 스피노자는 만물이 원래의 자신으로 존속하기를 바란다고 말했다. 돌은 영원히 돌이고자 하며 호랑이는 영원히 호랑이고자 한다. 나는 나 자신이 아니라(나라는 게 있다면 말이다) 보르헤스로 남게 될 것이다. 그러나 나는 그의 책보다 다른 사람들의 책에서, 또는 공들여 연주하는 기타 선율 속에서 나 자신을 더 잘 인식한다. 오래전부터 나는 그로부터 벗어나려고 애썼다. 그래서 도시 변두리에서 떠도는 신화를 다루는 것으로부터 시간과 영원의 놀이로 주제를 옮겨 갔다. 하지만 그러한 놀이는 이제 보르헤스의 것이 되어버려서 나는 다른 것들을 생각해내야 할 것이다. 결국 나의 삶은 덧없는 것이 될 것이고, 나는 모든 것을 잃을 것이다. 그 모든 것은 망각 속으로 사라지거나 또는 그의 것이 될 것이다.

나는 이 글을 우리 둘 가운데 누가 쓰고 있는지 알지 못한다.

우리는 방금 전에 로버트 루이스 스티븐슨이라는, 어쩌면 잊힌 이름이 되었을 위대한 이름을 들었습니다. 여러분들은 그가 『지킬 박사와 하이드』를 썼다는 것을 알고 계실 텐데, 이 『지킬 박사와 하이드』에서 이 글이 나온 거예요. 그러나 스티븐슨의 이야기에 나오는 지킬과 하이드의 차이는, 지킬은 우리와 마찬가지로 선과 악이 섞여 있는 반면 하이드는 순전히 악으로만 이루어져 있다는 거예요. 스티븐슨의 악에는 욕망이 포함되지 않았는데, 그가 욕망을 악으로 생각하지 않았기 때문이죠. 그는 잔혹함을 악으로 생각했어요. 잔혹함이 금지된 죄, 성령이 용서하지 않을 죄라고 생각했던 거지요. 물론 오스카 와일드도 『도리언 그레이의 초상』에서 똑같은 방법을 사용했어요. 스티븐슨만큼 효과적이지는 않았지만 말이에요. 그러나 내 경우, 보르헤스와 나의 차이는 달라요. 보르헤스는 내가 몹시 싫어하는 모든 것들을 나타낸답니다. 그는 언론 앞에 나서야 하고 사진을 찍어야 하고 인터뷰에 응해야 하고 정치적인 의견을 비롯해 여러 가지 의견을 제시해야 해요. 의견을 제시하는 건 하찮은 일이라고 말하고 싶군요. 그는 또한 실패와 성공을 나타내는데, 그 둘은 허깨비이자 사기에 불과한 거예요. 적어도 그는 그렇게 생각해요. 우리는 승리를 얻을 수도 있고 재앙을 겪을 수도 있지만, 그 두 가지 허깨비를 똑같이 취급해야 해요. 그는 그러한 것들을 다루어야 한답니다. 반면에 '나'는, 그러니까 이 글의 제목인 '보르헤스와 나'에서 '나'는 공적인 사람을 나타내는 게 아니라 사적인 자아를 나타내고, 또한 현실을 나타내지요. 왜냐하면 위에 언급한 다른 일들이 나에게는 비현실적이니까요. 현실적인 것은 느낌, 꿈, 글쓰기예요. 책을 출판하는 일은 내 생각엔 '나'의 일이 아니라 보르헤스의 일인 것 같아요. 그러한 것들은 피해야 하는 일이에요. 물론 나는 많은 철학자들이 자아를 부정해왔다는 걸 알고 있어요. 예를 들면 데이비드 흄, 쇼펜하우어, 무어, 마세도니오 페르난데스, 프랜시스 허버트 브래들리 같은 사람들이죠. 그럼에도 우리는 자아를 실재하는 것으로 여길 수 있다고, 난 생각해요. 지금 이 순간, 누구보다도 윌리엄 셰익스피어의 도움을 받고 있다는 생각이 드는군요. 패롤리스『끝이 좋으면 다 좋아』에 나오는 버트람의 가신를 떠올려보세요. 패롤리스는 허풍선이에 불한당이죠. 사람들은 그가 실제로는 용감한 사람이 아니라는 걸 알아차려요. 그때 셰익스피어가 도와주죠. 패롤리스는 이렇게 말해요. "대장처럼 편안히 자는 거야. 나는 그저 타고난 내 모습으로 살아갈 거야. 타고난 대로." 이 말은 우리로 하여금 하느님의 위대한 말씀인 "나는 나다(Ego sum qui sum)"를 떠올리게 하지요. 그러니 여러분은 내가 그저 나인 것을 나타낼 뿐이라고, 사적이고 비밀스러운 것을 나타낸다고 생각할 수 있을 거예요. 어느 날 나는 그가 '무엇'인지가 아니라 '누구'인지를 알아내게 될지도 모르죠.

라트모스 산의 엔디미온 ENDIMIÓN EN LATMOS

나는 산 정상에서 자고 있었지. 내 몸은
아름다웠네. 이제는 세월에 닳아 시들었지만.
그리스의 한밤중, 높은 곳에서 켄타우로스가
빠른 속도를 줄이며 내 꿈을 염탐했네.
나는 잠자는 걸 좋아했지. 잠 속엔 꿈이 있으니까.
기억에서 벗어나려고 하는 다른 하나의
맑고 깨끗한 꿈을 꿀 수 있으니까. 그 꿈은
지상에서 살아가는 우리 존재의 짐을
벗겨주고 정화하는 꿈.
여신이자 달인 다이애나가
산에서 자고 있는 나를 보았네.
천천히 내려와 내 품에 안겼지.
황금빛 사랑이 환하게 타오르던 밤.
나는 그녀의 가녀린 눈꺼풀을 잡고 있었네.
그녀의 아름다운 얼굴을 보고 싶었기에.

나의 때 묻은 입술에 더럽혀진 그 얼굴을.
나는 달의 향기를 음미했네. 내 이름을
끝없이 부르는 그녀의 목소리를 음미했네.
오, 서로를 갈구하는 순수한 두 얼굴이여.
오, 사랑의 강이여, 밤의 강이여.
오, 인간의 키스여, 활처럼 팽팽한 긴장이여.
나의 방황은 얼마나 계속되었을까?
포도나 꽃이나 살포시 내리는 눈으로
측정할 수 없는 것들이 있지.
사람들은 나를 멀리하네. 달의
사랑을 받은 남자가 두려운 것이지.
많은 세월이 흘렀네. 잠 못 이루는 밤,
하나의 큰 걱정에 나는 전율하네.
그 산에서의 금빛 소동이 생시였을까,
아니면 단지 꿈이었을까, 나는 모르겠네.
어제의 기억과 꿈은 같은 거라고
왜 나 자신을 속이는가?
나의 고독은 지상의 평범한 길 위를
떠돌지만, 나는 신령스러운
그 옛날의 밤을 바라보며
제우스의 딸인 무심한 달을 찾아보네.

「라트모스 산의 엔디미온」은 신화적인 시이고, 아마 또 하나의 개인적인 시일 거예요. 모든 신화 속의 인물들과 마찬가지로 엔디미온은 허구이거나 단순한 이성의 산물이 아니니까요. 엔디미온은 모든 남자를 대표해요. 그러므로 한 남자가 사랑을 받았다고 말할 때, 그는 신성의 사랑을 받은 것이고 여신의 사랑을 받은 것이고 달의 사랑을 받은 것이랍니다. 그래서 나는 이 시를 지을 자격이 있다고 생각한 거지요. 모든 사람과 마찬가지로 내 인생에서 적어도 난 한두 번이나 세 번쯤 엔디미온이었으니까요. 나는 여신의 사랑을 받았죠. 나중에는 그런 사랑을 받을 만한 자격이 없는 사람이라고 느꼈지만, 동시에 감사하는 마음도 느꼈어요. 왜 좋은 것은 계속되어야 하는 걸까요? 키츠가 말했듯이 "아름다운 것은 영원한 기쁨"이기 때문이에요. 사랑하고 사랑받았다는 사실은 엔디미온과 달의 이야기에 의해 재현될 수 있고, 나는 이 시를 생생하게 만들려고 최선을 다했어요. 랑프리에르의 『고전 사전』에 토대를 둔 게 아니라 나의 개인적 운명과 전 세계 모든 시대, 모든 사람의 개인적 운명에 토대를 둔 작품처럼 만들려고 최선을 다했답니다.

파편FRAGMENTO

칼,
새벽의 냉기 속에서 단조한 쇠로 만든 칼,
룬 문자가 새겨진,
그 누구도 못 보고 지나칠 수 없고 그 누구도
완전히 해독하지 못할 룬 문자가 새겨진 칼,
발트 해 연안에서 만들어져 노섬브리아에서
명성을 떨쳤을 칼,

시인에겐 얼음과 불과 동일시될 칼,
왕에서 왕으로, 그리고
왕에서 꿈으로 전해질 칼,
오직 운명만이 알고 있는 그 시간까지
충성스러울 칼,
싸움을 빛낼 칼,

손에 든 칼,
사내들이 뒤엉켜 싸우는 멋진 싸움을 인도할지니라.
손에 든 칼,
늑대의 이빨과 까마귀의 무자비한 부리를
피로 물들일지니라.
손에 든 칼,
금은보화를 흥청망청 쓰게 할지니라.
손에 든 칼,
황금 소굴에 있는 뱀에게 죽음을 선사할지니라.
손에 든 칼,
왕국을 얻고 왕국을 잃게 할지니라.
손에 든 칼,
창槍의 숲을 격퇴할지니라.
베오울프의 손에 든 칼.

이 시는 내 최고의 시가 되어야 할 거예요. 러디어드 키플링은 이런 시를 쓰고 '물건'이라고 불렀죠. 그러나 나의 경우는 달라요. 나는 텍사스 주 오스틴에서 몇 달을 살았어요. 내가 무척 사랑한 도시죠. 그곳에서 나는 페데리코 리냐가 쓴 『모더니즘의 역사Historia del modernismo』를 읽고 또 읽었는데, 그 책에서 볼리비아 시인이 쓴 아름다운 소네트 한 편을 발견했지요. 그걸 번역하려고 하지는 않을 거예요. 번역이 불가능한 소네트니까요. 첫 연을 들려드릴 수는 있을 것 같은데, 다음과 같아요. 스페인어 억양과 리듬을 음미하면서 들어야 해요.

> Peregrina paloma imaginaria 상상 속의 순례 비둘기
> que enardeces los últimos amores, 마지막 사랑에 불을 주네,
> alma de luz, de música y de flor, 빛의 영혼과 음악과 꽃을 주네,
> peregrina paloma imaginaria. 상상의 순례 영혼.

나는 속으로 생각했지요. 이 시는 아무 의미도 없지만 매우 아름다운 시야. 그런 일이 일어난 거야. 예컨대 셰익스피어의 "Music to hear, why hear'st thou music sadly? / Sweets with sweets war not, joy delights in joy(듣기 좋은 음성의 그대여, 왜 음악을 구슬피 듣나요? / 감미로움은 서로 반목하지 않고, 기쁨은 기쁨 속에 즐겁나니)"를 읽을 때에도 그런 생각이 들잖아. 베를렌의 시를 읽을 때에도 우린 의미를 떠올리지 않아. 소리와 상징을 생각하는데, 그걸로 충분하잖아. 그러고 나서 나도 같은 걸 시도해 보려고 했죠. 아름다운 시를 써보겠다고 마음먹었는데—내가 성공했는지 아닌지는 잘 모르겠어요—성공하기 위해서는 무의미한 시여야 한다고 생각했어요. 나는 내가 열정을 기울이고 있는 것 가운데 하나인 고대 영어와 고대 노르드어에 기대기로 작정하고 색슨족과 고대 스칸디나비아인이 사용하는 완곡대칭어법독자가 상상력을 동원하여 의미를 해석하도록 이끄는

비유법을 기억해냈지요. 그러고 나서 "이 집은 잭이 지은 집이야"로 시작하는 동요 같은 방식으로 이 시를 썼어요. 거기에 다른 것들을 붙인 거예요. 나는 그저 칼에 대해 말하는 것으로 시작했고, 그다음에 칼을 휘두르는 손에 대해 얘기하고 북유럽인들을 언급했어요. 그리고 마지막에 해답을 주었어요. 그 해답은 시 자체보다 덜 중요하고, 소리나 상징이나 고대 북유럽에 있었던 것들보다 덜 중요해요. 마지막에 나는 이렇게 말했죠. "Una espada para la mano de Beowulf.(베오울프의 손에 든 칼.)" 나는 이런 실험을 한 거예요. 아름답고 의미 없는 시를 쓰려는 하나의 실험이었어요. 성공적이었다면 좋겠네요.

달 LA LUNA

마리아 코다마에게

그 금에 그리도 많은 고독이 있네.
밤의 달은 첫 아담이 보았던
그 달이 아니네. 오랜 세기에 걸쳐
불면의 밤들이 그녀를 오래된 슬픔으로
채워왔네. 그녀를 보라. 그녀는 당신의 거울.

아마 우린 몇 가지 것들에 대해 질문을 해볼 수 있을 거예요. 시는, 기억은, 망각은 말을 풍요롭게 한다고 생각해요. 길게 발음되는 영어 단어인 moon이 라틴어 또는 스페인어인 luna와 정확히 똑같은 것인지에 대해선 의문이 드네요. 나는 약간 다르다고 생각해요. 그런데 약간 다른 게 대단히 중요할 수도 있다는 걸 우린 알지요. 아무튼 나는 여기서 수많은 세대의 사람들이 오래오래 달을 보고 달을 생각하며 달을 신화로 바꾸었다는 생각을 했어요. 예컨대 라트모스 산의 엔디미온 신화처럼 말이에요. 그러고 나서 나 자신을 생각했지요. 나는 달을 볼 때 단순히 하늘에서 빛을 내는 물체만 보는 게 아니에요. 베르길리우스의 달, 셰익스피어의 달, 베를렌의 달, 공고라의 달도 보고 있는 거예요. 그래서 난 그 시를 썼죠. 첫 행—Hay tanta soledad en ese oro(그 금에 그리도 많은 고독이 있네)—은 잊어버리면 안 된다고 생각해요. 그게 없으면 이 시는 허물어져버릴지도 모르니까요. 이미 허물어졌는지도 모르겠지만. 어쨌든 시를 쓰는 건 아주 신비한 일이에요. 시인은 자기가 쓰는 것에 쓸데없는 참견을 하면 안 돼요. 자기 글에 끼어들지 않아야 합니다. 글이 스스로 나아가게 해야 해요. 성령이나 뮤즈, 또는 아름답지 못한 현대적 용어로 말하자면 잠재의식이 스스로 나아가게 해야 하고, 그래야 우리는 시를 짓게 될 거예요. 그러며 나 같은 사람도 시를 쓸 수 있죠.

노란 장미 A YELLOW ROSE

저명한 지암바티스타 마리노가 죽은 것은 그날 오후도, 그다음 날 오후도 아니었다. 그가 좋아하는 심상을 사용해서 표현하자면, 평판의 입들은 만장일치로 그를 새로운 호머, 새로운 단테로 선언했다. 그러나 그때 소리 없이 일어난 불변의 사건은 사실상 그에게 마지막 사건이었다. 그는 세월과 영예의 무게를 느끼며, 멋진 조각 장식이 새겨진 침대 기둥이 있는 널따란 스페인식 침대에 누워 죽어가고 있었다. 몇 걸음 떨어진 곳에 서향으로 난 멋진 발코니가 있고, 그 아래에는 대리석과 월계수와 정원이 있으며, 그 정원의 돌계단이 직사각형 연못에 비치고 있다는 것을 상상하는 건 어려운 일이 아니었다. 한 여인이 꽃병에 노란 장미를 꽂았다. 그는 필연적인 시 구절을 중얼거린다. 실은 약간 싫증이 나기 시작한 시구이다.

정원의 붉은빛, 화려한 산책로,
봄의 보물, 4월의 눈동자…….

그러자 계시가 나타났다. 마리노는 아담이 낙원에서 보았을 법한 장미를 보았다. 그 장미가 그의 말이 아닌 그 자체로서 영원히 존재한다는 것을 알아차렸고, 우리는 어떤 것을 언급하거나 암시할 수는 있지만 결코 표현할 수는 없다는 것을 알아차렸다. 그리고 응접실의 한 구석에서 금빛 그림자를 드리우는 거창하고 도도한 책들은 세계의 거울이—그는 허영심에서 책들이 세계의 거울이라는 꿈을 꾸곤 했었다—아니라, 세계에 덧붙여진 것임을 알아차렸다.

마리노가 죽던 날 밤에 이러한 깨달음이 그에게 왔고, 아마 호머와 단테 또한 그러했을 것이다.

또 다른 호랑이 EL OTRO TIGRE

한 마리 호랑이를 생각하네. 어스름은
분주하고 광대한 도서관을 예찬하고

서가를 아득히 멀어지게 하네.
힘차게, 천진하게, 피투성이인 채로 새롭게
호랑이가 밀림을, 그의 아침을 어슬렁거리네.
이름 모를 강둑 진흙 밭에 발자국을 남기고
(그의 세계에는 이름도 없고 과거도 없고
미래도 없지. 있는 거라곤 현재의 한 순간뿐)
야만적인 거리距離를 돌파하여
뒤얽힌 미로에서 코를 킁킁거리며
새벽 내음과 사슴 냄새를 맡네.
나는 대나무 무늬 사이에서
호랑이의 줄무늬를 해독하고
전율이 일 만큼 멋진 가죽에 싸인 골격을 느끼네.
지구의 둥근 바다와 사막은
헛되이 가로막고 있을 뿐이네.
멀고 먼 남아메리카 항구의 이 집에서
나는 너를 뒤쫓고 너를 꿈꾸네.
아, 갠지스 강둑의 호랑이여.

내 영혼에 저녁이 찾아들고
나는 생각하네, 내 시가 얘기하는 호랑이는
상징과 허상의 호랑이,
일련의 문학적 비유,
백과사전에서 따온 것일 뿐이라고.
해와 변화하는 달 아래

수마트라나 벵골을 누비며
사랑과 빈둥거림과 죽음을 일상적으로 행하는
그 치명적인 보석, 그 숙명적인 호랑이는 아니네.
나는 상징들의 호랑이에 뜨거운 피가 흐르는
진짜 호랑이를 대비시켜보네.
물소 떼를 몰살하고
1959년 8월 3일 오늘, 초원 위에
느긋한 그림자를 드리우는 호랑이를 대비시키네.
그러나 그의 이름을 부르고 그의 세계를 추측하는
행위 속에서 그는 이미 대지를 떠도는 짐승 가운데
한 마리 살아 있는 짐승이 아니라
허구가 되고 예술이 되어버리네.

우리는 세 번째 호랑이를 찾으리. 이 역시
다른 호랑이들과 마찬가지로 내 꿈의 한 형태,
언어의 한 체계가 되고 말 테지만.
모든 신화를 뛰어넘어 대지를 어슬렁거리는
진짜 척추동물 호랑이가 아닐 테지만.
나는 이를 잘 알고 있네.
그럼에도 무언가 막연하고 무분별한
이 오래된 모험으로 나를 몰아가네. 그리하여
나는 오후 내내 또 다른 호랑이를, 시 속에서만
살지 않을 호랑이를 찾아 나서네.

위의 두 시, 「노란 장미」와 「또 다른 호랑이」는 다른 상징을 사용한 같은 시랍니다. 「노란 장미」를 쓰고 나서 몇 년 뒤, 나는 이게 거의 쓸모가 없다는 생각이 들었어요. 그래서 다른 상징으로, 장미가 아닌 호랑이로 한 번 더 시도했지요. 그렇게 해서 쓴 시가 「또 다른 호랑이」예요. 물론 두 번째 시에서 세 마리 호랑이를 생각해선 안 돼요. 끝없는 호랑이의 사슬을 생각해야 해요. 그들은 모두 연결되어 있고 모두 의미 있는 존재들이죠. 다시 말해서 이 시에는, 죄송한 말이지만, 도덕이 있어요. 이 시는 예술로 본질을 얻을 수 없다는 사실을 나타내고 있지요. 본질을 얻을 수는 없지만, 노란 장미나 또 다른 호랑이를 결코 찾아내진 못할 테지만 언어의 구조를, 상징의 구조를, 은유의 구조를, 형용사의 구조를, 심상의 구조를 만들어내고 있고, 그러한 것들이 존재한다는 걸 나타내고 있어요. 그 세계는 장미와 호랑이의 세계가 아니라 예술의 세계이고, 그것은 충분히 기릴 만하며 실제 세계만큼 가치 있는 거랍니다. 이 시들은 절망스러운 기분에서 나온 시들이에요. 예술은 가망 없는 것이라는 생각, 사물의 본질을 표현하지 못하고 그저 암시만 할 수 있다는 생각에서 쓰였지만 나는 이 시들 역시 희망일 수 있고 큰 행복의 징표일 수 있다고 생각해요. 우리는 자연을 흉내 낼 수 없지만 여전히 예술을 만들 수 있으니까요. 우리 인간에겐, 누구에게든, 평생 그거면 충분할 거예요.

원인 LAS CAUSAS

저녁놀과 세대.

하루하루, 그 어떤 것도 처음은 아니었네.

아담의 목을 타고 흘러내린
물의 신선함. 질서 정연한 낙원.
어둠을 판독하는 눈.
새벽녘 늑대들의 사랑.
언어. 6보격의 시. 거울.
바벨탑과 오만.
칼데아 사람들이 바라본 달.
갠지스 강의 헤아릴 수 없는 모래.
장자와 나비의 꿈.
섬에 있는 황금 사과.
구불구불한 미로의 계단.
페넬로페의 끝없는 베 짜기.
스토아 철학자들의 순환하는 시간.
죽은 사람의 입에 든 동전.
저울에 놓인 칼의 무게.
물시계에 떨어지는 한 방울 한 방울의 물.
독수리, 기억할 만한 날, 군단.
파르살로스에서 아침을 맞은 케사르.
땅 위에 드리워진 십자가의 그림자.
페르시아인의 체스와 수학.
긴 이동의 발자국.
칼에 의한 왕국 정복.
쉴 틈 없는 나침반. 넓은 바다.
기억 속에서 울리는 시계.

도끼로 처형된 왕.

헤아릴 수 없는 먼지처럼 많았던 군인들.

덴마크에서 들려오는 나이팅게일 새의 목소리.

서예가의 세심한 선.

거울에 비친 자살자의 얼굴.

도박꾼의 카드. 탐욕의 금.

사막 하늘의 구름 모양.

만화경 속의 갖가지 아라베스크 무늬.

제각각의 후회와 눈물.

이 모든 것들이 적확히 그렇게 있었기에

우리의 손은 만날 수 있었네.

우리의 손은 긴 시간 뒤에 만났어요. 그렇게 더없이 좋은 일이 일어나기 위해서는 온 과거가 필요했다는 걸 나는 깨달았어요. 어떤 일이 일어날 때, 그 일은 심오하고 불가해한 과거에 의해 형성되어온 거예요. 인과관계의 사슬에 의해서 말이에요. 물론 제1원인이라는 것은 없어요. 모든 원인은 또 다른 것의 결과예요. 모든 것들은 가지를 쳐서 무한히 뻗어나가지요. 이건 추상적인 생각일 수 있어요. 하지만 이게 진실이라고 느꼈어요. 난 이 시를 진실한 시로 여깁니다. 많은 비유와 은유가 들어 있지만, 이 시의 힘은 각각의 행이나 은유, 형용사나 수사학적 기교 따위에 있는 게 아니라 이 시가 말하는 것이 진실이라는 사실에 있으니까요. 이 시가 말하는 건 모든 과거가, 헤아릴 수 없을 만큼 많은 과거가, 어떤 특별한 순간에 이르기 위해 만들어져왔다는 거예요. 그래서 과거가 정당화되는 거지요. 만약 어떤 행복의 순간이 있다면, 인간적인 행복의 순간이 있다면, 그건 이전에 있었던 나쁜 일들과 더불어 좋은 일들로 말미암은 것이랍니다. 과거가 우리를 만들고 있는 거예요. 늘 그래요. 나는 과거를 어떤 고약한 것으로 생각하는 게 아니라 일종의 원천으로 생각해요. 모든 게 그 원천에서 나오는 거예요. 그게 바로 내가 느끼고 깨달은 것이고, 그래서 최선을 다해 그걸 다룬 거랍니다. 과거에 관해 말하자면, 난 역사적으로 일어난 일뿐 아니라—역사라는 것은 경박하고 엉뚱한 것이니까요—신화도 포함해서 과거라고 여깁니다. 신화가 훨씬 중요해요. 그래서 난 신화로 시작했어요. 햄릿에 대해 말했고, 그리스신화에 대해 말했고, 역사가 아닌 인간의 꿈에서 일어난 일들에 대해 말했어요. 그러므로 나는 이 시가 정당화될 수 있을 거라고 생각해요.

추측의 시 POEMA CONJETURAL

1829년 9월 22일 프란치스코 라프리다 박사는 알다오의 불한당들에게 살해당했다. 그는 죽기 전에 생각했다.

최후의 오후, 총탄이 귀청을 울리네.
바람이 일고 먼지가 흩날리네.
날은 저물어가고 무질서한 전투도 끝나가고,
승리는 그들의 것이네, 야만인들의 것이네.
가우초가 이겼네.
나, 프란치스코 나르시소 데 라프리다가 졌네.
법률과 교리를 공부했고,
이 거친 지방들의 독립을 선언했던

내가 패했네.

피와 땀으로 뒤덮인 채

두려움도 없고 희망도 상실한 채

가장 먼 변두리를 지나 남쪽으로 도주하네.

나는 연옥에 떨어진 그 지휘관단테의 작품 속 인물과 같네.

핏자국을 남기며 걸어서 도주하다가

어느 이름 모를 검은 강에 이르러

죽음에 붙들려 쓰러지고 눈 감은 그 선장처럼

그렇게 나도 쓰러지리라. 오늘이 마지막이리라.

평원에 번지던 밤이 매복하고 있다가

나의 발걸음에 들러붙네.

나는 듣네, 나를 찾아 나선

나의 달아오른 죽음의 말발굽 소리.

나는 다른 무엇이 되고자 갈망했지.

바른 정서, 책, 판결에 바탕을 둔 삶을 꿈꾸었지만

나는 이제 노천 습지에서 잠들 거라네.

그렇지만 설명할 수 없는 은밀한 환희가

가슴 가득 퍼지네. 나는 나의 운명을 만났다네.

마침내 남아메리카의 운명을 만났다네.

어린 시절 이후 내 삶의 걸음걸음이

헤치고 나아간 여러 겹의 미로가

나를 이 몰락의 오후로 데려왔네.

내 인생의 마지막 순간에 나는 발견하네.

내 삶에 숨겨져 있던 불가해한 기호와 암호를,

프란치스코 데 라프리다의 운명을,
빠져 있던 글자를, 신께서만 알고 있던
완벽한 형상을 발견하네.
오늘 밤이라는 거울에서 나는
예기치 않게 나의 영원한 얼굴을 발견하네.
원이 닫히려 하네. 나도 그렇게 되기를 바라지.
내 발이 나를 겨눈 창의 그림자를 밟네.
죽음의 조롱, 말 탄 사람들과 말들, 그리고 말갈기가
내 주위를 맴도네. 그 단단한 쇠의
최초 일격이 내 가슴을 찢고,
그 은밀한 칼이 내 목을 가르고…….

이 시를 쓸 때 본보기로 삼은 사람은 브라우닝이에요. 브라우닝의 시에서 우리는 낭만적 독백을 읽게 되고, 거기서 한 사람의 감정을 따를 수 있게 되지요. 그래서 나는 생각했어요. 스티븐슨이 그런 것처럼 최선을 다해 브라우닝의 스타일을 흉내 내서 시를 한 편 지어보겠어. 그런데 시의 주인공이 자신의 마지막 순간을 생각하는 것으로 시를 형상화한다면 멋질 것 같아. 그래서 나는 프란치스코 나르시소 데 라프리다를 생각해냈죠. 그분은 1816년에 최초의 혁명 의회의 의장이었고 나의 친족이기도 한데, 가우초들에게 살해당했어요. 나는 속으로 생각했죠. 나는 그런 사실을 재연하기보다 그분이 야만인들에게 당했을 때 무슨 생각을 했을지 상상해볼 거야. 그분은 우리 나라가 문명국이 되기를 원했던 분이에요. 전투에 패하여 야만인들의 추격을 받았죠. 야만인들이 그분의 목을 벴어요. 나는 단테의 연옥을 생각했는데, 이런 구절이 떠오르더군요. "Fuggendo a piede e sanguinando il piano.(피를 흘리며 걸어서 도주하고.)" 내 이탈리아어가 짧지만 이건 맞을 거예요. 나는 이 구절을 내 시에 짜 넣었지요. "핏자국을 남기며 걸어서 도주하다가"라고 말이에요. 그리고 이 시를 발표했어요. 유감스럽게도 한 신문사가 이 시를 퇴짜 놓았는데, 그 신문사 이름을 언급할 이유는 없을 것 같군요. 그렇지만 어쨌든 〈수르Sur〉라는 정기간행물에 발표되었어요. 이 시는 역사를 다룬 시일 뿐 아니라, 내가 그걸 썼을 무렵에는 우리 모두가 느끼던 것을 다룬 시였어요. 왜냐하면 독재의 시대가 왔으니까요. 우린 파리와 마드리드와 로마의 운명을 한탄했지요. 그러나 우리는 남아메리카인이고, 이곳에도 독재자는 있었어요. 그러므로 시인은 말하죠. "Al fin me encuentro con mi destino sudamericano.(마침내 남아메리카의 운명을 만났다네.)" 그래서 이 시를 쓴 거예요. 시는 계속되고, 말을 탄 사람들은 그를 추적하여 붙잡게 되지요. 이 시는 그의 죽음으로 끝난답니다. 시의 마지막 부분은 그의 목이 베어지는, 삶의 마지막 순간이에요. 그래서 내가 "el íntimo cuchillo en la gárganta(그 은밀한 칼이 내 목을 가르고)"라고 쓸 때, 이건 그가 쓸 수 있는 마지막 글인 거예요. 왜냐하면 그는 그 후로 존재하지 않을 테니까요. 그는 다른 세상으로 갔을지도 모르죠. 우린 알 수 없어요. 아무튼 이 시는 어떤 비극적 힘이 있다고 생각해요. 그가 죽는 순간에 끝나니까요. 시도 마지막 행에서 끝나니, 둘은 함께 가는 거지요.

책 UN LIBRO

많은 물건들 가운데 하나일 뿐이지만

무기이기도 하지. 그것은 1604년
영국에서 만들어졌네.
사람들은 그것에 꿈을 실었네. 거기에는
소리와 분노, 밤과 선홍빛이 있네.
내 손바닥이 그것의 무게를 느끼네. 그 안에
지옥이 담겨 있다고 누가 말할 수 있을까.
운명의 여신이자 수염 난 마녀들,
어둠의 법칙을 수행하는 단도,
죽어가는 것을 보게 될
성의 미묘한 공기,
바다를 피로 물들일 수 있는 가냘픈 손,
칼과 전쟁터에서의 함성.

이 조용한 소동이 잠들어 있네.
조용한 서가 위, 그중 한 책의 영역 안에서
잠들어 있네. 자면서 우리를 기다리네.

우리는 모든 책을—성서뿐 아니라 다른 책들도—성스러운 것으로 생각하지요. 그건 옳은 생각이에요. 우리의 도구들은, 인간이 만들어온 도구들은 단순히 손을 연장한 것일 뿐이니까요. 칼이 그렇고, 쟁기가 그렇죠. 망원경이나 현미경은 눈을 연장한 것이고요. 그러나 책의 경우 그보다 훨씬 많은 게 담겨 있어요. 책은 상상력의 연장이고 기억의 연장이에요. 책은 아마도 우리가 과거에 대해 알고 있는 유일한 것일 거예요. 우리들 개인의 과거를 포함해서 말이에요. 그런데 책은 뭘까요? 책은 서가에 놓여 있을 때—에머슨이 한 말인 것 같아요(나는 나의 영웅 가운데 한 명인 에머슨에게 신세 지길 좋아한답니다)—많은 물건들 가운데 하나일 뿐이에요. 그런데 왜 책은 드러나야 하는 걸까요? 책은 하나의 물건인데, 그 자체로는 존재하지 않아요. 책은 독자가 오기 전까지 자신의 정체를 알지 못하죠. 그래서 나는 그 사실에 관해 시를 써야겠다고 생각했어요. 책은 물질세계에 존재하는 하나의 물질이라는 사실에 관해서 말이에요. 나는 어떤 책을 선택해야 했으므로 『맥베스』를 생각했지요. 셰익스피어의 비극 중에서 하나를 선택한다면 난 『맥베스』를 선택할 거예요. 이런 식으로 긴장이 시작되니까요. "언제 우리 셋이 다시 만날까 / 천둥, 번개, 아니면 빗속에서?" 그리고 이런 것도 있지요. "인생은 아무 뜻도 없는, 소음과 분노로 가득한 백치가 읊어대는 이야기." 또 다른 인물은 이렇게 말해요. "죽어버린 도살자와 악마 같은 왕비." 물론 맥베스는 "죽어버린 도살자"라고 하기엔 너무 심오한 인물이죠. 나는 생각했어요. 흠, 여기에 책이 한 권 있군. 우리는 이 책 속에 맥베스의 비극이 봉해져 있다는 걸 알지. 그 모든 소음과 소동과 운명의 세 자매(weird sisters)가 봉해져 있는 거야. 여기서 weird는 형용사가 아니라 명사예요. 왜냐하면 weird는 색슨족의 wurd(운명)를 나타내기 때문이에요. 마녀들 역시 운명의 여신, 운명의 세 자매인 거죠. 이 책은 죽어 있고 생명이 없지만 어떤 의미에서는 숨어서 우리를 기다리고 있는 거예요. 그래서 나는 마지막 행에 그걸 쓴 거예요. "자면서 우리를 기다리네"라고요.

군중은 환상

군중이란 것은 환상이에요. (…) 나는 여러분에게 개인적으로 얘기하고 있는 거예요.

반스톤 보르헤스, 모든 문학 분야에서 작가들은 신화를 사용합니다. 조이스, 밀턴, 베르길리우스가 그러했지요. 당신의 작품에도 신화가 많이 담겨 있어요. 당신은 글을 쓸 때 신화를 어떻게 활용하는지 말씀해주시겠어요?

보르헤스 나는 신화를 활용하려고 시도한 적이 없어요. 신화가 내게 '주어진' 거예요. 아마도 독자들에 의해서 말이에요. 나는 신화를 활용하려고 시도하거나 그런 생각을 한 적이 없어요.

반스톤 그러면 왜 엔디미온에 관한 시를 쓰신 거죠?

이 인터뷰는 1980년 3월 컬럼비아대학교에서 열렸다. 윌리스 반스톤이 인터뷰를 진행하고 청중의 질문을 받았다.

보르헤스 엔디미온은 신화가 아니라 사실의 문제라는 걸 말하고 싶어서 엔디미온 시를 쓴 거예요. 사랑을 받은 사람은 누구나 다 여신의 사랑을 받은 거니까요. 나는 엔디미온이었어요. 우리는 모두 엔디미온이었던 거예요. 달의 사랑을 받은 거죠. 자신은 그럴 자격이 없는 사람이라고 느끼면서, 동시에 그걸 감사하면서 말이에요. 이게 그 시의 의미였어요. 나는 신화를 가지고 재주를 부리려는 게 아니었어요.

반스톤 당신은 번역도 많이 하셨잖아요. 다른 언어로 된 작품을 번역하면서 당신의 시 창작에 유용한 것들을 배웠다고 생각하시나요?

보르헤스 네. 번역뿐 아니라 책을 읽으면서도 배웠어요. 나는 항상 배운답니다. 나는 스승이 아니라 제자에 속하는 사람이니까요.

반스톤 번역서들이 어느 정도나 스페인어에 혹은 영어에 변화를 끼쳤다고 생각하시나요? 예컨대 킹 제임스의 영어 번역본이 영어 사용에 영향을 미쳤나요?

보르헤스 나는 킹 제임스 성경의 영어 번역본은 사실상 영국 책이라고 생각해요. 그리고 그 책이 필수적인 책이라고 생각한답니다. 워즈워스가 필수적이고 초서가 필수적인 것처럼 말이에요. 셰익스피어는 필수적이라고 생각하지 않아요. 셰익스피어는 영국적인 전통과 어울리지 않거든요. 영국인들은 절제된 표현을 좋아하는데 셰익스피어는 과격한 비유를 좋아해요. 그래서 영국 작가를 생각할 때 난 존슨을 생각하고, 워즈워스를 생각하고, 콜리지를 생각하는 경향이 있지요. 로버트 프로스트는 어떤가요? 그 역시 영국 작가였답니다!

반스톤 당신은 시에서 자유시를 어떻게 사용하는지, 또 소네트 같은 전통 형식은 어떻게 사용하는지 묻고 싶었습니다.

보르헤스 자유시는 모든 시 형식 중에서 가장 어렵다고 생각해요. 월트 휘트먼의 경우를 미리 접하지 않았다면 말이에요! 나는 고전적인 형식들이 더 쉽다고 생각해요. 그 형식들은 패턴을 제공해주니까요. 스티븐슨이 했던 말을 되풀이해볼게요. 그는 "운문적인 요소가 있다면 그 요소를 계속 반복할 것이다"라고 했어요. 그 같은 요소는 두운에 의해 만들어질 수도 있고(고대 영시나 고대 노르드어 시처럼), 각운에 의해 만들어질 수도 있고, 일정한 수의 음절이나 길고 짧은 강세에 의해 만들어질 수도 있어요. 일단 그런 요소가 있으면 단순히 그 패턴을 반복하기만 하면 되는 거예요. 산문의 경우에는 패턴이 늘 바뀌어야 해요. 독자에게 즐거운 방식으로, 듣기에 즐거운 방식으로 바뀌어야 하는 거죠. 바로 이 점이 모든 문학에서 운문이 산문보다 먼저 출현한 이유일 거예요. 운문이 더 쉬워요. 특히 따라야 할 형식이 있는 경우엔 더욱 그렇답니다.
이제 자유시의 경우를 말하자면, 자유시는 산문만큼 어렵다고 말하고 싶군요. 많은 사람들은 우리가 말을 할 때 산문을 사용한다고 생각하지요. 그건 잘못된 생각이에요. 말은, 구어는, 문학에는 맞지 않다고 생각해요. 나는 산문이 무척 어려운 것이라고 생각한답니다. 산문은 언제나 고전적 형식의 운문 이후에 와야 해요. 물론 나는 모든 젊은이들과 마찬가지로 자유시가 더 쉽다고 생각하는 실수를 저질렀어요. 그래서 여러 가지 면에서 나의 첫 책은 실패작이 됐지요. 책이 한 부도 안 팔렸다는 것뿐 아니라(그럴 줄은 전혀 생각하지 못했는데 말이에요!) 그 시들이 매우 어색했다는 점에서도 그렇답니다. 난 젊은 시인들에게 고전적 형식과 패턴으로 시를 짓기 시작하라는 조언을 해주고 싶어요.

가장 아름다운 패턴 중 하나는 소네트라고 말하고 싶군요. 우연히 생긴 것처럼 보이는 소네트 같은 형식이—두 개의 스탠자4행 이상의 각운이 있는 시구, 두 개의 콰르텟4중주, 또는 세 개의 스탠자와 각운을 이룬 두 행—그토록 다른 목적으로 사용된다는 것은 얼마나 이상한 일인가요! 내가 셰익스피어가 쓴 소네트, 밀턴이 쓴 소네트, 로세티가 쓴 소네트, 스윈번이 쓴 소네트, 윌리엄 버틀러 예이츠가 쓴 소네트를 각각 생각한다면 나는 완전히 다른 것들을 생각하고 있는 거예요. 그럼에도 구조는 동일해요. 그 구조로 인해 각각의 목소리가 자신의 억양을 찾을 수 있으니까요. 그러므로 세계 곳곳의 소네트는 같은 구조를 지닌 완전히 다른 것들이랍니다. 각 시인들이 거기에 뭔가 기여를 하는 거예요. 그래서 나는 젊은 시인들에게 엄격한 스탠자로 시작하라는 조언을 해주고 싶어요.

반스톤 영어로 쓰인 다양한 소네트를 스페인어 소네트로 활용하는 것과 당신의 소네트 창작을 비교해주시겠습니까?

보르헤스 나의 소네트 창작은 잊어주세요. 우린 문학을 얘기하고 있는 거잖아요!

반스톤 그렇지만 당신의 소네트 창작은 영어와 관련이 있잖아요.

보르헤스 음, 그랬으면 좋겠네요. 물론 스페인어 소네트 역시 매우 다르답니다. 우리가 공고라의 소네트, 가르실라소의 소네트, 그리고 케베도, 루고네스, 엔리케 반치스의 소네트를 접한다면, 그것들은 아주 많이 다를 거예요. 그래도 형식은 동일해요. 하지만 소네트 이면의 목소리와 억양은 뚜렷이 구별되지요.

"물론 내게도 평화로운 순간들이 있어요.
이따금 고독할 때 그런 순간이 찾아오는 것 같아요"

반스톤 보르헤스, 다른 종류의 개인적인 질문을 해도 된다면 당신의 감정에 대해 물어보고 싶어요. 언제 당신은 평화로운 느낌에 빠져드나요? 그런 때가 있다면 말이에요.

보르헤스 아무튼 지금은 아닌 것 같군요. 물론 내게도 평화로운 순간들이 있어요. 이따금 고독할 때 그런 순간이 찾아오는 것 같아요. 때로는 책에 의해, 때로는 회상 속에서 찾아오기도 하고요. 어떤 때는 잠에서 깼는데, 내가 일본이나 뉴욕에 있다는 걸 깨닫고 아주 이상한 느낌에 휩싸일 때 그랬어요. 그런 순간들은 아주 기쁜 선물이자 평화의 순간이죠.

반스톤 그렇다면 두려움을 느끼는 순간은 언제입니까?

보르헤스 지금 이 순간 두려움을 느끼고 있어요. 나는 무대 공포증이 있거든요.

반스톤 다른 순간들은요?

보르헤스 나는 또 아름다움에 대한 두려움을 느끼지요. 때때로 스윈번을 읽거나 로세티를 읽거나 예이츠를 읽거나 워즈워스를 읽으면서 이렇게 생각하기도 해요. 흠, 이건 너무 아름다워. 난 내가 읽고 있는 이 시들을 감상할 자격이 없는 사람이야. 그러면서 두려움도 느끼는 거예요. 글을 쓰기 전에 나는 항상 이런 생각을 해요. 글을 쓰려고 하는 나는 누구인가? 쓰려는 것에 대해 뭘 알고 있는가? 그러고 나서 바보 같은 생각을 하는 거예요. 하지만 난 그런 짓을 수없이 해왔으니 한 번 더 한다고 해서 문제될 건 없을 거야, 라고 말이에요. 나는 또 그 백지의 공포를 느끼기도 해요. 그때마다 속으로 이렇게 말하죠. 이게 무슨 대수겠어? 나는 아주 많은 책을 써왔잖아. 계속해서 글을 쓰는 거 말고 내가 뭘 할 수 있겠어? 문학이 내가 '할 일'—'나의 운명'이라고 말하진 않을 거예요—인 것 같고,

난 그 점을 감사해하고 있는데 말이야. 내가 상상할 수 있는 유일한 운명이잖아.

반스톤 최근에 당신은, 이른바 시간을 초월한 신비적 순간을 두 차례 경험했다는 얘기를 했어요. 말로는 표현할 수 없다는 그 얘기를 말씀해주실 수 있을까요?

보르헤스 네. 시간을 초월한 순간들이 두 번 내게 찾아왔어요. 한번은 아주 평범한 방식으로 왔지요. 갑자기 내가 시간 너머에 있는 것 같은 느낌이 들었어요. 다른 한번은 어떤 여인으로부터 자신은 나를 사랑할 수 없다는 말을 들은 뒤에 찾아왔어요. 나는 매우 울적해서 오랫동안 걸었지요. 부에노스아이레스 남부에 있는 기차역까지 갔어요. 그때 갑자기 시간 너머에 있는 듯한 느낌, 영원의 느낌을 경험했지요. 그게 얼마나 지속되었는지는 모르겠어요. 그건 시간을 초월한 경험이었으니까요. 나는 그 경험을 아주 고맙게 받아들였어요. 그래서 그 기차역의 벽에 시를 한 편 썼지요.(그러지 말았어야 했어요!) 그 시는 아직도 거기에 있답니다. 나는 그런 경우를 평생 딱 두 번 경험했어요. 한 번도 그런 일을 경험하지 못한 사람들을 알고 있고, 빈번하게 경험하는 사람들도 알고 있어요. 예를 들어 신비주의자인 내 친구는 수시로 황홀경에 빠진답니다. 난 안 그래요. 나는 팔십 평생에 단 두 차례만 시간을 초월해서 존재하는 경험을 했어요.

반스톤 당신이 시간 속에 있을 때…….

보르헤스 난 언제나 시간 속에 있어요.

반스톤 당신의 삶에서 그 두 번을 뺀 다른 순간들에는 당신 마음의 시간이 있고, 꿈의 시간이 있고, 또 외부 시간이 있잖아요. 시계의 시간, 측정할 수 있는 시간 말이에요. 당신은 시간에 대해 아주 많은 얘기를 하고 아주 많은 글을 썼어요.

보르헤스 시간은 본질적인 수수께끼니까요.

반스톤 꿈의 시간에 대해 우리에게 얘기해주시겠어요?

보르헤스 '꿈'이라는 말을 쓸 때 나는 꿈속 호랑이의 관점에서, 악몽의 관점에서 꿈을 생각해요. 난 이틀에 한 번꼴로 악몽을 꾼답니다. 패턴은 늘 똑같아요. 나는 내가 부에노스아이레스 거리의 한 모퉁이에 있거나 아주 평범한 방 안에 있는 걸 발견하곤 해요. 그러면 애써서 또 다른 거리의 모퉁이나 또 다른 방으로 가는데, 그것들은 다 똑같아요. 그런 일이 계속 이어지는 거예요. 그러고 나면 나는 속으로 생각하지요. 흠, 이건 미로의 악몽이군. 나는 기다리는 수밖에 없어. 결국 때가 되면 깨어날 거야. 그러나 때로는 잠에서 깨어나는 꿈을 꾸는데, 내가 똑같은 거리의 모퉁이나 똑같은 방, 똑같은 습지대에 있으면서 똑같은 안개에 둘러싸여 있거나 똑같은 거울을 들여다

보고 있는 것을 발견하곤 하지요. 그러면 나는 정말로 잠에서 깬 것이 아니라는 걸 알게 돼요. 그렇게 계속 꿈을 꾸다가 깨어나면 악몽의 느낌은 2분 정도 지속돼요. 내가 미쳐가나 보다, 하는 느낌이 들 때까지 그렇게 지속되는 것 같아요. 그러다가 갑자기 그 모든 게 사라져요. 나는 다시 잠이 들 수 있죠. 그건 나의 나쁜 습관 중 하나예요. 그것도 악몽이라고 말해야 할 것 같아요.

반스톤 당신의 오래된 습관 중 하나는 우정일 거예요.

보르헤스 내 습관은 모두 다 오래되었지요.

"나는 오래전에 죽었어야 해요"

반스톤 지난 60여 년 동안 당신의 교우 관계는 어땠나요?

보르헤스 불행히도 친구들을 생각할 때면 난 작고한 친구들을 떠올린답니다. 아직 살아 있는 친구들도 몇 명 있긴 해요. 물론 이 나이가 되니 사실상 동년배의 친구는 없어요. 누구를 탓하겠어요? 탓할 사람은 없어요. 나는 오래전에 죽었어야 해요. 그런데 아직도 인생이 좋은 일을 만들어주는군요. 내가 여기 미국에 있고, 여러분과 함께 있으니까 말이에요.

반스톤 당신은 대부분의 명성을 경멸하고, 심지어 자신의 책들도 하찮게 여기잖아요.

보르헤스 맞아요.

반스톤 하지만 오늘 우리는 이곳에서 아주 우호적인 집단의 사람들에게 얘기하고 있어요. 이들에게 당신의 지식을 공유하는 느낌이 어떤지 말씀해주세요.

보르헤스 난 이들에게 얘기하고 있지 않아요. 나는 여러분 각자에게 얘기하고 있는 거예요. 군중이란 것은 환상이에요. 그런 것은 존재하지 않아요. 나는 여러분에게 개인적으로 얘기하고 있는 거예요. 월트 휘트먼은 이렇게 말했어요. "우리가 여기에 각자 개인으로 함께 있는 게 맞지요?" 우리는 각자 독립적으로 있는 거예요. 당신과 나로서 말이에요. 여기서 '당신'은 개인을 나타내는 거예요. 군중을 나타내는 게 아니에요. 군중 같은 건 존재하지 않아요. 심지어 나 자신이란 것도 존재하지 않을지도 몰라요.

청중 당신은 뉴욕을 매우 좋아한다고 들었어요.

보르헤스 네, 아주 좋아해요. 난 정신 나간 사람이 아니에요!

청중 뉴욕을 그처럼 특별한 곳으로 여기는 이유가 뭐예요?

보르헤스 아돌포 비오이 카사레스가 내게 했던 말을 당신에게 들려줄게요. 그는 이렇게 말했어요. "나는 부에노스아이레스를 좋아해.(부에노스아이레스는 그의 고향이자 나의 고향이지요.) 나는 런던을 좋아하고 로마를 좋아하고 파리를 좋아해. 그런데 뉴욕에 오면 내가 지방에서 평생을 보냈다는 생각이 들어. 여기는 수도야." 그래서 그는 뉴욕을 무척 마음에 들어 했고, 나도 마찬가지예요. 지금 우리는 수도에 있는 거예요.

청중 지금 우린 도서관에 있어요. 당신의 「도서관」이라는 이야기는 어떻게 생각하세요?

보르헤스 맞아요, 난 그 이야기를 쓴 적이 있어요. 카프카를 열심히 흉내 내던 시절에 그걸 썼죠. 그건 40년 전에 쓴 글이고, 지금은 그걸 기억하지 못해요.

청중 언젠가 당신은 이렇게 말했어요. 작가는 성이 있고 말이 있는 왕국을 묘사하기 시작하지만 자기 자신의 얼굴선을 그리는 것으로 끝맺는다고요.

보르헤스 내가 그런 말을 했나요? 그런 말을 했기를 바랄게요! 아, 그 글을 썼던 게 기억나요. 자기 앞에 끝없는 세계가 펼쳐져 있는 한 남자에 관한 이야기인데, 그는 배를 그리고 닻을 그리고 탑과 말과 새 같은 것을 그려요. 마지막에 그는 자신이 그려온 것들이 자기 얼굴이라는 것을 알게 되지요. 그 이야기는 물론 작가에 대한 은유예요. 작가가 뒤에 남기는 것은 자기가 써온 글이 아니라 자신의 이미지라는 거죠. 그게 써온 글에 덧붙여지는 거예요. 많은 작가들의 경우, 각각의 글은 빈약할 수 있으나 그 총합은 작가가 남기는 자신의 이미지인 것이죠. 예를 들어 에드거 앨런 포의 이미지는 포가 쓴 어떤 글보다 더(그의 가장 탁월한 작품인 『아서 고든 핌의 모험』보다 더) 우월한 거라고 말하고 싶군요. 그게 작가의 운명일 거예요.

"나는 아주 많은 것들을 유대교도에게 빚지고 있어요"

청중　유대교에 대한 당신의 관심을 얘기해주시겠어요?

보르헤스　내가 유대교에 관심을 갖게 된 데는 많은 이유가 있다고 생각해요. 우선 할머니가 영국인으로, 설교자 집안에서 태어났어요. 그래서 나는 끊임없이 영어 성경을 들으면서 자랐어요. 나는 유대교도가 되려고 무척 노력했지요. 그건 아마 실패한 것 같아요. 우리 집안에는 아세베도, 피네도 같은 유대인 이름을 가진 사람들이 있답니다. 중요한 것은, 우리가 서구 문명에 속해 있는 한 우리 모두는 다양한 혈통에도 불구하고 그리스인이고 유대인이라는 거예요. 우리가 기독교인이라면, 우리는 당연히 성경과 유대인에 속하는 거예요.

나는 아주 많은 것들을 유대교도에게 빚지고 있어요. 나는 1917년에 독일어를 독학으로 공부하다가 그걸 배우는 가장 좋은 방법을 발견했습니다. 하인리히 하이네의 시집 한 권과 독영사전을 가지고 공부하는 거였죠. 그래서 영어를 배우는 사람에게 나는 항상 오스카 와일드를 읽는 것으로 시작하라고 말해준답니다. 물론 모두가 알고 있듯이, 오스카 와일드는 그리 대단하지 않은 시인이고 하이네는 천재적인 시인이었지만 말이에요. 나는 카발라도 조금 관심을 가지고 공부했어요. 골렘에 관한 시도 한 편 썼고, 이스라엘에 관한 시는 여러 편 썼지요. 이러한 것들이 충분한 이유가 되는지 모르겠군요. 난 충분하다고 생각해요. 나는 자주 나 자신을 유대교도라고 생각한답니다. 하지만 내가 그렇게 생각할 자격이 있는지는 잘 모르겠어요. 아마 나의 희망 사항이겠지요.

청중 혹시 『돈키호테』의 제3부를 쓰실 계획은 없는지요?

보르헤스 없어요. 그런 계획을 기대하거나 걱정하는 부분도 없고요.

청중 당신의 글에서 보면 당신은 기이하고 초자연적이며 환상적인 것에 관심을 기울이는데, 그 이유가 뭔가요?

보르헤스 차라리 "당신은 왜 사랑 또는 달에 관심을 기울이는가?"라고 묻는 게 나을 거예요. 난 거기에 이상한 점이 있다고 생각지 않아요. 물론 uncanny(기이하다)라는 말은 게르만어에만 존재하죠. 로망스어를 쓰는 사람들은 그 단어에 대한 필요성을 느끼지 않아요. 하지만 난 그 필요성을 느낀답니다. 부분적으로 내 몸에 영국인의 피가 흐르기 때문일 거예요. 나는 기이한 것을 좋아하는 감수성이 있어요. 하지만 많은 사람들은 그렇지 않죠. 스페인어에는 그런 단어가 없기 때문이에요. 스코틀랜드어에는 eerie(괴상한)이라는 멋진 단어가 있는데, 이 역시 라틴계 사람들은 느끼지 않는 어떤 것을 나타내지요.

청중 당신의 경우, 시를 쓰고자 하는 욕구와 산문을 쓰고자 하는 욕구의 차이는 무엇입니까?

보르헤스 시와 산문은 본질적으로 같은 거예요. 형식의 차이만 있을 뿐이지요. 또한 독자의 차이도 있어요. 예를 들어 산문이 인쇄된 면을 보면 우리는 정보나 조언, 논쟁을 기대하는 반면에 운문으로 인쇄된 것을 보면 정서, 열정, 슬픔, 행복 등과 같은 것을 받아들이게 될 거라고 느끼지요. 그러나 본질적으로 둘은 같다고 생각해요.

청중 「피에르 메나르, 『돈키호테』의 저자」(『픽션들』 수록작)에서 당신은 창조적 아나크로니즘시대착오이라는 문학적 기법을 논하고 있어요. 당신은 오늘날 어떤 문학적 아나크로니즘을 보고 계신가요?

보르헤스 아나크로니즘이 가능한지 사실 잘 모르겠어요. 우리는 모두 같은 세기에 살면서 같은 책을 쓰고 있고 같은 것들을 생각하고 있으니까요. 예를 들어 플로베르는 앉아서 카르타고에 관한 소설을 썼어요. 하지만 내게 19세기의 전형적인 프랑스 소설을 한 편 말하라고 한다면, 나는 그의 『살람보』를 고를 겁니다. 다른 걸 고를 수 없을 거예요. 조지 버나드 쇼가 쓴 『시저와 클레오파트라』 같은 멋진 작품도 로마나 이스라엘에서 쓴 게 아니라는 걸 알 수 있잖아요. 그 작품은 아일랜드 사람이 20세기에 쓴 거예요. 우리는 그런 것들을 느낄 수 있어요. 나는 아나크로니즘이 가능하다고 생각하지 않아요. 불행히도 우리는 어느 특정한 시대에 속해 있고, 어떤 특정한 습성에 속해 있지요. 우리는 동시대의 언어를 사용하고 있어요. 이 정도로만 얘기할게요.

청중 「기억의 천재 푸네스」의 등장인물에 대해 얘기해주세요.

보르헤스 나는 그 이야기를 불면증에 대한 은유 또는 알레고리로 썼어요. 나는 오랫동안 밤에 잠을 이루지 못했기 때문에 무한하게 기억하는 사람은 미쳐버릴 거라는 생각을 했지요. 그런데 참 이상하게도 그 이야기를 쓰고 난 뒤에는 숙면을 취할 수 있게 되었답니다. 그 이야기가 당신을 잠에 빠뜨리지 않았다면 좋겠네요.

반스톤 당신이 인물을 창조했다고 한다면, 당신이 창조한 모든 인물 가운데…….

보르헤스 아니에요, 나는 인물을 창조하지 않았어요. 나의 인물은 언제나 동일하게 나이 먹은 보르헤스였어요. 그저 약간 변장만 했을 뿐이에요.

반스톤 그중 당신이 가장 가깝게 느끼는 인물은 누구입니까?

보르헤스 내가 인물을 창조해낸 적이 있는지 잘 모르겠어요. 나는 그렇지 않다고 생각해요. 나는 늘 나 자신에 대해서 글을 써요. 다양한 신화를 사용해서 말이에요.

반스톤 당신이 창조한 게 아닌 인물 가운데 푸네스가 가장 먼저 손꼽을 수 있는 인물인가요?

보르헤스 네. 그건 내가 쓰긴 했지만 꽤 좋은 이야기라고 생각해요.

청중 당신의 작품 가운데 지적인 허세가 있는 인물이 있나요?

보르헤스 있을 거예요. 왜냐하면 '내'가 허세가 있는 사람이니까요. 난 약간 젠체하는 사람이에요.

반스톤 「죽음과 나침반」『픽션들』 수록작에 관해 말씀해달라는 질문이 들어왔네요.

보르헤스 나는 그 이야기를 거의 기억하지 못해요. 추리소설로 쓴 거예요. 〈엘러리퀸미스터리매거진〉에서 은상을 받은 작품이랍니다. 나는 그게 매우 자랑스러워요.

청중 '작가의 글 막힘' 현상으로 고통 받은 적이 있나요?

보르헤스 그게 뭐죠?

청중 마음이 메말라서 글을 쓸 수 없는 현상이요.

보르헤스 마음은 항상 메말라 있어요. 그렇지 않은 척할 뿐이죠.

청중 훌리오 코르타사르를 어떻게 생각하시는지요?

보르헤스 코르타사르를 기억해요. 약 30년 전에 나는 거의 알려지지 않은 조그만 잡지(〈부에노스아이레스연보〉)를 편집하고 있었는데, 그가 단편소설 하나를 들고 나를 찾아와 그 작품에 대한 의견을 구했지요. 나는 "10일 이내로 다시 와주게"라고 말했어요. 그는 그 주가 다 지나기도 전에 다시 왔어요. 나는 그에게 그 단편을 인쇄하는 중이며, 내 여동생이 작품의 일러스트를 그렸다고 말했어요. 그 단편은 아주 멋진 이야기였고, 내가 유일하게 읽은 그의 작품이에요. 「점거당한 집La casa tomada」이라는 작품이었어요. 그러고는 한동안 만나지 못하다가 파리에서 다시 마주쳤는데, 그가 그 얘기를 나에게 상기시켜주더군요. 그게 다예요. 여러분도 알다시피 나는 늙고 눈이 멀어서 동시대 작가들의 글을 읽지 못한답니다. 하지만 나는 아주 멋진 그 단편과 내 여동생이 그렸던 일러스트는 기억하고 있어요. 그의 작품이 부에노스아이레스에서 출판된 것은 그때가 처음이었어요. 나는 그의 첫 출판인이었고요.

청중 마세도니오 페르난데스에 대해서는 어떤 추억을 가지고 계시는지요?

보르헤스 나는 늘 그를 기억하고 있답니다. 마세도니오 페르난데스는 뛰어난 재주를 지닌 사람이에요. 그의 글이 항상 뛰어난 건 아니지만, 거의 침묵에 가까운 그의 대화는 언제나 뛰어났어요. 지적이지 않은 사람은 마세도니오와 얘기를 나눌 수 없을 거예요. 지금은 죽고 없는 나의 사촌이 생각나는군요. 언젠가 마세도니오가 내 사촌에게 연주회장에 사람들이 많았는지 물었는데, 사촌은 "사람들이 너무 적었답니다. 못 들어오고 떼지어 밖에 모여 있는 사람들에 비하면"이라고 대답했어요. 마세도니오는 그 농담을 좋아했어요. 나는 사촌에게 왜 그런 농담을 했냐고 물었지요. 그가 말하길, 마세도니오가 아니었다면 자기는 그런 농담을 하지 않았을 거라고 하더군요. 마세도니오는 우리 모두를, 심지어 나까지도, 지적으로 처신하도록 자극하는 사람이었어요. 그것도 침묵으로 말이에요. 그는 말을 할 때 매우 낮은 목소리로 얘기했는데, 사실 말은 별로 하지 않고 늘 생각에 잠겨 있었어요. 그는 책을 낼 생각도 별로 하지 않았지요. 그럼에도 우린 그의 뜻을 꺾고 작품을 출간했어요. 그는 생각의 수단으로 글을 썼죠. 나는 유명한 사람들을 많이 만나봤지만, 마세도니오 페르난데스만큼 내게 깊은 인상을 준 사람은 없었답니다.

청중 누군가 우리 시대를 예술과 문화에서 휴머니즘의 중요성이 줄어든 시대라고 특징짓더군요. 당신은 당신 자신을 휴머니스트라고 여기시는지요? 또 이 가정에 대한 당신의 생각을 말씀해주실 수 있는지요?

보르헤스 우리는 휴머니즘을 구하기 위해 최선을 다해야 해요. 그건 우리가 해야 할 일이에요. 나는 내가 할 수 있는 걸 하지요. 물론 나는 휴머니스트라고 생각해요. 나는 정치에도 관심이 없고 돈을 버는 데에도, 명예에도 관심이 없어요. 그런 것들은 나와 거리가 먼 것들이랍니다. 그러나 나는 베르길리우스를 숭상하고, 모든 문학을 숭상하지요. 나는 과거를 숭상해요. 미래를 창조하기 위해 과거가 필요한 거죠. 그래요, 나는 슈펭글러가 말했듯이 서구를 몰락의 관점에서 생각해요. 그러나 우린 구원될 거예요. 내가 아는 한 극동에 의해서, 예를 들면 일본에 의해서 구원될 거예요. 우리는 우리 스스로를 구하기 위해 노력해야 해요. 그게 더 좋을 거예요.

청중 문학의 미래에 대해서는 어떻게 생각하십니까?

보르헤스 문학은 아주 안전하다고 생각해요. 문학은 인간 정신에 꼭 필요한 것이니까요.

그러나 나는 꿈을 더 선호해요

나는 관념보다 이미지에 관심이 있는 것 같아요. 추상적인 사고를 잘하지 못하거든요. 그리스인과 히브리인처럼 이성적으로 생각하는 게 아니라 우화와 비유의 측면에서 생각하는 경향이 있어요. 내가 하는 일이 그런 것이니까요. 물론 이성적인 사고도 해야 하죠. 나는 아주 어설픈 방법으로 그렇게 한답니다. 그러나 나는 꿈을 더 선호해요.

알라즈라키 당신이 영어에 진 빚을 말해줄 수 있습니까?

보르헤스 내 인생 최고의 사건은 바로 아버지의 서재였다고 생각해요. 나는 대부분 그곳에서 책을 읽었으니까요. 서재는 영어 책으로 이루어져 있었지요. 아버지는 키츠, 셸리, 스윈번 같은 시인의 시구를 아주 많이 외우고 계셨어요. 에드워드 피츠제럴

이 인터뷰는 1980년 4월 매사추세츠공과대학에서 열렸다. 인터뷰어는 하이메 알라즈라키(Jaime Alazraki. 비평가. 하버드대학교 스페인어 교수), 윌리스 반스톤, 케네스 브레처(Kenneth Brecher. 보스턴대학교 물리학 교수), 마저리 레스닉(Margery Resnick. 매사추세츠공과대학 외국어문학부 학과장).

드의 「루바이야트」도 암기하고 계셨지요. 나는 아버지가 에드거 앨런 포의 시들을 읊조리던 모습을 기억해요. 그중 일부가 나의 마음속에 자리 잡았어요. 시는 영어를 통해 나에게 다가온 거예요. 그 후에는 스페인어를 통해 나에게 왔는데, 특히 내가 이해하지 못한 시들로 찾아왔어요. 어쨌든 이해하는 건 중요하지 않아요.
어렸을 땐 이해하지 않고 시를 느꼈어요. 시는 아버지를 통해 나에게 왔죠. 5년 전에 돌아가신 어머니는 내가 영시를 읊을 때, 특히 스윈번이나 키츠의 시구를 읊을 때는 돌아가신 아버지의 목소리가 들리는 것 같다고 말씀하시곤 했답니다.

반스톤 단테는 「신생Vita Nuova」의 첫 부분에서 자신의 기억 속에 있는 것들을 옮겨 적는 것에 대해 언급해요. 그는 이렇게 썼어요. "나의 기억의 책에서 읽을 내용이 없는 앞부분에 'Incipit vita nova(신생을 시작하며)'라는 장 제목이 나온다. 그 제목 아래 쓰여 있는 내용을 이 작은 책에 옮겨 적으려는 게 나의 의도다. 그 모두를 옮겨 적지는 못한다고 해도 적어도 그 의미의 본질을 옮기고자 하는 것이다." 당신의 기억의 책으로부터 또는 당신이 듣는 목소리로부터 주어지는 것에 관해 한 말씀해 주시겠습니까?

보르헤스 나는 글쓰기가 받아쓰기라고 생각해요. 이를테면 뭔가 막 생기려 한다는 것을 갑자기 알아차리는 거예요. 나는 그것에 간섭하지 않으려고 노력한답니다. 그러면 뭔가 보여요. 거기에는 항상 최초의 영감이 있어요. 불완전한 것이긴 하지만 말이에요. 한 줄의 글이 나에게 주어지기도 해요. 구성이 주어지기도 하고, 꿈속에서 한 단어나 어떤 말들이 주어지기도 한답니다. 예를 들면 몇 년 전 미국의 이스트랜싱에서 머무르고 있을 때 나는 꿈을 꾸었어요. 꿈에서 깼을 때 내용이 하나도 기억나지 않더군요. 그런데 다음과 같은 문장이 뇌리에 남아 있었어요. "나는 너에게 셰익스피어의 기억을 팔려고 한다." 그런 다음 잠자리에서 일어났어요. 그 얘기를 친구인 마리아 코다마에게 해주니 그녀가 이렇게 말하더군요. "거기에 이야기가 숨어 있을지도 몰라요." 나는 기다렸어요. 기다리는 동안 성령 혹은 영감, 뮤즈, 오늘날의 사람들이 말하는 잠재의식이 나에게 주고자 하는 것에 간섭하지 않으려고 노력했지요. 그런 다음 이야기를 썼어요. 그 이야기가 지금 부에노스아이레스에서 출간되고 있는데, 제목은 『셰익스피어의 기억』이랍니다. 그러나 내 작품에서는 셰익스피어의 기억을 사고팔지 않아요. 그냥 주고, 받는 것이죠. 시작 부분에서는 그게 선물처럼 느껴져요. 그러나 결말 부분에서는 그 기억에 관해 참을 수 없는 어떤 것이 생기게 되죠. 그래서 그 사람은 셰익스피어의 개인적인 기억의 무게에 짓눌려 사라지고 만답니다.

브레처 물리학에서는 복잡한 현상의 세계를 단순한 원리로, 몇 가지 원리로 축소하려고 부단히 노력하지요. 그러나 당신의 모든 글은 우주가 어마어마하게 복잡하다는 것을 증명하려는 것처럼 보이는데, 그 점이 우주의 수수께끼를 풀고자 하는 우리의 노력을 당혹스럽게 만들어요. 게다가 당신은 우주가 본질적으로 복잡하고 단순화할 수 없으며 인간의 노력은 결국 실패할 거라는 관점을 가진 것처럼 보입니다. 이 말이 당신의 세계관을 올바로 나타낸 것인가요? 당신의 세계관은 어떤 것입니까?

보르헤스 나에게 세계관이라는 게 있다면, 나는 세계를 수수께끼로 생각해요. 그에 관한 한 가지 아름다운 사실은 수수께끼가 풀리지 않을 거라는 점이지요. 나는 이 세계에 수수께끼가 필요하다고 생각해요. 그것에 늘 경이로움을 느낀답니다. 예를 들어 난 1899년에 부에노스아이레스에서 태어났어요. 그런데 지금은 미국에 있죠. 친구들에게 둘러싸여서 말이에요. 이 모든 게 믿기지 않지만, 사실이잖아요. 적어도 나는 이게 사실이라고 생각해요. 어쩌면 내가 지금 여기에 없는지도 모르지만 말이에요.

알라즈라키 당신은 아르헨티나에서 여러 차례 강연을 했어요. 강연 주제가…….

보르헤스 아주 많은 주제로 강연했죠.

알라즈라키 꼭 그런 건 아니었던 것 같아요. 당신의 흥미를 끄는 특정 주제에 관한 강연과 카발라를 주제로 한 강연이 많았던 것 같아요. 당신은 이 주제에 관해 쓴 책도 출판했는데, 젊은 시절인

1926년 『내 희망의 크기El tamaño de mi esperanza』라는 책에 「천사의 연구」라는 논문을 수록한 게 그거예요. 이제 당신의 소설에 대해…….

보르헤스 나는 그 책을 몹시 부끄러워하지만, 아무튼 계속 얘기하세요. 어쨌든 난 그 책을 잊으려고 합니다. 아주 형편없는 책이죠.

알라즈라키 당신이 그 책을 좋아하지 않는다는 걸 알아요.

보르헤스 좋아하지 않죠. 불쾌한 화제는 피하고 싶군요.

알라즈라키 심지어 당신이 그 책을 수거하려고 부에노스아이레스 시내를 돌아다니는, 매우 극단적인 행동을 했다는 것도 알고 있어요.

보르헤스 그 책들을 수거해서 태워버렸죠. 정의로운 행동이었어요.

알라즈라키 그 책에는 당신이 만회할 수 있을 거라고 여길 게 분명한, 좋은 논문들이 몇 편 있었어요.

보르헤스 나는 그 책을 다시 읽은 적이 없어요. 이 점에 대해 말하자면, 난 그 책뿐 아니라 나의 다른 책들도 다시 읽지 않는답니다. 나는 글을 쓰되 다시 읽지는 않아요.

알라즈라키 그렇지만 그 책이 보여주는 것은 최소한 당신이 아주 이른 시기에 카발라에 관심이 있었다는 점과 당신의 소설과 시가 그 카발라에 대한 언급과 일맥상통한다는 점이에요. 당신에게 카발라는 어떤 의미인가요?

보르헤스 카발라는 나에게 많은 것을 의미해요. 내가 유대인의 후손이라고 생각하니까요. 어머니의 이름은 아세베도였고, 어머니의 가족 중 한 사람의 이름은 피네도였어요. 그분들은 세파르디 유대인스페인에서 살던 유대인과 그 후손이에요. 나는 카발라의 사상이 아주 흥미롭다고 생각합니다. 칼라일과 레온 블로흐의 사상도 그와 같아요. 이 사상에 따르면 세상은 상징체계일 뿐이고, 별들을 포함한 온 세상이 하나님의 비밀스러운 창조 작업을 나타내지요. 그 사상이 카발라에서 발견되는데, 내가 매력을 느낀 주된 이유가 바로 그것이라고 생각해요. 나는 카발라에 관한 책을 많이 읽었어요. 여러분에게도 게르숌 숄렘의 『유대 신비주의의 주요 경향』이라는 책을 읽어보라고 조언해주고 싶어요.(그렇지만 내가 뭐라고 남에게 조언을 할 수 있겠어요.) 그 책은 가장 좋은 카발라 입문서예요. 나는 예루살렘에서 숄렘을 알았어요. 그는 나에게 골렘에 관한 또 다른 책을 보내주었답니다. 내가 독일어로 읽은, 거의 최초의 책이 구스타프 마이링크의 소설인 『골렘』이었어요. 나는 그 소설을 꼼꼼히 읽었는데, 그 안에서 언제나 나를 매료시키던 사상을 발견했지요. 두 겹의 사상이 그거예요. 스코틀랜드에서는 그걸 '데리러 오는 이(fetch)'라고 말하지요. 왜냐하면 '데리러 오는 이'는 당신을 데리러 오고, 또 죽음으로 인도하는 당신 자신의 이미지이니까요. 그런가 하면 독일에서는 도플갱어라는 말을 쓴답니다. 그것은 당신 주변을 걸어 다니는 당신 같은 사람, 보이지 않는 사람을 의미해요. 지킬과 하이드, 『도리언 그레이의 초상』, 앨릭스 아너 등의 사상도 이와 비슷하지요. 그러나 나는 히브리어를 모르기 때문에, 내가 카발라를 공부할 자격이 있는지 잘 모르겠어요. 그렇지만 즐거움을 위해 그걸 계속 공부한답니다. 나는 '즐거움'이라는 단어를, 행복이라는 단어를 자주 쓰는데, 그걸 경멸해선 안 돼요.

반스톤 보르헤스, 영지주의와 타자의 개념에 대해 비슷한 질문을 하고 싶습니다.

보르헤스 타자라는 말은 좋은 말이지요. 네, 질문하세요.

반스톤 영지주의를 다룬 책에는 당신이 언급하고 싶어 할 어떤 개념들이 있잖아요.

보르헤스 음, 이타주의가 같은 말이에요.

반스톤 구체적인 예를 들자면 마르키온은 외계의 하나님에 대해서, 알 수 없고 이름도 없는 아버지 또는 어머니에 대해서 얘기합니다. 외계의 하나님이 진정한 하나님인 것처럼 이질적이거나 다른 형태의 삶이 진정한 삶이라는 거예요. 그리고 영지주의의 목표는 이 세상의 속박으로부터, 오류로부터 내면의 자아를 해방시키는 것이라고 하죠. 그래야 진정한 삶으로 돌아갈 수 있다는 거예요.

보르헤스 플레로마충만한 상태를 찾아서. 아마 이 단어일 거예요.

"내 운명은 모든 것이,
모든 경험이 아름다움을 빚어낼 목적으로
나에게 주어진 것이라고 생각하는 거예요"

반스톤 플레로마, 맞아요. 서른 가지 신성한 특질을 지닌 영역인 거잖아요. 그러면 영지주의적 개념인 타자, 오류의 세계, 그리고 이 세계에서 탈출하여 빛으로, 다른 세계로 들어감으로써 얻는 구원 등의 개념에 대해 자세히 설명해주시겠습니까?

보르헤스 나는 인생이, 세계가 악몽이라고 생각해요. 거기에서 탈출할 수 없고 그저 꿈만 꾸는 거죠. 우리는 구원에 이를 수 없어요. 구원은 우리에게서 차단되어 있지요. 그럼에도 나는 최선을 다할 겁니다. 나의 구원은 글을 쓰는 데 있다고, 꽤나 가망 없는 방식이지만 글쓰기에 열중하는 것이라고 생각하면서 말이에요. 계속해서 꿈을 꾸고, 글을 쓰고, 그 글들을 아버지가 나에게 해주셨던 충고와 달리 무모하게 출판하는 일 말고 내가 할 수 있는 게 뭐가 있겠어요? 그게 내 운명인걸요. 내 운명은 모든 것이, 모든 경험이 아름다움을 빚어낼 목적으로 나에게 주어진 것이라고 생각하는 거예요. 나는 실패했고, 실패할 것을 알지만, 그것이 내 삶을 정당화할 유일한 행위니까요. 끊임없이 경험하고 행복하고 슬퍼하고 당황하고 어리둥절하는 수밖에요. 나는 늘 이런저런 일들에 어리둥절해하고, 그러고 나서는 그 경험으로부터 시를 지으려고 노력한답니다. 많은 경험 가운데 가장 행복한 것은 책을 읽는 것이에요. 아, 책 읽기보다 훨씬 더 좋은 게 있어요. 읽은 책을 다시 읽는 것인데, 이미 읽었기 때문에 더 깊이 들어갈 수 있고, 더 풍요롭게 읽을 수 있답니다. 나는 새 책을 적게 읽고, 읽은 책을 다시 읽는 건 많이 하라는 조언을 해주고 싶군요.

브레처 당신은 철학적 소설과 에세이에서 이미지를 창조하거나 형이상학적 관념 자체를 그려내나요? 이 점에 대해 말씀해주시겠습니까? 이때 지배적인 요소는 언어인가요, 아니면 철학적 개념인가요?

보르헤스 나는 관념보다 이미지에 관심이 있는 것 같아요. 추상적인 사고를 잘하지 못하거든요. 그리스인과 히브리인처럼 이성적으로 생각하는 게 아니라 우화fable와 비유의 측면에서 생각하는 경향이 있어요. 내가 하는 일이 그런 것이니까요. 물론 이성적인 사고도 해야 하죠. 나는 아주 어설픈 방법으로 그렇게 한답니다. 그러나 나는 꿈을 더 선호해요. 이미지를 더 선호하죠. 키플링이 말했듯이 작가들은 우화를 쓰는 게 허용될 테지만, 우화의 도덕은 작가에게 알려지지 않았고 서로 다를 거예요. 그래서 나는 계속 꿈을 꾸려 한답니다. 논쟁적으로 글을 쓰기보다 비유나 우화를 사용하려고 한답니다. 나는 늘 다른 사람이 옳다고 생각해요.

청중 고대 영국 서사시인 『베오울프』와 고대 노르드어로 쓰인 여러 가지 영웅 전설에서는 사회적 행동을 이상적으로 행하지만, 그와 동시에 사회 체제에 내재된 모순을 드러내는 영웅들이 나옵니다. 예를 들어 원한이 서린, 피할 수 없는 싸움에서 영웅들은 실용적인 방안보다 무모한 용기를 앞세우는 행동을 합니다. 당신은 현대문학이 동일한 효과를 달성하는 게 가능하다고 생각합니까?

보르헤스 나는 그게 가능하다는 걸 안다고, 대답하고 싶군요. 왜냐하면 우리는 버나드 쇼의 『시저와 클레오파트라』와 토머스 에드워드 로런스의 『지혜의 일곱 기둥』 같은 작품에서 서사시적인 감각을 가지고 있으니까요. 나는 그런 작품들에서 서사시적인 것을 발견해요. 나는 늘 시의 서정적인 면보다 서사적인 면에 더 감동받곤 했지요. 우리는 서사시적인 것을 달성할 수 있다고 생각해요. 예술의 그 위대한 형식이 우리를 거부했다고 생각하는 이유가 뭐죠? 물론 우리는 그걸 다른 방식으로 찾아야 해요. 어쩌면 서사시는 오늘날에 운문으로는 효과를 낼 수 없을지 모르지만, 분명 산문으로는 효과를 낼 수 있어요. 나는 여러분들에게 몇 가지 예를 말씀드렸지만, 그것 말고도 아주 많답니다. 예컨대 휘트먼은 『풀잎』을 일련의 짧은 시들이 아니라 서사시로 여겼는데, 그가 옳았어요. 그는 우리가 월트 휘트먼이라고 부르는 위대한 신화적 인물을 창조했으니까요. 그래서 나는 서사시가 우리를 거부하지 않는다고 생각해요. 우리에게 금지된 것은 없어요. 그걸 하는 것은, 적어도 시도해보는 것은 우리에게 달려 있답니다.

알라즈라키 시에 대한 얘기가 나왔으니 당신의 시로 화제를 돌리고 싶습니다. 지난 11년 동안 당신의 시집 중에서 가장 중요한 시집 다섯 권이 출간됐어요. 『어둠의 찬양Elogio de la sombra』(1969), 『호랑이의 황금El oro de los tigers』(1972), 『심오한 장미La rosa profunda』(1975), 『동전La moneda de hierro』(1976), 『밤의 역사Historia de la noche』(1977)가 그것이에요.

보르헤스 『밤의 역사』, 이게 가장 좋아요.

알라즈라키 10여 년 사이 당신은 시를 평소의 세 배 이상 발표했어요.

보르헤스 그랬어요. 여러분 모두에게 사과해야 할 것 같군요!

알라즈라키 일부 독자와 평론가들은 이 시집들에서 당신의 작품 가운데 가장 탁월하고 밀도 높은 시들을 발견하곤 한답니다.

보르헤스 과찬의 말씀이에요. 계속 얘기하세요.

알라즈라키 당신은 근년에 시가 산문보다 더 적합하고 효과적인 매체라고 생각하신 것 같아요. 그처럼 생생하고 열정적으로 시로 방향을 돌리고, 산문은 서서히 포기하다시피 한 이유는 뭔가요?

보르헤스 내가 산문을 포기했다고 생각하진 않아요. 나는 「브로디 박사의 보고서」와 「모래의 책」을 썼어요. 이 작품들은 내게 최고의 단편소설이랍니다. 그러나 내 친구 알라즈라키가 말한 게 사실일 거예요. 실은 내가 눈이 멀고 자주 외로움을 느끼기 때문에, 산문보다 시에 관한 대략적인 초고를 짓는 게 더 쉬워요. 다시 말해서 혼자 있을 때면 한 줄의 시구가 마음속에 떠오르고, 이어 또 다른 시구가 떠오르곤 하지요. 나는 그 시구들을 계속 다듬어 나간답니다. 그것들을 외우죠. 압운이 있으니까요. 그래서 시들이 내게 더 쉽게 다가오는 거예요. 나에게 비서가 있다면 상황은 달라지겠죠. 비서에게 많은 것을 받아쓰게 할 수 있을 테니까요. 그러나 난 비서가 없어요. 게다가 시의 큰 장점이 또 있답니다. 산문을 쓸 땐 쓰고 있는 글의 일부만 보게 되지만, 시를 쓸 때는 전부를 다 볼 수 있어요. 예컨대 시인은 자신이 쓰는 소네트 한 편 전체를 다 볼 수 있지요. 소네트는 14행으로 이루어지는데, 그 14행이 한눈에 보이는 거예요. 반면에 산문은 길잖아요. 7페이지에 이를 수도 있고요. 그래서 산문보다 시를 짓는 게 더 쉽답니다. 이건 어디까지나 내 경우예요. 게다가 눈이 멀었다는 사실 때문에 마음속으로 대략적인 초고를 발전시켜나가야만 하거든요. 초고는 종이에 쓴 게 아니에요. 나의 경우 창작은 육체적인 것이라고 말해야 할 것 같아요. 눈이 멀었다는 사실, 때때로 외롭고 혼자라는 사실에 좌우되니까요. 그러나 나는 쓰고 싶은 이야기들이 마음속에 많이 있답니다. 이미 플롯도 알고 있어요. 아직 구체적인 작업에 착수하진 않았지만, 적어도 단편소설집 한 권을 더 쓰고 싶어요. 시를 쓰는 일도 계속할 것이고, 서른 편이나 마흔 편이 모이면 역시 다른 시집들처럼 책으로 묶고 싶어요.

반스톤 자유시를 쓰거나 전통적인 압운이 있는 시를 쓸 때, 그렇게 쓰기로 결정하는 어떤 특별한 이유가 있나요?

보르헤스 나에게 주어지는 첫 행이 단서가 되는 것 같아요. 11음절의 행이 주어지면 그건 소네트의 전조가 되는 것이지요. 자유로운 운율이 주어진다면 자유시로 나아가게 되고요.

브레처 당신의 작품 「두 갈래로 갈라지는 오솔길들의 정원」에서 미로를 만들고자 했던 추이펀은 다음과 같이 썼어요.

당신의 조상은 뉴턴이나 쇼펜하우어와 달리 균일하고 절대적인 시간을 믿지 않았어요. 그는 무한히 연속된 시간을 믿었지요. 갈라지기도 하고 수렴되기도 하고 나란히 가기도 하는, 현기증 나도록 점점 커져가는 시간의 그물을 믿었던 거예요. 서로 가까워지거나 갈라지거나 혹은 수 세기 동안 서로를 알아차리지 못하는 시간의 그물은 시간의 '모든' 가능성을 수용하지요.

보르헤스　네, 그 구절은 브래들리의 『현상과 실재』에서 취한 것 같아요. 그걸 베껴 쓴 거죠. 내가 알기론 그 내용이 사실일 거예요. 세계는 매우 신비스럽고 풍요롭지요. 브래들리의 『현상과 실재』에 관해 생각하는 동안 그 개념을 발견한 거예요.
J. W. 던의 『시간의 실험』이라는 또 다른 책도 있는데, 그 책도 예로 들 수 있을 거예요. 쇼펜하우어의 글에서는 그 문제에 관한 언급이 여러 차례 나오는데 반드시 현재, 과거 또는 미래일 필요가 없고 그것들은 완전히 다른 것일 수 있다는 이야기예요.

브레처　이 점과 관련한 얘기를 하자면 「모래의 책」은 당신이 가장 최근에 미국을 방문했을 때, 이곳 케임브리지에서 있었던 이야기로 시작하지요. "그것은 케임브리지에서, 내가 찰스 강이 바라보이는 벤치에 앉아 있을 때 벌어진 일이다."

보르헤스　아, 네, 기억해요.

브레처　당신이 그 작품을 썼죠?

보르헤스　맞아요. 제목은 「타자」였던 것 같아요. 반스톤이 말한 '타자', 기억나죠?

브레처　당신은 벤치에 앉아 젊은 보르헤스와 대비되는 미래의 보르헤스를 만난 적이 있습니까? 만약 그렇다면 그가 당신에게 뭐라고 말했나요?

보르헤스 아니요, 아직 그런 적 없어요. 하지만 난 그런 생각을 하곤 했죠. 앞으로 그 이야기를 써볼 거예요.

브레처 그 이야기를 좀 해주시겠습니까?

보르헤스 아직 쓰지 않았어요. 시도했으나 실패했어요. 다시 시도해볼 겁니다.

"망각보다, 잊히는 것보다 좋은 게 어디 있겠어요?
이게 바로 죽음에 대한 내 생각이에요"

반스톤 당신은 종종 죽음에 대해 기대감과 희망이 어린 어조로 얘기하곤 합니다. 당신은 두려움이나 분노를 느끼지 않나요? 죽음의 시간성 혹은 무시간성에 대해 뭔가 말씀해주실 수 있을까요?

보르헤스 나는 울적할 때—간혹 울적한 기분에 빠져든답니다—죽음을 커다란 구원으로 생각하지요. 어쨌든 호르헤 루이스 보르헤스에게 일어나는 일이 도대체 뭐가 중요하겠어요? 나는 죽음을 희망으로, 완전히 소멸되고 지워지는 희망으로 생각하는데, 그 점이 의지가 되는 거예요. 내세는 없다는 걸 알고 있으니, 두려워할 이유도 희망을 가질 이유도 없지요. 우리는 그저 사라질 뿐이고, 그래야 하는 거예요. 나는 불멸을 위협적인 것으로 여기는데, 사실 그건 허망한 생각이에요. 아무튼 나는 개인적으로 불멸하지 않는다는 걸 확신해요. 그리고 죽음은 행복일 거라고 여긴답니다. 망각보다, 잊히는 것보다 좋은 게 어디 있겠어요? 이게 바로 죽음에 대한 내 생각이에요.

청중 당신은 이처럼 평화로운 사람인데 왜 당신의 작품에는 아주 많은 폭력이 나오는 거죠?

보르헤스 아마 군인의 피를 물려받았기 때문일 거예요. 내가 나 아닌 다른 누구이기 때문인지도 몰라요. 하지만 지금은 그런 걸 신뢰하지 않는답니다. 폭력을 신뢰하지 않아요. 전쟁을 신뢰하지도 않아요. 그 모든 게 실수라고 생각해요. 화합을 신뢰하고 불화를 불신해요. 나는 국가를 믿지 않아요. 국가는 실수고 미신이에요. 난 세상은 하나가 되어야 한다고 생각해요. 스토아 철학자들도 그런 생각을 했지요. 우리는 세계주의자가 되어야 해요. 세계의 일원이 되어야 하는 거예요. 나는 고향이 아주 많답니다. 예를 들면 부에노스아이레스, 텍사스 주 오스틴, 몬테비데오가 다 고향이고, 오늘 밤은 케임브리지예요. 그렇게 생각하면 안 될 이유가 어디 있나요? 제네바, 에든버러 등 아주 많은 고향이 있는 거예요. 그건 하나의 고향, 하나의 국가만 있는 것보다 훨씬 좋은 거랍니다.

청중 당신이 좋아하는 시인 중에서 윌리엄 버틀러 예이츠를 언급하지 않으셨네요.

보르헤스 아, 물론 언급해야죠. 그를 빠뜨려서 죄송합니다. 여러분 모두에게 사과할게요. 예이츠는 위대한 시인이죠. 그러나 그의 시가 오랫동안 기억될 시인지에 대해서는 확신이 서지 않는다고 말하고 싶군요. 그의 시에서 주로 받는 느낌은 놀라움이니까요. 놀라움은 점차 사라지게 마련이죠. 난 프로스트가 예이츠보다 더 오래 지속될 거라고 생각해요. 물론 나는 예이츠의 시를 무척 좋아해요. 그의 시구를 여러분들에게 많이 들려드릴 수 있답니다. 지금 한 구절이 떠오르는군요. 이거예요. "저 돌고래에 찢기고 종소리에 고통받는 바다." 매우 바로크적인 시예요. 나는 바로크적인 시는 그다지 좋아하지 않아요. 반면 프로스트는 그보다 더 깊이 있는 시를 많이 썼답니다.

청중 「기억의 천재 푸네스」는 자전적인 작품인가요?

보르헤스 네, 그래요. 그 작품은 불면증에 대한 은유로 쓴 거랍니다. 밤에 거의 잠을 이루지 못했던 게 생각나는군요. 나 자신에 대해 잊으려고, 내 방을 잊으려고, 방 바깥의 정원을 잊으려고, 가구를 잊으려고, 내 몸에 관한 여러 가지 사실들을 잊으려고 무던히 애를 썼지만 잊을 수가 없었어요. 그래서 나는 완벽한 기억에 짓눌린 한 남자를 생각했지요. 그리하여 많은 사람들이 좋아하는 작품인 「기억의 천재 푸네스Funes the Memorious」라는 악몽을 썼어요. 영어의 memorious는 단조롭게 들리는 스페인어의 memorioso와 본질적으로 다른 단어지요. 그러므로 이 경우에는 영어로 번역한 제목이 더 나아요. memorioso는 농부가 한 말처럼 들리거든요. 아무튼 내가 썼긴 하지만, 멋진 이야기랍니다.

청중 독자들 중에는 당신이 왜 장편소설을 쓰지 않는지 궁금해하는 사람들이 있어요. 당신이 사용하는 형식이 장편의 형식보다 더 우월하다고 믿습니까? 그렇다면 그 이유는 뭐죠?

보르헤스 순전히 개인적인 이유로 그러는 거랍니다. 난 단편은 쓸 수 있지만 장편은 쓰지 '못한다'는 게 그 이유에요. 그뿐이에요.

청중 당신 작품의 번역에 대해 의문을 품는 독자들이 있습니다. 이미 번역된 당신 작품들을 다시 번역할 수 있는지요?

보르헤스 노먼 토머스 드 조반니는 나에게 그의 번역이 원작보다 훨씬 더 좋다고 말했어요. 난 그의 말이 옳다고 생각해요. 나의 번역가들은 늘 나를 발전시키고, 늘 나의 새로운 것을 찾아내고 있답니다. 물론 그들 중에는 윌리스 반스톤과 앨러스테어 리드도 있어요. 그들은 나를 발전시키고 있지요. 그들은 가능한 한 충실하지 않아야 하는데, 물론 그렇게도 하고 있답니다.

레스닉 또 질문하실 분?

보르헤스 인생은 짧아요. 나는 여든 살이고요. 언제 죽을지 모르는 나이예요. 그러니 어서 질문하세요.

청중 디드로를 아시는지요?

보르헤스 네, 알아요.

"개인적으로 나는 자유의지가 환상이라고 생각해요.
그러나 필요한 환상이지요"

청중 그럼 seguro azar(피할 수 없는 기회)에 대한 당신의 의견과 이것이 디드로가 본 운명론에 어떻게 어울리는지 말씀해주시겠습니까?

보르헤스 그처럼 복잡한 질문에 내가 대답할 수 있을지 모르겠어요. 개인적으로 나는 자유의지가 환상이라고 생각해요. 그러나 필요한 환상이지요. 예를 들어 나의 과거가 나에게 주어진 것이라는 말을 듣는다면 나는 그걸 받아들여요. 반면 내가 지금 자유 행위자가 아니라는 말을 듣는다면 나는 그걸 믿지 않을 거예요. 그러므로 자유의지는 필요한 환상인 거죠. 스피노자가 떨어지는 돌이 '나는 떨어지고 싶다'라고 생각할 수 있다고 말했을 때, 그는 그걸 다 알았던 거예요. 내가 계속 글을 쓰고 싶어 한다면 내가 그렇게 생각하도록 만들어졌기 때문일 거예요. 어떤 신에 의해서가 아니라 무한히 확장하는 원인과 결과의 긴 사슬에 의해서 그렇게 생각하도록 만들어진 거죠.

청중　시적 영감에 대한 당신의 생각을 얘기해주실 수 있는지요?

보르헤스　그게 존재한다는 것을 알고 있어요. 이게 시적 영감에 관해 내가 말할 수 있는 전부랍니다. 나에게 재능이 주어졌지만 난 그걸 잘못 사용하고 있다는 걸 알고 있어요. 그리고 영감이 존재한다는 것도 알고 있답니다. 영감이 어디에서 오는지는 몰라요. 기억에서 오는 것일 수도 있고, 우리가 모르는 어떤 동인에서 오는 것일 수도 있어요. 그러나 난 영감이 존재한다는 것을 알고 있고, 모든 시인이 그걸 알고 있어요. 노란색의 경험이 존재한다는 것을 알고 있듯이, 사랑의 경험이 존재한다는 것을 알고 있듯이, 영감의 경험이 존재한답니다. 내가 영감에 관해 알고 있는 건 이게 전부예요. 우린 더 이상 알 필요가 없어요.

청중　낭독에 대해 말씀해주시겠습니까? 입과 문학이 결합된 양식이 인쇄된 글의 공격을 받을 때, 당신은 그 구비문학에 대해 어떤 느낌을 갖는지 궁금합니다.

보르헤스　어떤 시가 진짜 시라면 독자는 그걸 소리 내어 읽어야 해요. 시는 그렇게 검사할 수 있어요. 시를 읽을 때, 이 점은 장편소설이나 단편소설도 해당되는데, 만약 소리 내어 읽는 게 더 좋지 않은 느낌이 든다면 그 글에는 뭔가 잘못된 게 있는 거예요. 문학은 글로 쓰인다고 해도 본질적으로는 구어적이라는 것을, 나는 거듭 느끼곤 해요. 문학은 구어인 것으로 시작되었고 계속 구어적인 성질을 지니고 있답니다.

청중 우리 사회처럼 도처에 위험이 도사린 사회에서 예술가의 역할은 무엇일까요? 우리가 살고 있는 이 환경에서 아름다움이 살아남을 수 있을까요?

보르헤스 시와 아름다움은 잘 이겨낼 거라고 생각해요. 나는 정치를 싫어해요. 정치에는 관심이 없답니다. 나는 미적인 것에 관심이 많지요. 철학적인 것에도 관심이 있는 편일 거예요. 나는 어느 정당에도 속해 있지 않아요. 정치도 믿지 않고 국가도 믿지 않아요. 부나 가난도 믿지 않는답니다. 그런 것들은 환상이에요. 하지만 나는 좋은 작가든 나쁜 작가든 그저 그런 작가든 간에, 작가로서의 내 운명을 믿어요.

작가는 자신의 작품을 기다리고 있어요

역설적으로 말해도 된다면—우린 친구 사이인데 왜 안 되겠어요?—작가는 자신의 작품을 기다리고 있다고 말하고 싶군요. 작가는 자신의 생산물에 의해 늘 변하고 있다고 생각해요. 아마 작가가 처음에 쓰는 것은 자기 자신과 관련이 없는 것들일 거예요. 그러나 계속 써나간다면 그러한 것들이 늘 뇌리에 떠오른다는 것을 알게 되지요.

반스톤 제1차 세계대전 기간에 당신은 제네바에서 지내며 프랑스어와 라틴어를 공부했고 집에서는 영어와 스페인어로 말했습니다. 그 시절에 당신은 또 다른 미국 시인을 접하고 그의 시를 독일어로 읽었지요. "Als ich in Alabama meinen Morgengang machte."

보르헤스 월트 휘트먼.

이 인터뷰는 1976년 3월 인디애나대학교에서 열렸다. 인터뷰어는 윌리스 반스톤, 스콧 샌더스, 로버트 던(Robert Dunn. 인디애나대학교 영문학 조교수), 로저 커닝햄(Roger Cunningham. 인디애나대학교 비교문학 박사), 미겔 엥기다노스.

반스톤 그 미국 시인을 발견한 것이 당신의 시에서 현대적 언어의 구사에 어떤 영향을 끼쳤나요?

보르헤스 월트 휘트먼을 읽었을 때 나는 나 자신을 시인으로 생각하지 않았어요. 독자로서 시를 읽었고, 흠뻑 빠지게 되었죠. 월트 휘트먼은 아마도 유일한 시인이고, 호머에서 휘트먼에 이르기까지 있어온 다른 모든 시인들은 그저 그보다 앞서 시를 쓴 사람들일 뿐이라는 생각이 들었어요. 그게 내가 느낀 기분이었답니다. 내가 처음으로 빅토르 위고나 존 던 또는 시인이기도 했던 세네카를 발견했을 때, 셰익스피어나 케베도를 발견했을 때와 같은 기분이었어요.

한 젊은이가 처음으로 어떤 시인을 발견했을 때는 그를 시인으로 생각하기보다 시로 생각하는 것 같아요. 누군가 오랜 세월 동안 더듬어 찾은 뒤에 마침내 발견한 예술로서의 시로 생각하는 거죠. 내가 휘트먼으로부터 받은 느낌은 그거였어요. 실수를 저지르는 사람들은 다 그런 식으로 생각해요. 이제 나는 내가 틀렸다는 것을 알아요. 모든 시인은 각자 나름대로 옳으니까요. 그리고 난 누가 누구를 뛰어난 시인이라고 생각해선 안 된다고 생각해요. 사실 시는 진귀한 게 아닐 거예요. 최악의 시인조차도, 예를 들면 나 자신도, 때때로 멋진 시를 지어낼 수 있다고 생각해요. 삼류 아르헨티나 시인의 책에서도 멋진 시를 발견할 수 있을 거예요. 만약 신이 존재한다면—물론 존재하지 않을 거예요—신은 틀림없이 모든 순간이 경이롭다고 생각할 거예요. 그렇지 않다면 왜 시를 쓰는 일이 끊임없이 계속되겠어요.

샌더스 당신은 사상가나 철학자가 아니라 문학가라고 말해왔어요. 그렇지만 당신의 작품을 읽은 사람들은—수없이 많은 사람들이 당신의 작품을 읽지요—당신의 글에 나타난 개념적인 특성, 지적인 특성에서 커다란 즐거움과 흥미를 얻는답니다. 우리가 당신 작품을 잘못 읽고 있는 건가요?

보르헤스 아니요. 여러분이 나의 작품을 풍요롭게 해준다고 생각해요. 경험이 노력을 요하는 일이듯이 책 읽기는 노력을 기울여야 하는 일이잖아요. 내가 뭔가를 읽을 때마다 내가 읽은 그것은 얼마간 바뀐답니다. 내가 뭔가를 쓰면 그것은 각 독자들에 의해 매번 바뀌지요. 모든 새로운 경험은 책을 풍요롭게 해요. 여러분들도 그걸 알 거예요. 나는 지금 성경을 생각하고 있는데, 수많은 세대를 거치면서 그게 얼마나 풍요로워졌는지 여러분도 알 수 있을 거예요. 햄릿은 그를 창조한 셰익스피어가 생각했던 것보다 콜리지 이후에 훨씬 더 풍요로운 인물이 되었다고 생각해요. 나 자신에 대해 말하자면, 나는 사상가가 아니라는 걸 잘 알아요. 여러 가지 것에 매우 어리둥절해한다는 의미에서 생각하는 사람이긴 하지만 말이에요. 나는 이해하고 해석하려고 애를 쓰고, 보통은 다른 작가들로 하여금 나를 대신해서 생각하게 함으로써 그런 이해와 해석을 발견하게 된답니다. 다시 말해서 흄, 버클리, 쇼펜하우어, 브래들리, 윌리엄 제임스 그리고 그리스인들의 생각을 빌리는 거예요. 난 그런 생각들을 문학적 목적을 위해 사용해요. 나 자신을 무엇보다도 문학가라고 생각하지요. 나는 마침내 스페인어로 글을 쓰는 약간의 기술을 터득했어요. 그리 대단하지는 않지만 아무튼 내가 원하는 것을 그럭저럭 글로 표현할 수 있고, 상당히 듣기 좋은 가락으로 써낼 수 있어요. 그렇지만 사람들은 내 이야기를 읽고, 내가 의도하지 않았던 많은 것을 그 이야기에 담아내지요. 이것은 내가 이야기 작가라는 것을 의미해요. 자신이 의도한 것만 쓰는 작가는 매우 빈약한 작가일 테니까요. 작가는 순수한 자세로 써야 해요. 자기가 무엇을 하고 있는지 생각하지 않아야 해요. 그렇지 않으면 자기가 하고 있는 게 자신의 시가 아닌 거예요.

던 당신은 작가의 성격과 작품 사이에 적절한 관계가 있다고 생각하시는지요? 다시 말해서, 작품과 작가의 성격 사이에 어느 정도 거리를 설정하나요?

보르헤스 역설적으로 말해도 된다면—우린 친구 사이인데 왜 안 되겠어요?—작가는 자신의 작품을 기다리고 있다고 말하고 싶군요. 작가는 자신의 생산물에 의해 늘 변하고 있다고 생각해요. 아마 작가가 처음에 쓰는 것은 자기 자신과 관련이 없는 것들일 거예요. 그러나 계속 써나간다면 그러한 것들이 늘 뇌리에 떠오른다는 것을 알게 되지요. 나는 내가 써야 할 것보다 훨씬 더 많은 걸 썼어요. 죄송스러운 말이지만 난 50권 내지 60권의 책을 썼답니다. 그렇지만 그 모든 책들이 아주 오래전에 쓴 그 아스라한 책 속에, 1923년에 내가 처음으로 출판한 책인 『부에노스아이레스의 열기Fervor de Buenos Aires』 속에 담겨 있다고 생각해요. 그 책은 시집인데, 나는 나의 대부분의 이야기가 거기에 있다고 생각하지요. 나의 이야기는 거기에 숨어서 어떤 비밀스러운 방법으로 발견되기를 기다리고 있고, 나는 그것들을 찾아내기만 할 뿐이에요. 나는 그 시집을 계속해서 읽으며 내가 그 책에 썼던 것들을 새로운 형태로 만들어냅니다. 이제 내가 할 수 있는 건 그것뿐이에요. 서부극에 나오는 어떤 인물이 이렇게 말하지요. "너는 할 말이 없고 정신도 흐릿해." 그러나 나는 그 시집으로 돌아가, 거기서 나 자신을 찾고 거기서 내 미래의 책을 발견한답니다.

"모든 문학을 통틀어 맨 위에 있는
단 하나의 작품을 말해야 한다면,
나는 단테의 『신곡』을 골라야 할 것 같아요"

반스톤 당신은 여러 대담에서 그리고 당신의 글에서 빈번히 밀턴을 언급했어요. 단테보다 훨씬 더 많이 밀턴을 언급했지요. 그런데도 당신은 밀턴보다 단테를 더 높이 평가하는 것 같다는 느낌이 들어요. 왜 단테를 좋아하는지, 그 이유를 말씀해주시겠습니까? 단테 안에 뭐가 있는 거죠?

보르헤스 모든 문학을 통틀어 맨 위에 있는 단 하나의 작품을 말해야 한다면, 나는 단테의 『신곡』을 골라야 할 것 같아요. 그렇지만 나는 가톨릭교도가 아니에요. 신학을 믿지도 않고, 벌을 내리거나 상을 준다는 생각도 믿지 않아요. 그러한 것들은 나와 맞지 않습니다. 그러나 그 시는 완벽해요. 마지막 부분은 빼고요. 그가 줄곧 지옥에 있었다고 해서 그가 죽었다고 상상할 수는 없으니까요. 단테의 경우, 모든 시구가 완벽하게 들릴 거예요. 밀턴은 고상하지만 다소 단조롭지요. 그것 말고도 나는 개인적으로 밀턴을 좋아할 수 없어요. 단테의 경우에도 내가 그를 '정말' 좋아하는지는 의문이에요. 그러나 난 그를 진정한 남자라고 여긴답니다. 밀턴은 진정한 남자라고 생각되지 않아요. 예를 들어 단테가 지옥의 꿈을 꾸고 연옥의 꿈을 꾸었을 때, 그가 실제로 이미지를 떠올리고 있었다는 게 내겐 너무 명백해 보여요. 그러나 밀턴의 경우 이미지라기보다는 단어의 측면에서 글을 썼어요. 여러분들은 아마 시인에게 그런 식의 사고가 허락되어야 한다고 말할 거예요. 맞아요. 그러나 밀턴의 시는 나에게 단테만큼 깊은 감동을 주지 못해요. 밀턴에게 감명을 받긴 한답니다. 그러나 감명만 받을 뿐이에요. 단테에 관해 말하자면, 단테는 모든 단어가 선명하게 느껴져요. 모든 이미지가 흠 없이 제대로 그려져 있다고 생각합니다. 그의 시구들을 옹호할 필요는 없어요. 그를 중세의 관점에서 생각할 필요도 없고요. 그의 작품은 모든 단어가 완벽하고, 모든 단어가 제자리에 놓여 있어요. 단테보다 더 나은 시를 쓸 수 있는 사람을 생각할 순 없습니다. 반면에 밀턴의 시에서는 최소한 내가 꽤나 서툴다고 여기는 시구들이 많아요. 만약 여러분이 밀턴을 좋아한다면—좋아하지 않을 이유가 어디 있겠어요?—『실낙원』이나 『복낙원』보다는 『투사 삼손』이나 소네트를 권하고 싶어요. 『복낙원』은 상당히 안 좋아요. 『실낙원』조차도. 나는 거기에 나오는 신학을 받아들일 수 없어요. 하나님이 인간을 만들고, 그런 다음 그리스도를 만드는 이야기를 받아들일 수 없어요. 그러한 것들은 나로서 이해할 수 없는 얘기지요. 정말 그렇답니다. 그러나 소네트의 경우, 그는 매우 힘 있는 소네트를 여러 편 썼어요. 사실 밀턴과 단테는 하나님과 지옥, 천국에 관해 썼다는 사실을 제외하면 서로 아무런 연관이 없어요. 그들은 매우 달라요. 그래서 나는 우리가 왜 그 둘을 연관시키는지 의아하답니다. 내가 말하고 있는 것은 매우 분명한 것이고, 분명한 것은 매우 사소한 거랍니다.

커닝햄 「불사조 교파」『픽션들』 수록작라는 소설의 첫 부분에는 어떤 모호한 영지주의 교리를 인용하는 사람이 등장합니다. 모호한 영지주의 교리를 내세우는 것은 언제나 좋은 것 같아요.

보르헤스 네, 그래요. 무척 유용하잖아요. 언제든 이용할 수 있지요.

커닝햄 그 사람은 거울과 성교가 사람의 수를 증식시키기 때문에 가증스럽다고 말하지요.

보르헤스 내가 그 모호한 영지주의자예요!

커닝햄 재미없는 질문을 하나 할게요. 영지주의에 관해서는 어떤 책을 읽었는지요? 『포이만드레스』영지주의에 관한 초기 문서같은 멋진 자료를 직접 읽었습니까?

보르헤스 한스 라이제강이라는 사람이 쓴 『영지Die Gnosis』라는 책을 읽었어요. 그런 다음 미드라는 영국인이 쓴 책을 독일어로 번역한 『단편 연구Fragmente Forschungen』를 읽었지요. 그리고 『피스티스 소피아의 믿음Glaubens Pistis Sophia』에 나오는 몇몇 번역 작품을 읽었습니다. 그러므로 라이제강과 미드, 도이센의 『철학의 역사Geschichte der Philosophie』를 언급할 수 있겠네요. 독일인 신학자가 쓴 다른 책도 읽었어요. 1918년에 읽었는데, 그 책은 잃어버렸어요. 내가 영지주의에 관해 알고 있는 것은 그것뿐이랍니다. 그렇지만 남아메리카 문학이라는 나 자신의 목적에는 그거면 충분했어요.

"모든 작가는 자신의 상징을
자유롭게 고를 수 있으니까요"

청중 당신의 소설에 폭력이 자주 등장하는 것에 관해 말씀해주시겠습니까?

보르헤스 내 작품에 폭력이 나오는 것은 할아버지가 전투를 치렀고, 나의 증조할아버지가 1856년 페루에서 있었던 기병대 전투에 참가하여 승리한 것에 그 원인이 있을 거예요. 그분들은 이른바 서사적 역사에 대한 동경을 늘 품고 사셨지요. 물론 나는 좋은 군인이 될 수 있을 거라는 생각이 들지 않았기 때문에 그분들의 길을 가지 않았어요. 특히 시력의 결함 때문에 말이에요. 이런 내력 때문에 나는 그런 식으로 생각하는 경향이 있답니다. 게다가 내 친구들 중에는 칼을 가까이하는 불량배들이 있어요. 가우초도 있죠. 이러한 사실로 인해 나 자신이 싸우는 일 없이도 작품에 폭력을 사용할 수 있는 거랍니다. 아무튼 그 사실에 대해서는 걱정할 필요가 없다고 생각해요. 왜냐하면 모든 작가는 자신의 상징을 자유롭게 고를 수 있으니까요. 예컨대 내가 방앗간 주인을, 석공을, 칼을 선택했다고 한다면 그게 무슨 문제가 되나요? 그래서는 안 될 이유가 어디 있는 거죠?

청중 당신의 소설 「남부」『픽션들』 수록작에 대해 말씀해주시겠습니까? 어떻게 그 작품을 구상했고, 어떻게 완성했는지요?

보르헤스 나는 헨리 제임스를 읽었어요. 여러분들도 그러했겠지만, 나는 『나사의 회전』을 읽고 큰 충격을 받았어요. 그 소설은 몇 가지 해석이 가능한 작품이에요. 우리는 작품에 나오는 유령을 유령으로 가장한 악마 같은 사람으로 생각할 수 있어요. 아이들을 바보로 생각할 수도 있고, 희생자로 생각할 수도 있고, 어쩌면 공범으로 생각할 수도 있지요. 헨리 제임스는 몇 가지 이야기를 합쳐서 하나로 만들었어요. 그래서 나도 같은 것을 해보겠다고 생각했지요. 같은 기교를 시도하여 세 가지 이야기를 한 번에 쓰기로 마음먹은 거예요. 그렇게 쓴 작품이 「남부」입니다. 여러분은 「남부」에서 세 가지 이야기를 발견하게 될 거예요. 먼저 패러디가 있죠. 주인공이 자신이 좋아하는 것에 의해 죽임을 당하는 거예요. 그건 오스카 와일드가 "사람들은 각자 자신이 좋아하는 것을 죽인다"라고 한 말을 뒤집은 것이에요. 그게 한 가지 이야기입니다. 다른 하나는 작품을 사실적으로 읽는 것이지요. 그리고 또 흥미로운 해석을 할 수도 있을 터인데, 그것은 다른 두 가지를 배제하지 않는 해석이랍니다. 이 이야기의 후반부를 그 남자가 병원에서 수술을 받다가 죽을 때 꾸는 꿈으로 생각하는 것이죠. 왜냐하면 그 사람은 서사시적인 죽음을 갈망했으니까요. 그는 자신의 손에 들린 예리한 칼날에 의해 죽고 싶어 하는 마음이 있었죠. 실제로 그는 의사의 칼로 수술을 받다가 죽어가는 거예요. 그러므로 모든 게 그가 꾼 꿈이지요. 그런 해석이 가능한 이야기였던 것 같아요. 난 그 소설이 기교적으로 훌륭한 작품이라고 생각한답니다. 세 가지 이야기를 하나로 얘기했으니까요. 그것들은 서로를 침해하지 않아요. 그게 작품을 흥미롭게 만드는 것이에요. 맨 처음에는 우화parable로 읽힐 거예요. 한 남자가 남부로 가기를 염원하는데, 그가 남부에 도착했을 때 남부가 그를 죽이지요. 그게 우화적인 요소예요. 그리고 사실적인 이야기는 남자가 제정신을 잃고 술 취한 살인자와 싸우는 이야기입니다. 세 번째는, 이게 가장 좋은 부분이라고 생각하는데, 모든 게 꿈이라는 거죠. 그 이야기는 그의 실제 죽음이 아니라 그가 죽어가면서 꾼 꿈일 거예요.

청중 시는 '삶에 맞서는 달콤한 복수'인가요?

보르헤스 나는 그 말에 동의할 수 없어요. 나는 시가 삶의 본질적인 부분이라고 생각해요. 시가 어떻게 삶에 맞설 수 있나요? 나는 삶을, 또는 실재를 나라는 존재 바깥에 있거나 너머에 있는 것으로 생각하지 않아요. '나'는 삶이고, 삶 '속'에 있어요. 그리고 삶의 많은 사실들 가운데 하나가 언어이고 말이고 시예요. 내가 왜 이것들이 삶과 맞서서 겨루도록 해야 하나요?

청중 하지만 '말'의 삶은 실제 삶이 아니잖아요.

보르헤스 그러나 삶은 '모든 것'의 총계일 거예요. 그런 총계가 가능하다면 말이에요. 그러니 언어도 당연히 거기에 포함되겠죠. 나는 삶이 바깥에 있는 어떤 것이라고, 아주 다른 어떤 것이라고 생각할 수 없어요. 내가 지금 살고 있는데, 이렇게 사는 것 말고 다른 무엇을 할 수 있겠어요? 나는 꿈을 꿀 때도, 잠을 잘 때도, 글을 쓸 때도, 책을 읽을 때도 살고 있는 거예요. 나는 늘 살고 있죠. 과거의 경험을 생각해보면, 스윈번은 내가 1917년에 제네바에서 살았던 삶만큼이나 내 경험의 일부라는 생각이 들어요. 그 모든 게 내 경험의 일부인 거랍니다. 그것을 구분하거나, 삶이 나와는 다른 것이라고 생각할 필요가 없어요. 알론소 키하노『돈키호테』의 주인공의 경우, 기사 소설인 『아마디스 데 가울라』를 읽는 것이 자신의 삶에서 매우 중요한 일이었고, 그리하여 그는 매우 그럴듯한 돈키호테가 되었지요. 나는 삶이 문학과 맞서 겨루는 대상이라고 여기지 않아요. 예술이 삶의 일부라고 믿는답니다.

청중 요즘은 어떤 작가에 관심이 있습니까?

보르헤스 요즘 내가 관심을 가지는 작가들은 주로 작고한 작가들이에요. 나는 늙었어요. 어쩌면 난 죽은 사람인지도 몰라요.

"아무튼 소설에는 작가와 작품 간의 관계에 대한
얘기가 담겨 '있어야' 해요.
그렇지 않다면 그 작품은 단어의 조합일 뿐이고
단순한 오락거리일 뿐이니까요"

청중 좀 전에 나왔던 성격과 작품 간 관계에 대한 질문을 다른 말로 바꿔서 물어보겠습니다. 저는 플로베르의 다음과 같은 말을 우연히 발견했어요. "사람은 아무것도 아니고 작품이 전부이다." 저는 「유다에 관한 세 가지 이야기」『픽션들』 수록작라는 소설을 떠올리면서, 어떤 종류의 것이든 위대한 작품이 되기 시작하면 그 작품은 그 사람에게 불리하게 작용할 수 있을 거라는 생각을 해보았어요.

보르헤스 그 소설을 기억하지 못하기 때문에 대답하기 곤란하군요. 내가 그걸 썼지만 내용을 까맣게 잊어버렸어요. 동일한 문제의 다른 예를 살펴보는 세 가지 이야기였던 것 같아요. 잘 기억이 나지 않네요. 아무튼 소설에는 작가와 작품 간의 관계에 대한 얘기가 담겨 '있어야' 해요. 그렇지 않다면 그 작품은 단어의 조합일 뿐이고 단순한 오락거리일 뿐이니까요.

청중 오늘날의 부에노스아이레스와 과거의 부에노스아이레스를 비교해주시겠습니까?

보르헤스 유감스럽게도 오늘날의 부에노스아이레스는 거의 존재하지 않아요. 우리 나라는 망가지고 있어요. 그걸 생각하면 몹시 슬프답니다. 한편 내 어린 시절을 생각하면 매우 기분이 좋아져요. 그 시절 사람들이 오늘날의 사람들보다 더 행복했을 거라고 생각해요. 나는 오늘날의 부에노스아이레스에 대해선 아는 게 없답니다. 이 도시에 대해 이해를 못하는 거죠. 나는 그저 우리나라에서 일어났거나 진행되고 있는 일들에 어리둥절해하고 슬퍼할 뿐이에요. 하지만 부에노스아이레스를 사랑해요. 옳든 그르든 결국 우리 나라니까요. 나에게는 혼란의 시기에 대한 향수가 있다는 걸 알고 있어요. 그 혼란은 내 인생에서 아주 많은 것을 의미하니까요. 나는 또한 우리 나라를 정치, 경제적인 면에서 생각하는 게 아니라 몇몇 사람과의 멋진 우정과 친교의 면에서 생각한답니다. 우정과 친교는 내게 대단히 중요하거든요.

엥기다노스 보르헤스, 기억하고 있겠지만 몇 년 전 우리가 대화를 나누는 도중에 당신은 매우 당황스러운 말을 했어요. "난 문학을 포기할 거야."

보르헤스 내가 그랬어요?

엥기다노스 네, 그렇게 말했어요.

보르헤스 이젠 그 말이 '나'를 당황스럽게 하는군요.

엥기다노스 내가 그 상황을 설명할게요. 우리는 오클라호마에 갔어요. 아마 당신은 석유 시굴인지 뭔지를 염두에 두고 있었던 것 같아요.

보르헤스 맞아요, 그게 내 습관이에요! 자주 그러죠.

엥기다노스 그러고 나서 당신은 스피노자와 고대 노르드어로 쓰인 영웅 전설 연구에 남은 인생을 바치겠다고 말했어요. 그런데 사실을 말씀드리자면, 그 이후 당신은 그 어느 때 못지않게 생산적으로 글을 썼고, 당신의 작품 가운데 가장 주목할 만한 시와 소설을 여러 편 써냈어요. 그래서 내가 묻고자 하는 것은, 보르헤스가 지금 하고 있는 일은 무엇인가 하는 것입니다.

보르헤스 시와 이야기를 쓰고 있다고 말하게 되어서 유감이네요. 또한 스피노자가 아닌 스베덴보리에 대한 책을 쓰려고 해요. 둘 다 이름이 S로 시작하는군요.

엥기다노스 그렇군요. 그런데 부에노스아이레스로 통하는 그 열쇠 또는 그 문에 대한 당신의 향수가 무슨 의미인지 설명해주시겠습니까?

보르헤스 그건 결국 내가 아르헨티나 사람이라는 뜻이에요. 아르헨티나 사람이기에 향수를 느끼는 거예요. 미국 생활이 아주 만족스럽지만 말이에요.

엥기다노스 죄송한 얘기지만 당신은 질문을 회피하고 있어요. 에둘러 말하지 않고 바로 물어볼게요. 현재 당신의 미학이나 시학에 대해 우리에게 말씀해주실 게 있는지요?

보르헤스 아니요. 유감스럽게도 난 미학이라는 게 없어요. 나는 단지 시와 이야기를 '쓸 수 있을 뿐'이에요. 나에겐 이론이 없어요. 이론은 쓸모없는 거라고 생각하거든요.

반스톤 그 마지막 언급은 대학 사회에 큰 충격을 줄 수 있는 말씀이로군요.

청중 시와 소설을 받아 적게 하는 것은 당신의 창작 활동에 어떤 영향을 끼치는지요?

보르헤스 큰 도움이 된답니다. 내 손으로 글을 쓸 필요가 없으니까요. 나는 계속 구술을 할 뿐이에요. 서두를 필요가 없지요. 글을 받아 적게 하는 건 아마 어려운 작업일 거예요. 그러나 적어도 지금은 그 일이 아주 편안해요. 나에겐 아주 친절하고 인내심이 많은 친구들이 있어요. 그래서 내가 바라는 대로 일을 할 수 있답니다. 나는 눈이 멀어서 받아 적게 해야 하는 것이 반드시 나쁘지만은 않다고 생각해요.

"우정에는 어떤 마술적인 게, 일종의 마력 같은 게 있어요"

반스톤 우정에 대해 말씀해주시겠어요? 평소에도 우정에 대해 많은 얘기를 하시잖아요.

보르헤스 우정은 삶의 '본질적'인 요소일 거라고 생각해요. 아돌포 비오이 카사레스가 나에게 말했듯이 우정은 사랑에 비해 증명할 필요가 없다는 장점이 있어요. 사랑의 경우, 당신은 사랑을 받고 있는지 아닌지 항상 걱정을 하게 돼요. 늘 슬프고 근심스러운 마음 상태에 놓이게 되지요. 반면 우정의 경우 친구를 2년쯤 보지 못할 수도 있어요. 친구가 당신을 무시할 수도 있고 당신을 피할 수도 있어요. 그러나 당신이 그의 친구라면, 그리고 그가 당신의 친구라는 것을 당신이 안다면 그걸 걱정할 필요가 없지요. 우정은 일단 형성이 되고 나면 걱정할 필요가 전혀 없답니다. 그냥 계속 가는 거예요. 우정에는 어떤 마술적인 게, 일종의 마력 같은 게 있어요. 대단히 불행한 우리 나라에 남아 있는 하나의 미덕은 우정의 미덕일 거라고 말하고 싶군요. 그에 관해서는 여기 있는 반스톤이 아는 게 좀 있을 것 같아요. 우리에겐 우정이 무척 소중하다는 걸 반스톤은 알 거라고 생각해요. 실은 시인인 에두아르도 마예아가 『아르헨티나 열정의 역사Historia de una Pasión Argentina』라는 멋진 책을 썼을 때 나는 속으로 이건 우정에 관한 책일 거야, 라고 생각했죠. 우리가 가지고 있는 유일한 열정은 우정이니까요. 그 책이 단순한 사랑 이야기라는 걸 알고 나서 나는 상당히 실망했답니다.

청중 보르헤스 씨, 시는 책 속에만 존재한다고 믿습니까?

보르헤스 아니요. 앞에서도 말했듯이 시는 늘 존재한다고 생각해요. 우리가 시에 민감하지 않은 경우를 제외하곤 말이에요. 시는 물론 기억 속에서 자라지요. 나의 기억은 시로 가득하답니다. 그러나 시적인 상황도 있어요. 그러니 왜 시가 책 속에만 존재하겠어요? 책이란 것은 독자가 읽어줄 때, 기억해줄 때만 존재하는 거예요. 책은 많은 사물 가운데 하나가 아니던가요? 왜 우리가 책을 심각하게 받아들여야 하죠? 왜 우리가 종이를 묶어 만든 책에 경외심을 느껴야 하나요? 그럴 이유가 없어요. 시는 말을 넘어서 존재한다고 생각해요. 말은 단지 상징일 뿐이니까요. 시는 말의 음악성 속에 존재하는 거예요.

청중 당신은 얼마 전에 지나가는 말로 돈키호테를 언급했는데, 저는 당신이 『돈키호테』에 관해서 하고 싶은 말이 있는지 묻고 싶습니다.

보르헤스 『돈키호테』는 아마 지금까지 쓰인 가장 훌륭한 책 가운데 하나일 거예요. 플롯 때문이 아니라—플롯은 엉성하고 에피소드는 성공적이지 않아요—돈키호테가 되기로 꿈꾼 그 사람, 알론소 키하노가 우리의 가장 친한 친구 중 하나기 때문이지요. 최소한 나의 가장 친한 친구인 건 분명해요. 수많은 세대의 친구를 만들어낸 것은 그 어떤 것도 비견될 수 없을 만큼 뛰어난 재주인 거죠. 세르반테스가 그 일을 해낸 거예요.

시간은 본질적인 수수께끼

시간은 단 하나의 본질적인 수수께끼예요. 다른 것들은 신비스럽지만 본질적인 수수께끼라고 할 수 없을 거예요. 공간은 중요하지 않아요. 우리는 공간 없는 우주를, 예를 들면 음악으로 이루어진 우주 같은 것을 생각할 수 있어요. (…) 시간의 문제는 자아의 문제, 자아란 무엇인가 하는 문제를 포함하지요. 자아는 과거고, 현재고, 다가올 시간에 대한 예측, 바로 미래에 대한 예측이기도 해요.

반스톤 보르헤스, 당신은 눈이 거의 멀었는데도 당신이 있는 방이나 건물의 특징에 대해 늘 얘기하잖아요. 당신은 시력을 거의 잃어버린 눈으로 어떻게 보는 겁니까? 오늘 이 홀의 분위기는 어떻다고 느끼시는지요?

보르헤스 우정을 느껴요. 진심으로 따뜻하게 환영해주는 걸 느껴요. 사람들에게 사랑받고 있다는 걸 느낍니다. 그 모든 걸 느껴요.

이 인터뷰는 1980년 3월 시카고대학교에서 열렸다. 인터뷰어는 윌리스 반스톤.

나는 이곳의 상황이 아니라 본질적인 정서를 느끼는 거예요. 내가 어떻게 그러는지는 나도 몰라요. 하지만 내 생각이 옳다고 믿는답니다.

반스톤 당신은 종종 우정을 사랑에 비교하곤 해요. 여기서 다시 한 번 우정과 사랑을 비교해주시겠습니까?

보르헤스 사랑은 아주 이상한 거예요. 의심이 가득하고 희망이 가득하며, 그러한 것들이 행복으로 인도될 수 있는 이상한 것이랍니다. 그러나 우정은 오해할 일도 없고 희망도 없고, 그냥 계속 나아가는 것이지요. 자주 만날 필요도 없고 증명할 필요도 없어요. 하지만 우리는 우리가 친구 사이인지 아닌지, 상대가 친구인지 아닌지 알고 있어요. 궁극적으로 우정이 사랑보다 중요할 거예요. 어쩌면 사랑의 진정한 기능은, 사랑의 의무는 우정이 되는 것인지도 모르죠. 그렇지 않으면 사랑은 도중에 끝나버릴 테니까요. 물론 사랑과 우정은 둘 다 아주 소중한 것이랍니다.

반스톤 경험과 시에 대해 말씀해주시겠어요?

보르헤스 시인에게는(때로는 나 자신도 그렇다고 생각해요) 모든 것들이 시가 될 목적으로 주어지는 거라고 생각해요. 사실 불행은 불행이 아니랍니다. 불행은 우리에게 주어지는 도구죠. 칼도 도구일 수 있고요. 모든 경험은 시가 되어야 합니다. 우리가 진정한 시인이라면(나는 진정한 시인이 아니에요. 시인 흉내를 낼 뿐이지요), 아무튼 내가 진정한 시인이라고 가정한다면, 나는 삶의 매 순간을 아름다운 것으로 생각할 거예요. 당장은 그렇게 보이지 않는다고 해도 말이에요. 결국 기억이 모든 것을 아름다운 것으로 바꾸어놓는답니다. 우리의 과제는, 우리의 의무는 정서를, 추억을, 심지어 슬픈 기억조차도 아름다움으로 바꾸는 거예요. 그게 우리의 과제예요. 그리고 그 과제의 커다란 미덕은 우리가 결코 그 목적을 달성하지 못한다는 점이에요. 우리는 항상 아름다움을 포착하기 직전의 상태에 머물 뿐이지요.

반스톤 『꿈의 호랑이들Dreamtigers』에 수록된 「왕자의 우화The Parable of the Prince」에서는…….

보르헤스 내가 그걸 기억할 수 있었으면 좋겠네요.

반스톤 기억은 다 잊히게 되지요.

보르헤스 그게 전혀 기억나지 않네요.

반스톤 그 우화는 시인의 후손들이 여전히 우주를 포함하는 한 단어를 찾고 있는 것으로 끝납니다. 당신은 마음 상태나 감정이나 지성에 관한 한 단어를 찾고 있나요? 당신이 이 세상을 뜨기 전에—만약을 가정해서 드리는 질문이에요—찾고자 하는 건 무엇인가요?

보르헤스 참단어를 발견하는 유일한 방법은 그걸 찾지 않는 거예요. 우리는 현재의 순간을 살아야 해요. 그러면 나중에 그 단어들이 우리에게 주어질 수도 있어요. 안 주어질 수도 있고요. 우리는 시행착오를 통해 계속 앞으로 나아가야 해요. 우리는 실수를 저질러야 하고, 실수를 이겨내야 합니다. 그건 평생 해야 하는 일이지요.

"우리가 아름다움에 이를 때마다
우린 신을 창조하고 있는 거예요"

반스톤 당신은 인격신을 믿지 않는데도 다른 상징이나 비유 없이 '신'이라는 단어를 시에 사용할 때가 종종 있어요. 당신은 인과율을 벗어나는 어떤 것을 믿거나 또는 찾고 있나요? 초월적인 어떤 것을 믿나요?

보르헤스 물론이죠. 나는 세상의 신비를 믿어요. 사람들이 '신'이라는 단어를 사용할 때 나는 조지 버나드 쇼가 했던 말을 떠올린답니다. 내 기억이 옳다면 그는 이렇게 말했어요. "신은 만들어지고 있는 중이다." 그걸 만드는 건 우리라는 거예요. 우리가 신의 아비인 거죠. 우리가 아름다움에 이를 때마다 우린 신을 창조하고 있는 거예요. 상이나 벌 따위는 그저 뇌물이거나 위협일 뿐이에요. 그런 건 필요 없어요. 난 인격신을 믿지 않아요. 왜 인격신이 우리 모두를 뜻하는 이 신보다—오늘 나는 유난히 범신론에 끌리는군요—더 중요해야 하죠? 어떤 의미에서 우리는 모두 신이랍니다. 그리고 나는 윤리적인 사람이라고 생각해요. 적어도 윤리적인 사람이 되려고 최선을 다 해왔다고 생각해요. 나는 올바르게 행동해왔고, 그 정도면 충분하다고 여깁니다. 나는 인격신을 믿을 수 없어요. 인격신을 믿으려고 최선의 노력을 기울였지만, 안 되더군요. 이런 말하기가 죄송스럽지만 나의 선대는 감리교 설교자였어요. 할머니는 성경을 외우고 계셨죠. 어떤 구절이 성경의 어디에 나오는지 잘 알고 계셨어요. 또한 할머니는 디킨스도 외우고 계셨답니다. 썩 잘 외우셨어요.

반스톤 저의 다음 질문을 짐작하고 계셨나 보네요. 디킨스에 대해선 무슨 말씀을 해주고 싶습니까?

보르헤스 디킨스를 생각할 땐 수많은 사람을 떠올리게 되지요. 나는 '디킨스'라고 말하지만 마음속으로는 픽윅 씨를 떠올리고, 아트풀 도저『올리버 트위스트』에 나오는 소매치기 잭 도킨스의 별명를 떠올리고, 니콜라스 니클비를 떠올리고, 『마틴 처즐위트Martin Chuzzlewit』에 나오는 마틴 처즐위트와 살인자를 떠올린답니다. 디킨스를 생각하면 곧바로 그의 작품에 나오는 여러 사람들을 생각하는 거예요. 디킨스라는 작가가 그의 꿈만큼 흥미로운 건 아니니까요. 이 말은 물론 디킨스를 칭찬하는 말이지요. 내가 '셰익스피어'를 말할 때 인간 윌리엄 셰익스피어를 떠올리는 게 아닌 것과 똑같은 거예요. 나는 셰익스피어라고 말하면서 맥베스와 운명의 세 자매와 햄릿과 소네트에 어른거리는 수수께끼 같은 사람을 떠올리죠. 그처럼 디킨스의 경우에도 많은 사람을 떠올리게 되는 거예요. 단지 디킨스의 꿈이었을 뿐인, 그토록 많은 사람들이 나에게 큰 행복을 가져다주었어요. 나는 계속해서 그 책들을 읽고 읽고 또 읽는답니다.

반스톤 인격신 문제로 돌아갈게요. 당신은 영지주의자인가요?

보르헤스 난 불가지론자인식의 한계를 주장하는 사람예요.

반스톤 아니에요. 영지주의자잖아요.

보르헤스 아, 그럴지도 몰라요. 오늘은 영지주의자, 내일은 불가지론자이면 어때요? 다 똑같은 거예요.

반스톤 당신의 윤리적 토대가 되는 것을 말씀해주신다면?

보르헤스 우린 삶의 매 순간마다 선택을 해야 해요. 어떻게든 행동을 해야 하죠. 닥터 존슨이 말했듯이 우리는 천문학자나 식물학자가 아니고 늘 도덕주의자인 거예요.

반스톤 그 모든 사람 중에 당신은 왜 하필 보르헤스가 되었나요? 존재가 당신을 선택한 것이 놀랍지 않나요? 당신은 개인의식을 어떻게 설명하시겠습니까?

보르헤스 보르헤스가 된 게 놀랍고 부끄러워요. 다른 어떤 사람이 되려고 많은 노력을 기울였지만 지금까지 그러지 못했어요. 나는 보르헤스인 것을 전혀 좋아하지 않는답니다. 당신들 가운데 어느 한 사람이 되었으면 좋겠어요.

반스톤 당신의 글쓰기와 관련해서 질문할게요. 시를 손으로 직접 쓰는 대신 받아 적게 하는 것이 시에 변화를 초래했나요?

보르헤스 그 방식이 시를 더 좋은 쪽으로 변화시켰다고 생각해요. 왜냐하면 요즘은 시가 짧아졌으니까요.

반스톤 당신의 시를 받아 적는 사람들이, 즉 당신의 어머니인 아나리제 폰 데어 리펜, 그리고 오늘 이 자리에 있는 마리아 코다마가…….

보르헤스 그들이 그걸 반대하냐고요? 자주 반대했죠. 그러나 난 아주 완고해요. 계속 그리한답니다.

반스톤 그분들의 반대나 의견이 시를 쓰는 데 영향을 끼쳤나요?

보르헤스 네, 영향을 끼쳤어요. 그들은 줄곧 나랑 함께 작업하는 거예요. 「침입자The Intruder」라는 소설을 쓰고 있을 때였어요. 형제인 두 불량배가 서로를 질투한 탓에 한 여자를 죽이지요. 그녀를 없애는 한 가지 방법은 칼로 죽이는 것이었어요. 마지막 문장을 쓸 때가 되었지요. 어머니가 받아 적고 계셨어요. 어머니는 그 이야기를 못마땅해하셨어요. 불량배와 칼 이야기가 지겨우셨던 거죠. 이윽고 형이 동생에게 그날 아침에 자기가 그 여자를 칼로 죽였다는 말을 해야 하는 순간에 이르렀어요. 목 졸라 죽였다는 말을 해야 했는지, 그건 잘 모르겠네요. 그런 불쾌한 내용을 여기서 자세히 파고들 필요는 없겠죠? 형은 그 말을 해야 했고, 나는 적절한 말을 찾아야 했어요. 그래서 어머니에게 말했죠. "도대체 그가 그 말을 어떻게 해야 하는 거죠?" 어머니가 말했어요. "생각 좀 해보자." 그때가 아침이었는데, 어머니가 갑자기 아주 다른 목소리로 이렇게 말했습니다. "그가 뭐라고 했는지 나는 안다." 그래서 내가 말했죠. "그럼 적으세요." 어머니가 적었고, 나는 그걸 읽어달라고 했지요. 어머니가 읽은 내용은 다음과 같았어요. "아우야, 일해라. 오늘 아침에 내가 그 여자를 죽였다." 어머니가 나를 위해 적절한 말을 찾아주신 거예요. 이야기는 거기서 끝났죠. 나는 한두 문장을 덧붙였어요. 어머니는 나에게 그런 유혈과 폭력 이야기는 더 이상 쓰지 말라고 당부하시더군요. 그런 이야기가 지겨우셨던 거예요. 그러나 그 말을 내게 해주었고, 순간 어머니는 어떤 의미에서 그 이야기의 인물 가운데 한 사람이 되신 거랍니다. 어머니는 그걸 믿으셨던 거죠. 어머니는 그 일이 정말로 일어난 것처럼 "그가 뭐라고 했는지 나는 안다"라고 말했어요. 어머니는 「침입자」라는 소설의 핵심적인 말을 내게 해주셨답니다. 「침입자」는 아마 가장 좋은 소설일 것이고, 어쩌면 내가 쓴 단 하나의 소설일지도 몰라요.

"글을 쓸 때면 그 경험이
내게 영감을 불어넣는 것만 같아요.
하지만 그게 특별히 흥미로운 건 아니랍니다"

반스톤 젊은 시절에 당신은 잠깐 동안 가우초들과 함께 북쪽으로 갔어요. 그때의 경험을 말씀해주시겠습니까? 그 경험이 당신과 당신의 작품에 어떤 영향을 끼쳤는지요?

보르헤스 1934년에 브라질과 우루과이의 국경 지방으로 갔어요. 거기에서 난 아르헨티나의 과거를 발견했죠. 평원과 가우초와 이제 우리 나라에서는 더 이상 찾아볼 수 없는 것들을 발견했어요. 그러한 것들이 거기서 나를 기다리고 있었던 거예요. 열흘을 거기서 보냈어요. 다소 지루한 편이었지만, 사람이 살해당하는 걸 보았어요. 전에는 그런 걸 본 적이 없었지요. 나이 많은 우루과이 양치기였는데, 그는 흑인의 총에 맞아 살해되었어요. 흑인이 총을 두 방 쐈고, 그는 죽었어요. 나는 정말 안됐다고 생각했죠. 그러고 나서 더 이상 생각하지 않았답니다. 그리고 우루과이와 브라질의 국경 지역인 산타아나 도리브라멘토에서 열흘을 보내고 나중에, 수많은 세월이 흐른 뒤에 그곳을 떠올렸어요. 지금은 늘 그 생각을 하고 있는 것만 같은 기분이에요. 참 이상한 일이죠. 나는 전 세계의 많은 지역을 여행했어요. 대도시도 많이 보았죠. 세계의 수도라고 할 수 있는 뉴욕도 보았어요. 런던과 로마와 파리도 보았지요. 그런데 왜 내 기억이 브라질 국경 지역에 있는, 그 조그맣고 초라한 마을로 돌아가는지 모르겠어요. 글을 쓸 때면 그 경험이 내게 영감을 불어넣는 것만 같아요. 하지만 그게 특별히 흥미로운 건 아니랍니다. 그 모든 것은 나중에 기억 속에서 일어난 거예요.

반스톤　어렸을 때 책을 읽을 땐…….

보르헤스　난 언제나 책을 읽었죠.

반스톤　당신이 가장 먼저 읽은 책들은 어떤 것들입니까?

보르헤스　내가 맨 먼저 읽은 책은 그림 형제의 『그림 동화집』이었다고 생각해요. 체스터턴이 말했듯이 독일에서 나온 가장 좋은 책이죠. 그다음엔 『이상한 나라의 앨리스』와 『거울 나라의 앨리스』를 읽었어요. 나는 1906년이나 1905년에 처음 읽은 그 책들을 그 이후로도 계속 읽고 있지요. 아마 세상에서 가장 멋진 공상 과학 소설일 듯싶은, 웰스가 빚어낸 그 악몽들도 읽었어요. 『타임머신』 『최초로 달에 간 사람』 『모로 박사의 섬』 『투명인간』 『신의 음식』 『우주 전쟁』을 읽었답니다. 나는 또 끝없는 책을 발견했지요. 그 책은 길게 이어져야 하기 때문에 여러 가지 면에서 끝이 없는 책이랍니다. 제목에 부응해야 하는 책이죠. 나는 그 책 『아라비안나이트』를, 갈랑이 프랑스어로 번역한 것을 다시 영어로 중역한 책으로 읽었어요. 나중에는 에드워드 윌리엄 레인 번역본과 버턴 대위의 번역본, 리트만의 독일어 번역본으로 읽었지요. 2년 전에는 안달루시아 출신 유대인 작가 라파엘 칸시노스 아센스가 번역하고 멕시코의 아길라Aguilar 출판사에서 출간한 아주 멋진 스페인어 번역본으로 읽었답니다. 아주 멋진 번역본이었어요. 그 모든 번역본 중 최고가 아닐까 생각해요.

나는 또 소설을 하나 발견했는데, 처음에는 언어가 너무 달라서 거의 읽지를 못했어요. 그러다가 어찌어찌해서 그걸 읽기 시작했고, 끝까지 읽게 되었죠. 물론 그 책은 세르반테스의 『돈키호테』예요. 나는 그 책을 계속 다시 읽고 있답니다. 웰스도 계속 읽고 있어요. 루이스 캐럴의 책들도 그렇고요. 그러한 책들이 나의 첫 독서 경험이었답니다. 그리고 또 두 권의 책을 알게 되었는데, 그것들은 지금 거의 들여다보지 않아요. 왜냐하면 그 작가의 다른 책을 계속 읽고 있으니까요. 그건 바로 러디어드 키플링의 『열 가지 신비로운 이야기』와 두 권의 『정글북』이에요. 나는 키플링을 매우 좋아해요. 그 당시에 읽었던 또 다른 책은, 내가 보기엔 잘 알려져 있지 않은 책 같은데, 널리 알려져야 할 거예요. 그 책은 두 권이에요. 마크 트웨인이 쓴 『고난의 길』과 『캘리포니아에서의 처음 며칠The First Days in California』이 랍니다. 그러고 나서 『허클베리 핀의 모험』을 읽었지요. 이어 에드거 앨런 포와 쥘 베른의 소설을 읽었어요.

반스톤 밀턴의 『실낙원』은 언제 읽었습니까?

보르헤스 부모님이 1914년에 유럽에 가셨어요. 그분들은 뭘 잘 모르는 분이어서 그때 전쟁이 일어날 거라는 것도 모르셨어요. 나는 파리 시내를 구경하는 대신 에브리맨스라이브러리판으로 밀턴의 작품들을 구입하여—당시 나는 열다섯 살이었을 거예요—호텔에 머물면서 『실낙원』 『복낙원』 『투사 삼손』과 소네트를 읽었지요. 난 그걸 후회하지 않아요.

반스톤 고대 영시의 시인들을 처음 발견했을 때, 그들이 당신 작품과 당신에게 어떤 영향을 끼쳤는지요?

보르헤스 나는 고대 영시를 극적이었을지도 모르는 때에 발견했어요. 나는 그게 극적인 게 되지 않게 하려고 최선을 다했지요. 1955년에 발견했는데, 그때 나는 책을 읽을 수 없을 만큼 시력을 상실했어요. 나는 영문학 교수였으므로 학생들에게 "언제 우리가 이걸 공부해볼 수 있겠니?"라고 말했어요. 그리고 스위트의 앵글로색슨어 교재를 집에 가져다놓았어요. 『앵글로색슨 연대기』도 구비해놓았지요. 우리는 읽기 시작했어요. 그리고 두 단어에 커다란 흥미를 느꼈답니다. 그 두 단어는 런던과 로마를 앵글로색슨인이 부르는 명칭이었어요. 그들은 런던(London)을 런덴버그(Lundenburgh)라고 불렀어요. burgh(버그)는 버러(borough)나 버그(burg)와 같은 단어였어요. 부르고스(Burgos), 에든버러(Edinburgh), 함부르크

(Hamburg), 고텐버그(Gottenburg) 등에서 그 단어를 볼 수 있지요. 로마의 명칭 또한 정말 흥미로웠답니다. 그 절반은 라틴어였고, 나머지 절반은 앵글로색슨어였으니까요. 앵글로색슨인들은 로마(Rome)를 로마버그(Romaburgh)라고 불렀어요. 우린 그 두 단어에 흠뻑 빠졌지요. 그리고 『앵글로색슨 연대기』에서 아름다운 문장을 발견했어요. "줄리어스 시저는 브리튼 섬을 찾은 최초의 로마인이었다"라는 문장이었어요. 그런데 그 문장을 고대영어로 읽으면 더 멋진 울림이 있답니다. Gaius Iulius se Casere œrest Romana Brytenland gesohte. 그래서 우리는 부에노스아이레스에 있는 페루라는 거리를 달리며 소리쳤어요. "이울리우스 세 카세르……." 사람들이 우리를 쳐다봤지만 우린 개의치 않았어요. 아름다움을 발견했으니까요! 그 뒤로 나는 계속 공부했고, 지금은 고대 노르드어를 배우고 있어요. 늘 있는 일이지요. 여러분들도 고대영어 공부를 시작해보세요. 그러면 고대 노르드어도 배울 수 있을 거예요.

반스톤 명성에 관해 몇 가지 질문을 드릴게요. 당신은 당신의 명성을 일종의 실수라고 여기고 있어요.

보르헤스 맞아요. 그러나 매우 관대한 실수지요.

"우린 책에서 벗어나기 위해,
그걸 잊기 위해 출판하는 거랍니다"

반스톤 젊은 시절 부에노스아이레스 시립도서관에서 일할 때는 출판과 명성을 어떻게 생각했으며, 세월이 흐르면서 그 생각이 어떻게 바뀌었는지 말씀해주세요.

보르헤스 난 명성에 관해 생각해본 적이 없어요. 명성이란 것은 내 젊은 시절의 부에노스아이레스에는 어울리지 않는 것이었어요. 예를 들어 레오폴도 루고네스는 아르헨티나공화국에서 제일가는 시인으로 여기는 게 당연한 시인이에요. 그러나 그의 시집은 500부밖에 팔리지 않았고, 그는 그걸 전혀 염두에 두지 않았어요. 에밀리 디킨슨이 출판은 작가의 운명이나 경력과 아무 상관이 없다고 말했던 것을 읽은 기억이 나는군요. 실제로 그녀는 작품을 출간한 적이 없어요. 우리는 모두 그런 식으로, 똑같은 맥락으로 생각했어요. 소수 집단이나 다수 집단이나 대중을 위해 글을 쓴 게 아니었죠. 우리 자신을 기쁘게 하기 위해, 어쩌면 친구들을 기쁘게 하기 위해 글을 쓴 거예요. 또는 어떤 생각을 없애야 할 필요에 따라 글을 썼을 거예요. 위대한 멕시코 작가인 알폰소 레예스는 "우리는 초고를 계속 수정하지 않기 위해 출판을 한다"라고 내게 말하더군요. 그의 말이 옳아요. 우린 책에서 벗어나기 위해, 그걸 잊기 위해 출판하는 거랍니다. 일단 책이 나오면, 우린 그 책에 대한 모든 흥미를 잃어버리지요. 이런 말하기가 쑥스럽지만, 사람들이 나에 대해 쓴 책이 50권 내지 60권쯤 되더군요. 하지만 나는 그것을 아주 잘 알기 때문에, 그 문제에 넌더리가 나기 때문에 그런 책을 한 권도 읽지 않았어요.

반스톤 당신은 조상들만큼 용감하지 않다고, 육체적으로 비겁한 사람이라고 글에 썼잖아요.

보르헤스 네, 맞아요. 그건 내 치과 의사가 잘 알아요!

반스톤 안과 의사는?

보르헤스 안과 의사도 알고 내과 의사도 알아요. 모두 다 그걸 알아요. 그건 비밀이 아니에요.

반스톤 그렇지만 당신의 공적 생활을 보면, 당신은 언제나 대중의 인기에 반대한다는 말을 해왔어요.

보르헤스 물론이죠!

반스톤 그리고 당신은 당신 자신의 이익을 위해 의견을 말한 적이 없어요. 늘 그 반대였죠. 당신이 언젠가 나에게 해주었던 얘기가 떠오르는군요. 도둑이 당신에게 "돈을 줄래, 목숨을 내놓을래?"라고 물었을 때 당신은 "목숨"이라고 대답했고, 그러자 도둑은 너무 놀라서 달아나버렸다죠?

보르헤스 나는 그가 나를 죽이기를 원했고, 그는 그걸 원치 않았죠.

반스톤 보르헤스, 당신은 겁쟁이인가요, 용감한 사람인가요?

보르헤스 육체적으로는 겁쟁이지만 정신적으로는 아니에요. 나는 권력이나 군중에 영합한 적이 없어요. 난 군사적인 의미에서가 아니라 좀 더 진지한 의미에서 용감한 사람이라고 생각해요. 내 조상은 군인이었지만 말이에요. 그러나 나는 나 자신을 문학가라고 생각할 수 없어요. 군인으로, 뱃사람으로, 사업가로 생각할 수도 없고요. 정치가로는 더더욱 생각할 수 없어요!

반스톤 일본에 있을 때 당신은 격식을 차려 명상을 수행하는, 매우 품위 있는 수도승들에게 깊은 감명을 받았다고 했어요.

보르헤스 그곳 명상의 화두 가운데 하나는, 명상에 참여한 사람이 자신을 부처라고 생각하는 것이었어요. 아마 참여자들은 그렇게 했겠지요. 또 하나는 아무것도 생각하지 않으려고 노력해야 한다는 것이었는데, 그 또한 도움이 됐을 거예요. 나는 그걸 절에서 들었어요. 일본에 있을 때, 나는 내내 감명을 받았어요. 하루하루가 선물이었답니다. 우리는 아마 극동에 의해서, 특히 일본에 의해서 구원될 거예요. 왜냐하면 일본에는 두 개의 문화, 즉 우리 서구 문화와 그곳 자체의 문화가 있으니까요. 또한 중국 문화의 선명한 그림자가 드리워져 있기도 하고요. 일본은 대단히 매력적인 나라예요. 나는 거기서 한 달밖에 지내지 않았지만 그 기간이 오래오래 뇌리에 남아 있으리라는 것을 알고 있답니다. 나는 그때를 되돌아보곤 해요.

반스톤 하루하루가 소중했던 나라에 있었던 기분은 어떤 겁니까?

보르헤스 정말이지 대단히 감사한 기분이지요. 미국에 있는 동안에도 내내 감사한 기분이랍니다. 사람들이 아주 친절하고 너그러워요. 여기 있는 당신도 날 진지하게 대해주잖아요. 나는 나 자신을 진지하게 대하지 않는데 말이에요. 그 점에 감사드리지만, 난 당신이 잘못 생각하고 있는 거라고 여기기도 해요.

반스톤 당신의 내면을 들여다볼 때 뭘 보시는지요?

보르헤스 난 나의 내면을 들여다보지 않으려고 한답니다. 10분 전에 시카고의 한 운전사가 말했듯이, 난 기억을 싫어해요. 운전사는 그걸 마치 세네카아메리칸인디언의 한 부족말처럼 하더군요. 택시 운전사, 그도 군인이었어요.

반스톤 젊은 시절에 제네바에서 시몬 지크린스키와 모리스 아브라모비치를 친구로 사귄 이후 약 60년이 지난 오늘의 기분은 어떠세요? 지금도 그들과 연락하고 지내시나요?

보르헤스 네, 연락하고 지내요. 반세기가 지났지만 그건 전혀 중요하지 않아요. 우린 만나서 얘기를 나누지요. 반세기가 흘렀다는 사실에 신경 쓰지 않고 똑같은 것에 관해, 프랑스의 상징주의자들에 관해 계속 얘기를 나눈답니다. 아주 멋진 경험이죠. 그 사이에 어떻게 살았는지에 대한 얘기는 하지 않아요. 우리는 문학에 대해, 라틴어에 대해, 독일어에 대해, 이디시어에 대해 계속 얘기를 나눠요.

반스톤 보르헤스, 어떤 책을 쓰고 싶나요?

보르헤스 '상賞'이라는 제목의 소설을 쓰고 싶어요. 이 이야기는 열흘 전쯤에 꿈을 통해 내게 주어졌지요. 그 얘기를 마음속에서 계속 굴리고 있답니다. 아마 그걸 쓰게 될 거예요. 그리고 스베덴보리에 관한 책을 쓰고 싶고, 몇 가지 단편소설과 꽤 많은 양의 시를 쓰고 싶어요. 그러한 것들을 계속 마음속에서 생각하고 있지요. 또한 안겔루스 질레지우스의 책을 마리아 코다마와 함께 번역하고 있어요. 초고는 끝냈어요. 이걸 끝내고 나면 우린 계속해서 더 좋은 책들을 번역할 거예요.

반스톤 인간의 육체에 대한 당신의 솔직한 의견은 무엇인지요? 우리를 잠들게 하고 깨우고 숨 쉬게 하고 죽음으로 이끄는, 우리의 마음이 항상 기거하는 육체에 대해 말씀해주세요.

보르헤스 육체는 매우 어설픈 것이라고 생각해요. 밀턴은 이미 시력이라는 것이 소위 "두 개의 부드러운 구체", 즉 눈에 담겨 있다는 사실을 불안해했어요. 몸 전체로 보는 건 어떨까요? 그러면 우린 장님이 되겠지요. 하지만 그 모든 게 아주 어설프고 서툴게 만들어졌음에도 육체는 우리에게 기쁨을 주지요. 또한 유감스러운 말이지만 육체는 우리에게 지옥도 준답니다. 고통을 줘요. 육체적 고통은 정말 참을 수 없는 것이에요. 가장 좋은 해답은 영지주의가 얘기하는, 다소 서툰 신이라는 개념이라고 생각해요. 신이 자신의 일을 썩 잘하지 못한다는 거죠. 그와 같은 개념은 웰스가 쓴 『꺼지지 않는 불The Undying Fire』이라는 아주 멋진 소설에서도 발견된답니다. 신이 다소 거칠고 다루기 힘든 재료로 최선을 다해 일한다는 개념이에요. 버나드 쇼로 돌아가보면, 그는 신이 만들어지고 있는 중이고, 우리가 만들어지고 있는 것의 일부라고 했잖아요. 그러니 우리가 신의 일부인 셈이죠.

"나는 에밀리 디킨슨을 개인적으로 존경하고 사랑한답니다"

반스톤 에밀리 디킨슨의 시에 대해 얘기해주시겠습니까? 미국 시인 중에서 에밀리 디킨슨을 어떻게 생각하시는지요?

보르헤스 에밀리 디킨슨은 모든 여성 작가 중에서 가장 열정적인 시인이에요. 지금 당장은 다소 진부한 시구만 기억나는군요. 물론 진부한 시구라기보다 불후의 시구랍니다. "이별은 천국이라고 알고 있지만 / 그건 지옥에 필요한 것일 뿐." 두 번째 시구가 완벽해요. '필요한'이라는 말이 문맥에 딱 어울리는 단어죠. 그녀는 글을 쓰고, 쓴 글을 잊어버리며 일생을 보냈지요. 원고가 남아서 지금은 유명해졌는데, 그건 중요하지 않아요. 나는 마치 그녀를 개인적으로 알았던 것만 같은 생각이 들어요. 나는 에밀리 디킨슨을 개인적으로 존경하고 사랑한답니다.

반스톤 미국 시인들 중에서 그녀가 어느 위치를 차지한다고 생각하시는지요?

보르헤스 ‘최고’나 ‘첫째’ 같은 말은 쓰지 않아야 한다고 생각해요. 그런 말들은 신념이 결여된 말이고 논쟁을 야기할 뿐이니까요. 아름다움은 희귀한 게 아니에요. 우리는 언제 어디서나 아름다움을 발견해요. 예를 들어 나는 헝가리 시에 대해서는 전혀 모르지만, 헝가리 시에서도 틀림없이 셰익스피어, 단테, 프라이 루이스 데 레온을 찾을 수 있을 거라고 확신해요. 아름다움은 흔한 거니까요. 사람들은 언제나 아름다움을 만들어내죠. 나는 알렉산드리아 도서관에 관한 시를 한 편 써서 오마르에게 헌정했는데, 그는 그걸 불태워버렸죠. 나는 그가 이렇게 생각하도록 만든 거예요. 여기 단어로 된 기억이 있군. 이곳에는 인류가 쓴 모든 시, 모든 꿈, 모든 소설이 있어. 난 이 도서관을 불태워서 책들을 재로 만들어버릴 거야. 어차피 때가 되면 다른 사람들이 똑같은 책을 다시 쓸 것이고, 그 어떤 것도 정말로 사라지지는 않을 테니까.

반스톤 시간에 대해서 말씀해주세요.

보르헤스 시간은 단 하나의 본질적인 수수께끼예요. 다른 것들은 신비스럽지만 본질적인 수수께끼라고 할 수 없을 거예요. 공간은 중요하지 않아요. 우리는 공간 없는 우주를, 예를 들면 음악으로 이루어진 우주 같은 것을 생각할 수 있어요. 우리는 물론 듣는 사람이죠. 그러나 시간에 대해서 말하자면, 정의를 내리는 것에서부터 문제에 봉착하게 됩니다. 성 아우구스티누스가 한 말이 기억나는군요. "시간은 무엇인가? 나에게 묻는 사람이 없으면 나는 그게 뭔지 안다. 그러나 누가 나에게 물으면 나는 모르게 된다." 시간의 문제가 '진짜' 문제라고 생각해요. 시간의 문제는 자아의 문제, 자아란 무엇인가 하는 문제를 포함하지요. 자아는 과거고, 현재고, 다가올 시간에 대한 예측, 바로 미래에 대한 예측이기도 해요. 그 두 가지 수수께끼가, 불가사의가 철학의 본질적인 과제예요. 다행스럽게도 우리는 결코 그 과제를 풀지 못할 것이고, 그러므로 우리는 영원히 계속할 수 있지요. 계속 추측할 수 있는 거예요. 그 추측을 우리는 철학이라 부르는데, 그건 정말 순전히 추측일 뿐인 것이랍니다. 우리는 계속해서 이론을 만들 것이고, 그 이론들에 매우 즐거워할 것이고, 그런 다음에는 그 이론을 풀고 다시 새 이론을 만들겠지요.

"말은 내게 달라붙어 있어요.
내가 말에 달라붙어 있는 것일 수도 있고요."

반스톤 당신은 매우 특이한 기억을 소유하고 있잖아요.

보르헤스 네, 그래요. 내가 알기로 내 기억은 이상한 기억이에요. 나는 과거를 잊어버렸으니까요. 나는 상황을 기억하지 못하는 경향이 있는 반면 머릿속은—내 친구들은 잘 알겠지만—인용구로 가득 차 있어요. 그렇지만 내 마음은 풍요롭답니다. 나는 여러분들에게 스페인어, 영어, 고대영어, 라틴어, 프랑스어, 독일어로 쓰인 아주 많은 시구들과 고대 노르드어로 쓰인 시구들을 들려줄 수 있어요. 물론 이탈리아어로 쓰인 것도 들려줄 수 있답니다. 『신곡』을 대여섯 번이나 읽었으니까요. 나의 기억은 시로 가득 차 있지만, 날짜나 장소의 이름은 많이 남아 있지 않아요. 그런 것들은 잊어버렸어요. 나에게 일어난 일들의 시간적 순서를 잊어버렸지요. 하지만 말은 내게 달라붙어 있어요. 내가 말에 달라붙어 있는 것일 수도 있고요.

청중 저는 당신이 1925년에 출판한 책 『심문Inquisiciones』을 구입해서 불태웠다는 글을 읽었어요. 그에 대해 설명해주시겠습니까?

보르헤스 유감스럽게도 그건 사실이에요. 그 책은 상당히 안 좋은 책이었어요. 나는 레오폴도 루고네스, 프란시스코 데 케베도, 토머스 브라운 경처럼 되려고 노력했는데, 당연히 실패한 거죠. 난 그 책이 사라지기를 바란 거예요.

반스톤 첫 시집은 어떤가요?

보르헤스 나의 첫 시집 『부에노스아이레스의 열기』는 1923년에 나왔어요. 그건 실은 나의 네 번째 책이죠. 그 이전에 출간된 세 권의 책을 다 없애버렸거든요. 아무튼 나는 아버지에게 그 시집을 검토해달라고 부탁드렸어요. 아버지는 학식이 높은 분이셨는데, 이렇게 말씀하셨지요. 실수를 하고, 또 실수를 극복하면서 나아가야 하는 거란다. 아버지가 돌아가시고 나서 나는 그 책을 발견했는데, 거기에는 교정을 본 내용이 가득했어요. 모든 시들이 다 그랬어요. 나는 『보르헤스 전집Obras completas』에 아버지가 고친 그 교정본을 사용했답니다. 그 책은 아버지에게 많은 빚을 졌어요. 아버지는 나에게 그걸 한 번도 보여주지 않았고 그에 관해 한마디도 하지 않으셨지만, 나는 그 교정본을 보고 나서 당신이 어떻게 생각하셨을지 알았어요. 아버지가 아주 많이 수정을 한, 더 나은 쪽으로 수정한 그 책을 보고 나서 말이에요.

반스톤 당신은 그 책을 공공장소에서 평론가들의 레인코트 호주머니에 넣어주었는데, 나중에 마음이 바뀌어서 서점으로 가 그 책들을 수거하려고 했다는 게 사실입니까?

보르헤스 네, 사실이에요. 사실 같지 않은 얘기지요. 하지만 실제로 있었던 얘기랍니다.

청중 당신은 문학이 당신에게 영감을 주었다고 말했는데, 당신의 문학에서…….

보르헤스 나 자신의 문학은 아니에요. 다른 사람의 문학이라고 말해야겠군요. 하지만 책은 영감을 준다고 생각해요. 책을 읽는 것은 경험이에요. 여자를 보는 경험, 사랑에 빠지는 경험, 길을 걷는 경험 같은 거지요. 독서는 매우 현실적인 경험이에요.

청중 제 질문은 다른 예술이 당신에게 영감을 주는가, 하는 것입니다. 왜냐하면 저는 『여섯 개의 현을 위하여Para las seis cuerdas』(밀롱가빠른 탱고를 위한 시집)의 탄생 배경이 궁금하기 때문입니다.

보르헤스 나는 탱고를 좋아하진 않지만 밀롱가는 좋아해요. 그래서 밀롱가를 위한 가사를 쓴 거예요. 그리고 난 지방색을 피하려고 노력했어요. 지방색은 그릇된 것이니까요. 속어도 피하려고 했죠. 속어는 왔다가 사라지는 것이니까요. 나는 스페인어 기본 단어를 사용했지요. 『여섯 개의 현을 위하여』, 그 책은 꽤 좋은 책이라고 생각해요. 음악에 관해서는 다음과 같은 말만 해줄 수 있을 것 같아요. 나는 아돌포 비오이 카사레스와 그의 부인 실바나 오캄포와 함께 작업하고, 축음기에 레코드판을 올려놓고 음악을 듣는답니다. 그러면서 우린 어떤 음악이 우리에게 맞지 않고, 어떤 음악이 잘 맞는다는 걸 알게 되었어요. 영감을 주지 않는 음악은 드뷔시의 레코드판에서 흘러나온 음악이었고, 영감을 준 음악은 브람스의 음악이었어요. 그래서 우린 브람스에 매달렸지요.

청중 당신은 아르헨티나와 아르헨티나 국민에 대해 어떤 생각을 가지고 계시는지요? 아르헨티나가 왜 오늘날과 같이 되었는지 이해할 수 있다고 여기시는지요?

보르헤스 아르헨티나 공화국은 우주만큼이나 불가사의하다고 생각해요. 난 그걸 이해하지 못한답니다.

나는 늘 낙원을 도서관으로 생각했어요

나는 내 운명이 읽고 꿈꾸는 것임을 알았어요. 어쩌면 글을 쓰는 것도 포함되겠지만, 글쓰기는 본질적인 게 아니에요. 그리고 나는 늘 낙원을 정원이 아니라 도서관으로 생각했어요.

우리 역시 에드거 앨런 포에 의해 만들어진 거예요. 그 뛰어난 몽상가, 슬픈 몽상가, 비극적인 몽상가에 의해서 말이에요.

리드 언젠가 당신은 런던에서—1970년 그때 나는 당신 곁에 앉아 있었어요—모든 위대한 문학은 결국 아동문학이 되는데, 당신의 작품도 결국에는 아이들에게 읽히기를 바란다고 말씀하셨어요. 그 말을 더 자세히 얘기해주시겠습니까?

보르헤스 네, 내가 한 말이긴 하지만 그건 사실이라고 생각해요. 예를 들면 에드거 앨런 포의 작품들은 아이들에게 읽히잖아요. 나

이 인터뷰는 1980년 3월 뉴욕펜클럽에서 열렸다. 인터뷰어는 앨라스테어 리드(Alastair Reid. 시인. 〈뉴요커〉 편집자), 존 콜먼(John Coleman. 뉴욕대 스페인어문학부 학과장).

도 그걸 어린 시절에 읽었어요. 『아라비안나이트』도 아이들이 읽어요. 그건 환영할 일일 거예요. 왜냐하면 아이들은 우리가 읽어야 할 책들을 읽는 거니까요. 아이들은 그저 즐거워서 책을 읽는 거랍니다. 내가 허용하는 유일한 책 읽기 방식이 그거예요. 책 읽기를 행복의 한 형태로, 기쁨의 한 형태로 생각해야 하는 거예요. 난 의무적인 독서는 잘못된 거라고 생각해요. 의무적인 독서보다는 차라리 의무적인 사랑이나 의무적인 행복에 대해 얘기하는 게 나을 거예요. 우리는 즐거움을 위해 책을 읽어야 해요. 나는 약 20년 동안 영문학을 가르쳤는데, 늘 학생들에게 이렇게 말했어요. "책이 지루하면 내려놓으세요. 그건 당신을 위해 쓰인 책이 아니니까요. 하지만 읽고 있는 책에 빠져드는 걸 느낀다면 계속 읽으세요." 의무적인 독서는 미신 같은 거예요.

콜먼 헨리 제임스는 러시아 장편소설을 느슨하고 헐렁한 괴물로 묘사했는데, 나는 당신이 헨리 제임스의 그런 묘사에 본능적으로 공감한다는 인상을 늘 받아왔어요. 당신은 여전히 러시아 장편소설에 대한, 장편소설 일반에 대한 그런 개괄적인 서술에 동의하는지 궁금하군요.

보르헤스 나는 장편소설을 많이 읽지는 않았어요. 하지만 장편소설을 깎아내리는 말은 하고 싶지 않아요. 만약 내가 그런 말을 한다면 콘래드와 스티븐슨은 물론이고 도스토옙스키 그리고 『돈키호테』의 2부에 죄를 짓는 게 될 테니까요. 내가 장편소설에 부정적인 글을 썼다면 나의 잘못일 거예요.

콜먼 나는 이런 얘기를 들었어요. 당신의 초기 저술 가운데 하나인 『픽션들』이 이곳 뉴욕에 도착했을 때 뉴욕의 출판사 관계자들은 보르헤스 씨의 이 단편소설들이 매우 훌륭하지만 굵직한 장편소설을 기다리는 게 좋겠다는 이유로 그 책의 출판을 거절했다는 겁니다.

보르헤스 나는 장편소설을 즐겨 읽는 독자가 아니므로 장편소설 작가가 되기 어려워요. 모든 장편소설은, 최고 수준의 작품이라고 할지라도, 언제나 군더더기가 들어 있기 마련이죠. 반면에 단편은 내내 본질적인 것만을 다룰 수 있답니다. 예를 들어 러디어드 키플링이 말년에 쓴 단편들, 헨리 제임스가 말년에 쓴 단편들 또는 콘래드의 단편들, 그런 작품들은 본질적인 것들이에요. 『아라비안나이트』에 나오는 이야기들은 어떤가요? 거기에서도 군더더기를 찾을 수 없지요. 그러나 일반적으로 장편소설은 내게, 적어도 작가로서 내게는 육체적 피로를 떠올리게 하는 것 같아요.

리드 보르헤스, 우리는 당신의 작품에서 우리가 이해하지 못하는 모든 걸 당신에게 물어볼 생각이었어요.

보르헤스 내가 그걸 다 이해하고 있을지 나 자신도 의문이네요. 이해하지 못한다는 것에 돈을 걸겠어요.

리드 존과 나는 당신의 작품 속에서 큰 울림을 갖는 두세 개의 단어에 관해 물어보기로 결정했어요. 그 한 단어는…….

보르헤스 아, 알겠어요. '미로'라는 단어.

리드 아니에요, 아니에요.

보르헤스 그 비슷한 단어겠죠.

리드 미로보다 조금 더 신비스러운 단어예요. 당신의 글에 나오는 asombro(놀라움)라는 단어와 horror sagrado(신성한 두려움)라는 표현이에요. 내 생각엔 이 단어들이 당신의 작품에서 근본적인 것 같아 보여요. asombro를 어떤 의미로 사용한 것인지 말씀해주시겠습니까?

보르헤스 asombro는 내가 항상 느끼는 감정을 의미한다고 생각해요. 나는 많은 것들에 경탄하고 많은 것들에 깜짝 놀라곤 하지요. 그게 바로 asombro라는 단어가 의미하는 거예요. 다른 단어인 horror sagrado에 대해 말하자면, 영어로 쓰인 가장 멋진 시 가운데 하나인, 다음 시에서 그걸 발견할 수 있을 거예요.

그의 주위에 원을 세 겹으로 짜고
거룩한 두려움으로 네 눈을 감으라,
그는 꿀 이슬을 먹고

낙원의 젖을 마셨느니라.

새뮤얼 테일러 콜리지, 「쿠블라 칸」 51~54행

마지막 행은 참으로 멋진 시구예요. "낙원의 젖을 마셨느니라." 그 젖을 생각하면 오싹하고 기이한 경외감이 들어요. "그의 주위에 원을 세 겹으로 짜고 / 거룩한 두려움으로 네 눈을 감으라." 그게 신성한 두려움일 거예요.

리드 달리 말하면 '신성한 두려움(horror sagrado)'은 콜리지의 "거룩한 두려움(holy dread)"을 번역한 것인가요?

보르헤스 "거룩한 두려움"은 라틴어의 어떤 것을 번역한 거라고 생각해요. 로마인들이 느꼈던 것을 번역한 거죠. 어디선가 읽은 기억이 나요. 월터 페이터의 『쾌락주의자 마리우스』에 나오는 것 같은데, 로마인들이 거룩한 곳으로 여기는 어떤 곳이 있어요. 그곳에 대해 로마인들은 "numen in est(안에 신이 있다)"라고 말하곤 했죠. 어떤 신적인 게 있다는 거예요. 그게 horror sagrado인 거죠. 공고라가 사용한 horror divino(성스러운 두려움)도 같은 거예요.

리드 그러나 asombro는 당신이 집 안의 무해한 물건들에 대해서도 종종 느끼는 감정이잖아요.

보르헤스 아마 당신에게 그 단어의 미덕은, 당신이 asombro라고 말할 때 당신은 sombra를 생각한다는 사실에 있을 거예요. 그림자를 생각하는 거죠. amazement(놀라움)라고 말할 때 maze(미로)를 생각하는 것처럼 말이에요. asombro에서 당신은 그림자를 생각하고, 동시에 알 수 없는 어떤 것을 생각하는 거예요.

콜먼 보르헤스, 나는 당신의 자전적인 단편소설 가운데 하나인 「남부」에 대해 물어보려고 해요. 군인 정신과 용맹함을 지닌 어머니 집안과 학자가 많은 아버지 집안 사이의 부조화에 대해서 말이에요. 당신이 당신일 수도 있고 아닐 수도 있는, 「남부」에 나오는 후안 달만에 대해 얘기할 때…….

보르헤스 그는 나라고 생각해요. 이건 극비인데, 그는 나일 거예요. 그 얘긴 절대 하지 마세요, 네?

"그걸 부조화라고 생각하기보다
일종의 다양성이라고 생각해요.
나는 그런 혈통으로 인해 풍요로워졌을 거예요"

콜먼 그 부조화에 대해 얘기해주시고, 아울러 두 혈통을 동시에 지니게 된 그 멋진 감각에 대해서도 얘기해주시겠습니까?

보르헤스 아마도 나는 분열되어 있겠죠. 그걸 부조화라고 생각하지는 않아요. 나의 가계에는 주된 혈통이 있어요. 영국계 조상들, 포르투갈계 조상들, 스페인계 조상들, 유대계 조상들이 생각나는군요. 그분들은 자신들이 본질적으로 우호적이라는 데 동의할 거라고 생각해요. 그러나 그들은 서로 다른 걸 나타내지요. 나의 배경을 이루는 아르헨티나와 우루과이로 인해 나는 많은 군인들을 떠올립니다. 영국계 배경과 관련해서는 감리교 설교자, 철학 박사, 무엇보다도 책을 생각하지요. 그러나 나의 모계의 경우 책이 아니라 칼과 전투를 생각나게 해요. 하지만 80년의 세월을 살고 나니 그 부조화가 누그러졌어요. 그걸 부조화라고 생각하기보다 일종의 다양성이라고 생각해요. 나는 그런 혈통으로 인해 풍요로워졌을 거예요.

콜먼 결국 당신은 부조화를 느끼지 않는군요.

보르헤스 네, 안 느껴요. 오히려 감사하지요.

콜먼 당신의 인내력을 한 번 더 시험해도 될지 모르겠네요. sueño라는 단어 말인데요, 이건 번역하는 게 불가능한 단어예요. 영어로는 '잠'과 '꿈', 둘 다 의미하니까요.

보르헤스 아니, 영어가 아니에요. 스페인어에서 그런다는 말이잖아요.

콜먼 아, 죄송합니다. 고마워요.

보르헤스 영어에는 그 두 단어가 따로 있죠. 꿈과 잠 말이에요. 스페인어에는 sueño라는 단어, 하나밖에 없어요. 그걸 받아들이는 수밖에 없죠.

콜먼 당신의 작품에서 sueño가 어떤 뜻으로 쓰이는지에 관해 조금만 얘기해줄 수 있습니까?

보르헤스 문맥에 달려 있다고 생각해요. 그건 un sueño(꿈)를 의미할 수도 있고 sueño(잠)를 의미할 수도 있어요. 나는 그것에 관해선 모른답니다. 그게 스페인어 문법이에요.

리드 당신은 sueño라는 단어를 사용할 때, 그 두 가지 중에서 어떤 의미로 쓴 건지 확실히 알고 있나요?

보르헤스 글쎄요, 모든 시인들이 그러하듯이 나도 모호함을 좋아하는 것 같아요. 이 경우, 스페인어의 특정한 결핍으로 인해 난 더 풍요로워지는 거죠.

리드 매우 근본적인 질문이 하나 더 있어요…….

보르헤스 딱 하나인가요?

리드 지금 당장은요. 한 번에 하나.

보르헤스 좋아요, 한 번에 하나. 아직 이른 밤이니까요.

리드　　내 질문은…….

보르헤스　　밤은 항상 이른 법이죠!

리드　　내 질문은 언젠가 당신이 했던 정말로 중요한 발언으로 시작해요. "나는 허구(fiction)를 쓰지 않는다. 사실(fact)을 창조한다."

보르헤스　　그 문장은 당신의 선물인 것 같군요. 고마워요.

리드　　언젠가 당신이 그 말을 했었다고 가정해볼까요?

보르헤스　　내가 그 말을 했다면 잘한 거네요.

리드　　네, 틀림없이 그렇게 말했을 거예요.

보르헤스　　누가 알겠어요. 그 문장을 말한 죄인이 나일 수도 있겠지요.

리드　　죄인?

보르헤스　　음, 죄인까지는 아니겠군요. 하지만 내가 그 문장에 부응하여 살 수 있을지 의문이에요.

리드　　그 차이가 뭐라고 생각하세요? 나는 허구를 쓰지 않는다. 사실을 창조한다.

보르헤스 사실과 허구는 차이가 없다고 생각해요.

리드 그 말씀은 상당히 급진적인 관점이로군요.

보르헤스 유아론이나 과거에 대해 말하자면, 과거가 모든 기억이 아니고 뭐겠어요? 과거는 신화가 돼버린 기억이에요.

"난 단순하고 직접적인 이야기를 하는 걸 좋아해요.
이젠 문학적 장난을 즐기지 않아요"

리드 하지만 당신은 종종 허구를 사실인 척하며 일부러 더 혼란스럽게 만들곤 했어요. 당신의 작품에 나오는 참고 문헌을 찾아본 독자들은 당했다는 걸 알게 되지요. 예컨대 참고 문헌 중 두 개는 사실이에요. 그러나 세 번째 것은 어디에서도 찾을 수 없죠. 일부러 그렇게 하신 겁니까? 당신은…….

보르헤스 네, 일부러 그렇게 한 거예요. 젊었을 때 말이에요. 이젠 그런 놀이를 하기엔 너무 늙었어요. 난 단순하고 직접적인 이야기를 하는 걸 좋아해요. 이젠 문학적 장난을 즐기지 않아요. 그런 장난질은 오래전에 다른 어떤 사람에게, 「피에르 메나르, 『돈키호테』의 저자」를 쓰고 그걸 『돈키호테』라고 불렀던 어떤 사람에게 있었던 일이지요.

리드 그런 습관은 그만두기가 계속하는 것 못지않게 어려워요. 내 생각에 당신은 여전히 사실과 허구 사이의 모호함을 일부러 만들어내서 즐기는 것 같아요. 제가 묻고 싶은 건, 우리는 사실과 허구의 차이가 무엇인지 확실히 알 수 있을까, 하는 것입니다.

보르헤스 우리는 그 어떤 것도 확실히 알 수 없어요. 우리가 왜 이 특정한 점에 대해서는 확실히 알아야 하는 거지요? 우리는 매우 불가사의한 우주에서 살고 있어요. 모든 게 수수께끼지요.

리드 어떤 사람들이 우리가 느끼는 것보다 더 불가사의하게 만들지 않아도 충분히 불가사의하지요.

보르헤스 물론 나는 자유의지를 믿지 않아요. 난 그저 게임을 해야 하는 거예요. 그 게임과 다른 게임을 해야 하는 게 나의 운명이에요. 나는 내 운명을 문학적 운명이라고 여긴답니다. 어린 시절 이후로 줄곧 그게 나의 운명이라는 걸 알았죠. 콜리지와 드퀸시, 그리고 밀턴의 전기를 읽어보면, 그들은 자신들의 운명이 문학이라는 것을 알고 있었어요. 나도 마찬가지였죠. 나는 내 운명이 읽고 꿈꾸는 것임을 알았어요. 어쩌면 글을 쓰는 것도 포함되겠지만, 글쓰기는 본질적인 게 아니에요. 그리고 나는 늘 낙원을 정원이 아니라 도서관으로 생각했어요.(내 시에도 그런 시구가 있답니다.) 그건 내가 늘 꿈을 꾸고 있었다는 뜻이지요.

리드 「은혜의 시Poema de los dones」에 나오는 시구를 말하는 건가요?

보르헤스 네, 맞아요.

리드 당신은 낙원을 도서관으로 생각하는군요.

보르헤스 내가 그 도서관을 얻었을 때, 난 장님이 되었지요.

리드 그 시의 아이러니군요.

보르헤스 그 시의 아이러니가 아니라 "신의 아이러니"예요. "신의 아이러니."(「은혜의 시」에 나오는 구절)

콜먼 장르에 대해 질문을 드려도 될까요? 당신은 아주 많은 장르를 섭렵했어요. 다방면에 능한 문학가죠. 시, 에세이, 단편소설.

보르헤스 '다방면에 능한 문학가'. 그건 스티븐슨이에요.

콜먼 제가 궁금한 건…….

보르헤스 나는 그를 무척 좋아한답니다. 계속 얘기하세요.

콜먼 왜 로버트 루이스 스티븐슨의 작품을 좋아하는지 말씀해주시겠어요? 당신에게는 그가 『보물섬』 이상을 의미하잖아요. 그 이유를 말씀해주실 수 있나요?

보르헤스 스티븐슨은 설명할 필요가 없다고 생각해요. 만약 당신이 스티븐슨을 느끼지 못한다면 당신에게 문제가 있는 거예요. 안겔루스 질레지우스의 시구 하나가 떠오르는군요. 나는 마리아 코다마와 함께 그의 작품을 번역하고 있어요. 17세기 독일 신비주의자인 안겔루스 질레지우스는 이렇게 썼습니다. "Die Ros' ist ohn' warum, / sie blühet weil sie blühet.(장미는 이유가 없네, / 장미는 피는 대로 필 뿐이네.)" 스티븐슨 역시 이유가 없다고 생각해요. 그리고 또, 왜 스티븐슨을 설명해야 하나요? 나로서는 그의 시 몇 행을 떠올리는 것으로 족하답니다. 설명은 필요 없어요.

> 별이 총총한 드넓은 하늘 아래
> 무덤 파서 나를 눕게 하라
> 기쁘게 살았고 기쁘게 죽으니
> 나, 기꺼운 마음으로 내 몸 눕혔네
>
> 「레퀴엠」 1~4행

이거면 충분해요. 이것으로 스티븐슨이 설명되지 않는다면 그 어떤 것으로도 설명할 수 없을 거예요. 그의 가장 좋은 책 가운데 하나는 『약탈자The Wrecker』라는 장편소설인데, 그 책은 의붓아들과 공동으로 집필했기 때문에 잘 알려져 있지는 않아요. 내가 좋아하는 그의 또 다른 작품으로는 『썰물The Ebb

Tide』이 있지요. 그 책 역시 의붓아들인 로이드 오즈번과 함께 썼어요.

콜먼 이곳에 있는 당신의 많은 친구들이 마크 트웨인에 대한 당신의 열렬한 존경심과 사랑을 잘 모르지 않나 하는 생각이 문득 드는군요.

보르헤스 내가 그를 존경하고 사랑하는 이유는 아주 간단해요. 『허클베리 핀의 모험』을 읽었기 때문이에요. 그거면 충분해요. 충분하고도 남죠.

"북아메리카 작가들을 제쳐두고 문학을 생각할 순 없어요.
그들의 위치는 확고해요"

콜먼 그런데 북아메리카 문학이 어떻게 작가로서 당신의 삶에 영향을 미쳤는지 얘기해주시겠습니까?

보르헤스 북아메리카 문학은 전 세계 모든 문학에 영향을 미쳤다고 생각해요. 두 사람이 없었다면 문학은 오늘날과 같은 모습이 되지 못했을 거예요. 에드거 앨런 포와 월트 휘트먼이죠. 거기에다가 마크 트웨인, 에머슨, 소로, 멜빌, 에밀리 디킨슨, 호손, 그 밖에도 많은 사람들을 추가할 수 있어요. 로버트 프로스트도 절대 빼면 안 되죠. 북아메리카 문학은 전 세계에 영향을 미쳤어요. 최소한 전 세계의 문학에 말이에요. 북아메리카 작가들을 제쳐두고 문학을 생각할 순 없어요. 그들의 위치는 확고해요.

콜먼 그러나 당신 말을 스페인 문학과 중남미 문학에 적용할 때면 그 말은 명백히 사실이 아니에요. 북아메리카 문학이 스페인 및 중남미 문학에 그렇게 많은 영향을 미치지는…….

보르헤스 많은 영향을 미쳤어요. 죄송하지만 당신 생각에 동의하지 않아요. 우린 빅토르 위고와 베를렌 없는, 특히 에드거 앨런 포 없는 모더니즘을 생각할 수 없어요. 그런데 에드거 앨런 포는 프랑스를 통해 우리에게 왔어요. 우리는 같은 아메리카 대륙 사람인데도 말이에요. 에드거 앨런 포는 제쳐두거나 빠뜨릴 수 없는 사람이에요. 그가 쓴 글을 좋아할 수도 있고 좋아하지 않을 수도 있지만, 그의 영향력을 부인할 순 없답니다. 그는 보들레르를 낳았고, 보들레르는 말라르메를 낳았어요. 그런 식으로 죽 이어지죠.

콜먼 당신이 추리소설을 좋아한다는 걸 모두가 다 압니다.

보르헤스 그 장르는 에드거 앨런 포에 의해 만들어졌어요. 그가 모든 걸 창조해냈지요. 그가 추리소설 독자라는 매우 이상한 인물을 만들어낸 거예요. 우리 역시 에드거 앨런 포에 의해 만들어졌어요. 그 뛰어난 몽상가, 슬픈 몽상가, 비극적인 몽상가에 의해서 말이에요.

콜먼 흐름에서 조금 벗어났어요. 다시 질문으로 돌아가자면…….

보르헤스 나는 늘 얘기의 흐름에서 벗어난답니다. 그래서 여러분이 여기 있는 거잖아요.

콜먼 사람들은 늘 말하길, 당신은 시를 쓰거나 에세이를 쓰거나 단편소설을 쓰거나 별 차이가 없다고 해요. 보르헤스가 쓴 하나의 문학이라는 거죠. 저의 질문은, 어떻게 동일한 충동이 결과적으로 시를 낳거나 에세이를 낳거나 단편소설을 낳는가, 또는 그 세 가지 모두를 낳는가 하는 것입니다.

보르헤스 나는 플롯을 느껴요. 나는 시작과 끝을 본답니다. 그 플롯은 시의 플롯이나 소네트의 플롯일 수 있어요. 본질적인 차이는 없다고 생각해요. 본질적인 차이는 작가에게 있는 게 아니라 독자에게 있어요. 예를 들어 산문으로 인쇄된 페이지를 보면 당신은 정보나 주장을 예상할 거예요. 그러나 운문으로 인쇄된 페이지를 보면 당신은 감정이나 열정 등을 기대하고, 아마 그걸 얻게 될 거예요. 하지만 난 그것들이 본질적으로 같다고 생각해요. 스티븐슨은 그 차이가 난이도에 있다고 생각했지만 말이에요. 많은 문학들이 산문에 이르지 못했어요. 나는 앵글로색슨인들이 산문에 이르지 못했다고 생각해요. 아주 강력한 시를 쓰긴 했지만 말이에요. 적어도 나의 역사 지식에 의하면 시는 언제나 산문보다 먼저 등장했어요. 스티븐슨에 따르면 그 이유는 다음과 같은 사실 때문이에요. 일단 운율을 얻으면, 그러니까 운문을 이루면, 그 패턴을 반복하기만 하면 된다는 사실 때문이죠. 그 운율은 스칸디나비아인이나 앵글로색슨인의 경우처럼 두운을 맞춘 운문일 수도 있고 각운을 맞춘 운문일 수도 있고 길거나 짧은 음절, 6보격에 의해 만들어질 수도 있어요. 아무튼 운율을 얻으면, 그걸 반복하면 되는 거예요. 그러나 산문의 경우 그게 항상 바뀌어야 한답니다. 독자들에게 즐거운 방식으로 늘 변해야 하는 거죠. 그게 훨씬 더 어렵습니다.

리드 거기에 덧붙여서 말씀드리자면, 나는 당신과 수년 동안 대화를 나누면서 당신은 산문보다 시에 한결 더 많은 존경심을 지니고 있다는 걸 알아차렸어요. 당신은 마치 시가 산문보다 훨씬 더 우월한 것이라는 듯이 시에 대해 일종의 벅찬 존경심을 가지고 있어요.

보르헤스 당신 말이 맞는 것 같군요.

리드 그럼에도 불구하고 나는 당신이 써낸 산문과 시에 큰 차이가 없다는 인상을 받곤 해요.

보르헤스 개인적으로 나는 변변찮긴 하지만, 내 시가 산문보다 낫다고 생각해요. 그러나 친구들은 내 생각이 틀렸다고 말하죠. 시인 친구들은 내가 시의 불청객이라고 말해요. 산문 픽션을 쓰는 친구들도 그러고요. 모르겠어요. 난 아마…….

리드 전 당신이 산문과 시의 차이를 조롱해왔다고 생각합니다.

보르헤스 맞아요. 난 그 둘 사이에 본질적인 차이가 없다고 생각해요.

리드 저도 그렇게 생각해요.

보르헤스 우리 둘 다 옳은 것 같군요. 함께 행복해해도 되겠어요.

리드 당신은 항상 스티븐슨, 체스터턴, 키플링을 인용하지요. 때때로 드퀸시와 토머스 브라운 경에게 양보하기도 하지만…….

보르헤스 아니에요, 아니에요. 때때로 그런 게 아니었으면 좋겠군요.

리드 아, 알겠습니다.

보르헤스 그리고 닥터 존슨도 있어요.

리드 제가 생각하기에 당신과 가장 가까운 작가는 콜리지예요.

보르헤스 콜리지, 좋아요.

리드 당신은 콜리지에 대해 많은 글을 쓰지도 않았고 많이 언급하지도 않았지만, 저에게 당신은 콜리지의 환생처럼 여겨져요. 당신도 그렇게 느끼시나요?

보르헤스 그렇게 말해주니 대단히 고마워요. 나도 내가 콜리지였다면 좋겠어요. 그런데 콜리지는 좋은 시를 세 편 정도밖에 쓰지 않았어요. 「쿠블라 칸」을 썼고 「크리스타벨」과 「늙은 선원의 노래」를 썼지요. 「절망의 노래」도 썼군요. 그게 다예요. 나머지 시들은 잊어버려도 괜찮을 거예요.

리드 하지만 그의 산문 역시 당신에게 커다란 영향을 끼쳤을 게 틀림없어요.

보르헤스 맞아요. 그랬어요. 하지만 콜리지의 산문이 내게 영향을 끼쳤는지, 아니면 그 전에 먼저 드퀸시를 통해 콜리지가 내게 왔는지 잘 모르겠어요. 드퀸시는 콜리지와 여러 모로 흡사하지요. 내가 드퀸시를 존경하고 그의 글을 즐길 때, 실은 콜리지를 존경하고 있었다고 생각합니다.

리드 번역된 형태로.

보르헤스 네. 매우 인상적인 악몽으로 번역된 형태로.

"난 낭만주의 운동이,
그 모든 게 18세기 스코틀랜드에서 시작되었다고
기쁘게 말할 수 있답니다"

콜먼 식사 중에 우리는 닥터 존슨이 맥퍼슨에게 보낸 편지에 관해

애기를 나눴어요. 오시안3세기에 게일어로 시를 쓴 시인. 제임스 맥퍼슨이 그의 시를 수집, 번역함. 이를 두고 진위 논쟁이 벌어짐 논쟁으로 알려진 맥퍼슨 말이에요. 당신은 유럽 낭만주의의 탄생이 그 스코틀랜드인 사기꾼에게서 비롯되었다는 생각을 강하게 표출했어요.

보르헤스 난 맥퍼슨이 사기꾼이었다고 생각하지 않아요. 위대한 시인이었다고 생각해요. 하지만 그는 시가 그 자신이 아닌 나라에 속하기를 원했지요. 그는 정말 위대한 시인이었고 매우 중요한 시인이었어요. 난 낭만주의 운동이, 그 모든 게 18세기 스코틀랜드에서 시작되었다고 기쁘게 말할 수 있답니다.

리드 나도 당신 생각에 동의할 수 있다면 좋겠어요.

보르헤스 당신은 확신하기 힘들 거예요.

리드 그래요, 난 확신이 들지 않아요.

콜먼 당신은 존슨이 왜 그토록 심하게 맥퍼슨을 비판했다고 생각하나요?

보르헤스 진짜 이유는 존슨이 자신의 모든 스타일, 시에 대한 자신의 모든 신조가 어떤 새로운 것에 위협받는다고 느꼈기 때문이에요. 닥터 존슨은 오시안의 존재를 위협으로 느낀 게 분명해요. 테니슨도 월트 휘트먼을 위협으로 생각했지요. 대단히 새로운 어떤 것, 매우 다른 것, 완전히 이해할 수 없는 것이 생겨났고, 그들은 위협을 느낀 거예요. 누가 테니슨에게 이렇게 물었던 게 생각나는군요. "월트 휘트먼을 어떻게 생각하십니까?" 테니슨이 대답했어요. "나는 월트 휘트먼을 알고 있어요. 그는 바다를 첨벙첨벙 걸어가는 사람이라고 생각해요. 아, 아닙니다. 월트 휘트먼에 관한 말이 아니었어요." 자신은 그렇게 될 수 없다는 것을 알았기 때문이죠. 그들은 너무 위험한 인물이었던 거예요. 존슨이 한 말은 두려움에서 나온 거라고 생각해요. 테니슨이 한 말도 마찬가지고요. 그는 뭔가 일어나고 있으며, 그래서 모든 구조가 허물어질 것을 알았던 거죠.

콜먼 당신은 어떤 작가에 의해 위협을 느낄 만한 사람이 아니라고 생각되는데요.

보르헤스 난 아니에요. 나는 모든 작가를 친구로 여기려고 해요. 때로는 실패하고 패배감이 들기도 하지요. 하지만 계속 노력한답니다. 나는 내가 읽는 모든 책들을 즐기려고 해요. 그 책들에 마음을 맞추려고 최선을 다하지요.

콜먼 1924년 즈음 당신은 『심문』이라는 에세이집을 출판했어요.

보르헤스 맞아요. 끔찍한 책이었죠.

리드 그렇군요. 하지만 잠깐만요.

보르헤스 왜 그걸 기억해야 하나요?

리드 꼭 물어보고 싶은 게 있어서요. 잠깐만 시간을 내주세요.

보르헤스 내가 그 책에 대해 기억하는 거라곤 아주 좋지 않은 책이었고 표지가 녹색이었다는 것뿐이에요.

리드 하지만 거기엔 케베도와 우나무노, 토머스 브라운 경에 관한 에세이가 있잖아요.

보르헤스 어떤 생각들은 좋아요. 하지만 글이 나빠요. 나는 우나무노, 위고, 토머스 브라운 경에 대한 부정적인 말은 한마디도 하지 않았어요. 하지만 그들에 대해 쓴 나의 글이 엉터리였죠. 완전히 엉터리였어요.

콜먼 당신은 잊어버리고 싶은 책을 매장할 수도 있다고 믿었군요? 그래서 어떤 상황에서도 재발행하지 않는 것이고요?

보르헤스 『보르헤스 전집』을 간행한 진짜 이유는 두 책을 완전히 배제하려는 것이었어요. 『심문』과 그 이름을 기억하고 싶지 않은 또 다른 책(『돈키호테』의 첫 줄 "이름을 기억하고 싶지 않은 라만차 지방의 한 곳에"를 인용)을 말이에요. 두 책을 빼려는 게 진짜 이유였어요.

콜먼 그게 질문이었어요. 그 책들이 왜 전집에 없는지 이유를 알아내려고, 그 책들에 대한 당신의 의견을 끌어낸 거예요.

보르헤스 그 책들은 우스꽝스러운 문체로, 바로크 스타일로 쓴 거예요. 난 젊었을 땐 바로크적이었어요. 토머스 브라운 경이 되려고, 루고네스가 되려고, 케베도가 되려고, 다른 누구가 되려고 애를 썼지요. 그러나 지금은 보잘것없는 나 자신에(내가 존재한다면 말이에요), 나의 사적인 자아에(사적인 자아라는 게 있다면 말이에요) 만족해요.

"부끄러움의 한 형태인 거죠.
공격적인 부끄러움이라고 할까요."

콜먼 바로크 스타일의 작가로 시작했는데 어떻게 해서 고전적인 작가가 되었죠?

보르헤스 나는 모든 젊은이들이 그러하듯이 소심한 탓에 바로크 스타일의 작가로 시작했어요. 젊은이는 이렇게 생각하지요. 나는 이러저러한 것을 쓸 거야. 그러고 나서 생각해요. 그런데 이건 너무 시시해. 좀 치장을 해야겠어. 그래서 바로크적으로 치장을 하는 거예요. 부끄러움의 한 형태인 거죠. 공격적인 부끄러움이라고 할까요.

콜먼 그래서 당신은 더 담대하고 더 간결해졌군요.

보르헤스 네. 지금은 대담하게, 직접적인 방식으로 글을 쓰지요. 독자가 사전을 찾아보아야 할 단어는 사용하지 않고, 과격한 비유도 피한답니다.

리드 현실적인 질문을 하나 드릴까 해요.

보르헤스 내가 현실적인 질문에 대답할 수 있을지 모르겠네요. 내가 현실적인 사람이 아니라서.

리드 인생의 황혼기인 요즈음에 당신은 여행을 아주 많이 하는데, 저로서는 그 점이 무척 궁금해요. 대부분의 사람들은 인생의 이 시기를 집에서 머무는 시기로 여기니까요.

보르헤스 집에 있으면 똑같은 날이 매일매일 되풀이되죠. 여행을 할 때면 달라요. 매일매일이 선물이에요. 그래서 난 여행을 즐긴답니다. 집에 있으면 모든 게 단조로워요. 하루하루가 그 전날의 거울이지요.

리드 당신이 부에노스아이레스에서 언젠가 나에게 신문은 망각을 향해 달린다고 말했던 기억이 납니다. 신문이 매일매일 나와야 하는 이유가 그것이라고 했어요.

보르헤스 신문은 망각될 운명을 타고나죠. 반면 책은…….

리드 맞습니다. 책의 이상은 높고 커요.

보르헤스 책은 영원히 지속되는 것을 지향하지요. 지속되지 못하는 책들도 많지만.

리드 당신은 다른 작가들에 대해 얘기하면서 거의 영국과 미국 작가들만 언급했어요. 지금까지는 말입니다. 그것은 단지 영어를 쓰는 청중들에게 얘기하고 있기 때문인가요? 당신은 자신을 '영어' 작가라고 여기시나요? 아니면 국적의 문제는 당신의 글쓰기에서 고려 대상이 아닌가요? 문학에서 또는 당신의 글쓰기에서 국적의 문제에 대해 답변해주시겠습니까?

보르헤스 나는 국적에 관심이 없어요. 그건 미신이에요.

리드 그걸 미신이라고 생각한다고요?

보르헤스 영어로 쓰인 문학에 대해 말하자면, 나는 그걸 그냥 문학이라고 생각해요. 그러나 다른 문학을 폄훼하며 그렇게 말한 게 아니에요. 동시에 나는 독일어와 독일 문학을 좋아해요. 프랑스 문학도 무척 좋아하지요. 프랑스어는 싫어하지만 말이에요. 그렇지만 나는 범위를 넓혀서 그것들을 '모두' 영문학에 넣는답니다. 성경을 생각할 땐 킹 제임스 영어 번역본 성경을 생각하지요. 『아라비안나이트』를 생각할 땐 레인과 버턴이 번역한 『아라비안나이트』를 생각하고요.

리드 당신이 『돈키호테』를 스페인어로 읽기 전에 영어로 먼저 읽었다는 게 사실인가요?

보르헤스 아니요. 하지만 당신은 그렇게 믿어도 돼요. 안 될 게 뭐 있겠어요?

리드 매우 유용한 반어법이군요. 당신은 늘 내게 당신이 읽은 영어 번역본 얘기를 해주셨어요.

보르헤스 아니에요. 롱펠로가 영어로 번역한 단테의 『신곡』 얘기를 했던 것 같아요. 나는 『신곡』을 영어로 읽기 시작했지요.

콜먼 보르헤스, 당신은 존경하는 남성 문학가에 대해 얘기했는데, 여성 문학가는 어떤가요? 문학에 가장 중요한 기여를 했다고 생각하는 여성들을 말씀해주시겠습니까?

보르헤스 한 사람만 얘기하고 싶은데, 에밀리 디킨슨이요.

콜먼 그걸로 끝인가요?

보르헤스 네, 그걸로 끝이에요. 짧고 분명하잖아요.

리드 더 많은 사람을 말씀해주셔야 할 것 같아요.

보르헤스 물론 또 있죠. 예를 들면 실비나 오캄포가 있어요. 그녀는 지금 이 순간에 부에노스아이레스에서 에밀리 디킨슨을 번역하고 있답니다.

"나는 죽음을 희망이 가득한 것으로 생각해요.
소멸의 희망이지요. 잊힌다는 희망"

리드 문득 직설적인 질문 하나가 떠오르는데, 그걸 그냥 물어봐도 될 것 같은 생각이 듭니다. 우리에게 죽음에 대해 얘기해주시겠습니까? 당신은 그 어떤 작가에게서도 위협을 느끼지 않는다고 하셨어요. 그러면 죽음의 위협은 느끼나요?

보르헤스 나는 죽음을 희망이 가득한 것으로 생각해요. 소멸의 희망이지요. 잊힌다는 희망. 나는 때때로 기분이 울적할 때가 있어요. 어쩔 수 없는 일이에요. 그러면 나는 이렇게 생각하죠. 그런데 내가 왜 울적해야 하는 거지? 어느 순간에든 죽음을 맞이할 수 있는데 말이야. 그러면 편안함이 찾아온답니다. 나는 죽음을 절대적인 것으로 생각하니까요. 죽음 이후에도 계속 존재하고 싶지 않아요. 난 너무 오래 살았어요. 왜 사후에도 계속 존재해야 하나요? 그건 과장된 거예요. 나는 죽음을 두려워하는 게 아니라 희망하며 살아간답니다.

콜먼 만약 당신이 영어로 글을 썼다면 글이 어떻게 달라졌을 거라고 생각하시나요?

보르헤스　나는 영어를 무척 존경한답니다. 대부분의 책을 영어로 읽었어요. 영어로 글을 썼다고 해도 크게 달라지지는 않았을 것 같아요.

콜먼　당신은 언젠가—당신으로선 반복하고 싶지 않을 문장을 다시 꺼내서 죄송해요—이런 말을 했어요. "내가 영국인으로 태어났더라면 좋았을 텐데." 나는 당신이 그렇게 말한 것을 기억해요.

보르헤스　그러나 어떤 의미에서 나는 영어 환경에서 태어났어요. 집에서 영어와 스페인어를 함께 사용했으니까요. 그러니 영어를 쓰는 환경에서 태어난 셈이죠. 나는 영어로 말하는 건 썩 훌륭하지 않지만 글을 읽는 건 아주 잘 하는 편이랍니다.

콜먼　그 질문은 너무 직설적이었던 것 같아요. 저는 그에 대해 뭔가 새로운 걸 알아낼 수 있지 않을까 궁금했어요. 당신은 당신의 독특한 스페인어 산문 문체가…….

보르헤스　정말 독특한가요?

콜먼　네.

보르헤스　나는 잘 모르겠어요.

콜먼 이른바 이중 언어 작가들 중에는 이렇게 말하는 사람들이 있어요. "나는 종종 한 언어로 생각하고, 그걸 다른 언어로 표현한다."

보르헤스 나는 라틴어에 관해 늘 그렇게 해요. 사람들은 라틴어를 다른 언어로 쓰려는 시도를 계속해왔어요. 예를 들어 토머스 브라운 경이나 케베도는 라틴어를 영어나 스페인어로 써왔지요.

리드 여기서 잠깐 화제를 돌려 시카고의 택시 기사 이야기를 해달라고 부탁드리고 싶습니다. 어제 그 운전사가 당신에게 무슨 말을 했나요?

보르헤스 택시 운전사 말인가요?

리드 네, 택시 운전사.

보르헤스 그제였어요. 아니, 어제였던가, 확실치 않군요. 나는 날짜 감각이 무디답니다. 그는 군인이었어요. 그는 쓰라림을 알고 있었어요. 불행을 알고 있었죠. 그가 갑자기 자기 언어의 충만한 힘을 깨닫지 못한 채 말하더군요. "나는 기억을 싫어해요." 그건 아름다운 문장이었어요. 세상에서 달아나고 세상을 잊고자 하는.

콜먼 당신은 언젠가 자신이 유대인이라는 걸 발견하고 싶다고 말했어요. 왜죠?

보르헤스　나는 부분적으로 유대인이라고 생각해요. 우리 집안에 아세베도, 피네도라는 유대인 이름을 가진 사람이 있다는 사실 때문이 아니라 근본적인 혹은 본질적인 책 가운데 하나가 성경이고 나는 성경의 토대 위에서 자랐다는 사실 때문에 그렇답니다. 서구인인 우리 모두는—가계도나 혈통과 상관없어요—그리스인이고 히브리인인 것이에요. 그리스와 이스라엘, 이 두 곳이 바로 본질적인 국가지요. 로마도 결국은 그리스의 확장일 뿐이고요.

콜먼　보르헤스, 지금은 사람들이 당신에게 책을 읽어주지요. 당신은 귀로 들으며 책을 읽는 거예요. 내가 보기에 당신이 얘기하는 책의 대부분은 당신이 어린 시절에 그 낙원 같은 아버지의 서재에서 읽던 책들인 것 같아요.

보르헤스　나는 새로운 책을 읽기보다 읽었던 책을 다시 읽고 있습니다.

콜먼　당신은 읽은 것을 기억 속에서 다시 읽고 있나요, 아니면 사람들이 당신에게 다시 읽어주나요?

보르헤스　둘 다라고 말해야겠군요. 당신들이 잘 알다시피 내 기억은 인용구로 가득 차 있어요. 그렇지만 친절한 친구들이 오면 우리는 보통 콘래드, 스티븐슨, 키플링 등의 책을 꺼내서 읽어나간답니다.

콜먼 한 예로서, 나는 그레이엄 그린이 당신을 보러 부에노스아이레스에 갔다는 얘기를 들었어요. 그레이엄 그린이 당신에게 스티븐슨의 시에 대해 얘기했는데…….

보르헤스 그가 날 보러 왔다고 생각하지는 않아요. 그러기에 그는 너무 중요한 인물이에요. 나는 내가 그를 보러 갔다고 생각해요.

콜먼 그러면 당신이 찾아간 거라고 가정합시다. 그레이엄 그린은 당신에게 스티븐슨이 위대한 시 한 편을 썼다고 말했어요. 그런데 그가 시 제목을 말하기도 전에, 당신은 그 자리에서 그 시를 암송했어요.

보르헤스 아마 「레퀴엠」이었을 거예요. 확실하지 않네요. 「타이콘데로가」였을 수도 있고요. 그는 훌륭한 시를 아주 많이 썼지요. 시 한 편, 한 편이 그가 쓴 최고의 시라고 할 수 있어요. 스티븐슨은 완벽함을 이루어냈답니다.

리드 당신은 언어의 융합을 예상하시나요? 예컨대 미래에 앵글로히스패닉이 가능할 거라고 생각하시는지요?

보르헤스 아니요. 그러지 않기를 바랍시다. 난 두 언어가 순수함을 유지한 채 살아남기를 바란답니다. 그런 일이 일어날 거라고 생각하지 않아요.

"난 그걸 알아차리지 못해요.
그냥 자연스럽게 한 언어에서 다른 언어로 넘어간답니다"

리드　저는 어제 푸에르토리코에서 돌아왔는데, 그곳에선 그런 언어의 융합이 진행되고 있다고 분명히 말할 수 있어요. 그러나 그게 반드시 서로의 언어를 풍요롭게 해주는 건 아닐 거예요. 실제로는 서로 침범할 뿐이죠. 당신은 언어를 바꿔서 말할 때, 그걸 알아차립니까? 예를 들어 오늘 저녁 식사 때만 해도 당신은 몇 차례 언어를 바꿔가며 얘기했는데, 당신은 그걸 깨닫지 못하는 것 같았어요.

보르헤스　맞아요, 난 그걸 알아차리지 못해요. 그냥 자연스럽게 한 언어에서 다른 언어로 넘어간답니다.

리드　늘 그런가요?

보르헤스　두 언어가 다 편하니까요.

리드　에미르 로드리게스 모네갈이 쓴 당신의 전기에서 흥미로웠던 점은, 당신은 물론 읽지 않았겠지만…….

보르헤스　그래요, 나는 읽지 않았어요. 그 주제에 거의 흥미를 느끼지 못해요.

리드 맞아요. 당신은 그 주제에 거의 흥미를 느끼지 못하겠지만, 아무튼 영어는 당신의 아버지와 밀접하게 결부되어 있고 스페인어는 어머니와 결부되어 있다더군요.

보르헤스 사실이에요. 아버지는 나에게 늘 영어로 말씀하셨지요.

리드 정말 그러셨어요?

보르헤스 아버지가 돌아가시자—1938년에 돌아가셨어요—어머니가 아버지를 가깝게 느끼려고 영어를 공부하기 시작했어요.

리드 그랬군요.

보르헤스 나중에 어머니는 허버트 리드 경이 쓴 영어책과 사로얀이 쓴 영어책을 번역했답니다.

리드 어머니가 직접 번역을 하셨군요.

보르헤스 네, 맞아요. 어머니는 버지니아 울프의 책과 다른 작가의 책도 번역했어요.

리드 그런데 당신은 영어와 스페인어를 약간 구분했어요. 영어는 도서관의 언어이고 스페인어는 가정의 언어, 실용적인 가정 언어라고 말했죠.

보르헤스　그렇다고 생각해요. 나는 영어를 매우 물리적인 언어라고 생각해요. 예컨대 '다시 일어나(pick yourself up)' 같은 표현에서 볼 수 있듯이 스페인어보다 훨씬 더 물리적이죠.

리드　아버지는 당신과 얘기할 때 전혀 스페인어를 쓰지 않았나요?

보르헤스　아니요, 썼죠. 물론 아버지는 영어와 스페인어를 모두 사용하셨어요. 그러나 나는 두 할머니 중 한 분과 얘기할 땐 어떤 특정한 방식으로 말해야 하고, 다른 분과 얘기할 땐 또 다른 방식으로 말해야 한다는 걸 알았어요. 그 두 가지 방식을 스페인어와 영어라고 부른다는 걸 나중에 알게 되었죠. 그건 자연스러운 것이었어요.

리드　당신은 그걸 서로 다른 말하기 방식으로 생각했을 뿐이군요.

보르헤스　서로 다른 두 사람에 대한 서로 다른 말하기 방식이요.

리드　그러니까 그 언어들은 자체적인 성질과 관련이 있는 것 이상으로 사람과 관련이 있다는 말씀이네요.

보르헤스　네. 아이는 자신이 무슨 언어로 말하고 있는지 알지 못해요.

당신이 아이에게 넌 중국어로 말하고 있어, 라고 하면 아이는 당신 말을 믿어요.

리드 아이는 알 필요가 없으니까요.

보르헤스 그래요. 아이에게는 어떤 상황이 주어질 뿐이죠.

리드 그러니까 당신은 이른바 '스팽글리시스페인식 영어'의 미래를 밝게 보지 않는군요.

보르헤스 맞아요!

콜먼 보르헤스, 당신의 아버지는 장편소설을 하나 썼어요. 그걸 읽은 사람은 거의 없지요. 그 소설에 대해 뭔가 얘기를 좀 해주시겠습니까? 그건 마요르카 출판사에서 출판된 걸로 알고 있는데, 맞나요?

보르헤스 내 기억에 따르면 거기가 맞아요. 아버지는 나에게 그걸 다시 써달라고 하시면서, 다시 써야 할 일련의 장들을 내게 주셨어요. 나는 그렇게 할 생각이랍니다. 그 소설은 좋은 소설이에요.

콜먼 그 책을 지금 다시 쓰지 그래요. 당신의 야망 가운데 하나가 아닌가요?

보르헤스 열흘 이내에 다시 쓰기 시작할 거예요. 그 작업을 이곳에서 할 수는 없잖아요.

콜먼 그 소설에 대해 조금 얘기해줄 수 있나요? 기억나는 게 있나요? 당신의 아버지는 항상 아들이 작가가 되기를 원하셨던 분이잖아요. 그런데 그분을 엄밀한 의미에서 작가로 여기는 사람은 없는 것 같아요. 훌륭한 학자이긴 했지만…….

보르헤스 아버지는 아주 멋진 소네트를 여러 편 썼어요. 부활절에 관한 소설집을 쓰기도 했죠. 드라마도 썼고, 에세이집도 썼어요. 그리고 그걸 다 없애버렸죠. 장편소설에 대해 말하자면, 당신은 1년 정도만 기다리면 그에 관해 다 알게 될 거예요. 그 플롯을 당신에게 얘기할 순 없어요.

콜먼 그 장편소설을 다시 쓰겠다는 말씀이신가요?

보르헤스 네. 아버지가 다시 쓰기 원했던 방식으로 다시 쓸 거예요. 내 방식으로 쓰진 않을 겁니다. 그 책을 19세기 우리 나라 내전에 관한 역사 소설로 남겨두고 싶어요.

"내가 그런 교육을 받았는지에 대해선 잘 모르겠어요.
내가 그렇게 '느꼈을 뿐'이라고 생각해요"

콜먼 태어난 순간부터 작가가 될 교육을 받으며 자라는 아이는 거의 없잖아요.

보르헤스 내가 그런 교육을 받았는지에 대해선 잘 모르겠어요. 내가 그렇게 '느꼈을 뿐'이라고 생각해요.

콜먼 그렇게 느꼈군요.

보르헤스 네.

리드 그걸 무언의 이해라고 하죠.

보르헤스 맞아요, 무언의 이해. 적절한 말이에요.

리드 그 누구도 거기에 책임이 없다는 뜻이죠.

보르헤스 그래요, 그건 우주의 일부, 운명의 일부이지요.

리드 당신은 그걸 피할 수 없는 것으로 받아들였죠.

보르헤스 네. 하지만 동시에 고마웠어요.

리드 당신의 운명이 작가가 되는 것이라는 깨달음에 겁이 나진 않았나요?

보르헤스 그와 반대로 매우 행복했어요. 아버지는 이렇게 말씀하셨지요. "가능한 한 많이 읽어라. 꼭 써야 할 때 써라. 그리고 무엇보다 조급하게 출판하지 마라."

리드 당신은 언젠가 자신의 첫 책에 대한 놀라운 얘기를 했지요.

보르헤스 부에노스아이레스에서 출간한 책 말이군요.

리드 아니, 그 이전 책. 75부 팔린 책 말이에요.

보르헤스 75부나 팔렸는지도 의문스럽군요. 당신이 조금 과장한 것 같아요.

리드 보르헤스는 이렇게 말했어요. 자신의 첫 책이 75부 팔렸기 때문에 아직은 자신이 통제할 수 있다고 느낀다고요. 아직은 그 책을 산 사람들을 직접 찾아다니면서, 사과의 말을 전하면서 책을 돌려달라고 부탁할 수 있을 테니까요. 다음 책이 더 좋을 거라고 약속하면서 말이죠. 그러나 두 번째 책이 750부 팔렸을 때 대중은 이미 추상이 되었고, 그는 작품이 자신의 손을 떠났다고 말했습니다. 책이 7만 5000부씩 팔리는 지금은 기분이 어떻습니까?

보르헤스 매우 관대한 사람들에게 둘러싸여 있는 느낌이에요. 물론 그들이 잘못 생각한 거예요. 하지만 그걸 어떻게 하겠어요?

리드 보르헤스, 당신은 종종 사교 클럽에 있는 것처럼 너무 겸손한 언사를 사용한다는 생각이 들지 않나요?

보르헤스 죄송해요. 사과할게요. 내가 겸손하게 말하려고 노력하는 건 아니에요. 난 진지하답니다.

리드 그냥 그렇게 보였을 뿐이에요, 보르헤스. 내 말이 틀렸다면 용서해주세요.

보르헤스 아니에요! 우린 다 같은 사람인걸요.

리드 그렇지만 내 말이 무례했다는 걸 입증하기 위해서 나는…….

보르헤스 아니라니까요!

리드 난 들려주고 싶은 얘기가 있어요. 전에 스코틀랜드에서 당신을 만났을 때, 우린 차를 타고 돌아가는 중이었어요. 그때 당신이 내게 최근에 뭘 했는지 물었고, 나는 시를 좀 썼다고 말했어요. 그러자 당신은 잠시 생각에 잠기더니 이렇게 말했죠. "나도 시를 좀 썼어요."

보르헤스 시가 아니라 시구라고 말했던 것 같군요.

리드 시구, 맞아요. 지나치게 겸손해서 나는 조금…….

보르헤스　당황했군요.

리드　조금 당황했어요.

보르헤스　죄송해요. 사과할게요.

리드　당신은 초현실주의에 대해 무가치하고 흥미롭지 않은 예술과 문학을 만들어내는 것이라는 뜻을 한 번 이상 내비쳤지요. 심지어 비판적인 시각으로 초현실주의를 표현주의와 비교하기도 했어요.

보르헤스　당연한 얘기니까요.

리드　이런 관점을 설명해주시겠습니까?

보르헤스　그 둘은 큰 차이가 있다고 생각해요. 예를 들어 표현주의자는 신비주의자인 반면 초현실주의자가 노리는 것은 독자를 놀라게 하는 것이지요. 표현주의는 그림에서도 중요했다고 생각해요. 칸딘스키, 마르크 샤갈, 베크먼. 이들은 시인이었어요. 그리고—물론 이건 나의 개인적인 편견이지만—나는 독일을 좋아하고 프랑스를 약간 싫어하는 경향이 있어요. 내가 무척 존중하는 프랑스 문학이 아니라 프랑스어를 싫어한다는 거예요. 프랑스어에는 뭔가 쩨쩨한 것이, 사소한 것이 있어요. 좋은 아르헨티나 사람으로서 그런 얘기는 안 해야 하는데, 실제로 난 그렇게 느낀답니다. 어쩌면 영어와 친숙한 나의 배경이 작용한 것인지도 모르겠어요.

리드 어떤 언어가 다른 언어보다 당신에게 더 잘 맞거나 적합하다고 느끼셨나요?

보르헤스 영어나 독일어 또는 라틴어에 숙달했으면 하는 바람이 있지요. 내가 스페인어에 숙달했는지 그건 잘 모르겠어요. 아마 나는 이 모든 게 뒤범벅이 되어 있는 것 같아요.

콜먼 표현주의 영화에 대해 물어도 될까요? 그리고 초기의 영화에 대해서도요. 당신이 봤던 영화에 대해 얘기해주세요.

보르헤스 이것들이 표현주의 영화인지는 잘 모르겠어요. 요제프 폰 스턴버그 감독의 〈암흑가Underworld〉 〈마지막 결전〉 〈수사망〉 같은 영화가 떠오르는군요. 그런 영화를 계속 되풀이해서 봤던 기억이 나요. 오손 웰스 감독의 〈시민 케인〉도 생각나고요. 그걸 여러 번 봤어요.

콜먼 언젠가 당신이 〈웨스트사이드 스토리〉를 열일곱 번 봤다고 말했던 것 같은데, 그게 사실인가요?

보르헤스 아마 열여섯 번 봤겠죠. 어쩌면 서너 번 봤는지도 모르고. 〈포기와 베스〉도 마찬가지예요.

"예이젠시테인에 대해서는 많이 생각해본 적이 없어요.
난 요제프 폰 스턴버그를 존경한답니다"

콜먼 스턴버그 감독이나 예이젠시테인 감독의 영화에서 당신의 관심을 끌었던 것은 무엇이었는지요? 이왕이면 당신의 글쓰기와 관련하여 당신의 관심을 끌었던 기교는 무엇이었는지 얘기해주세요.

보르헤스 예이젠시테인에 대해서는 많이 생각해본 적이 없어요. 난 요제프 폰 스턴버그를 존경한답니다. 그가 훨씬 나은 감독이었다고 생각해요. 스턴버그를 좋아했던 것은 그가 간결하다는 사실 때문이었어요. 예컨대 그는 세 장면에서 세 가지 이미지로 살인을 보여주지요. 나는 그의 스타일에서 세네카와 유사해 보이는 어떤 것에 즐거움을 느꼈어요.

콜먼 내레이션의 간결미 말인가요.

보르헤스 네, 맞아요. 나는 그 특징을 흉내 내려고 했지요. 「장밋빛 모퉁이의 남자The Streetcorner Man」라는 아주 유명한 이야기를 쓸 때, 나는 스턴버그의 스타일을 흉내 내려고 한 거예요. 난 요제프 폰 스턴버그가 되려고, 그리고 체스터턴이 되려고 최선을 다했어요.

콜먼 다른 미국 영화는 어떤가요? 미국 고전 영화 말이에요, 보르헤스.

보르헤스 서부극을 늘 즐겼지요. 특히 〈La hora señalada〉를 말입니다.

콜먼 〈하이 눈〉 말인가요?

보르헤스 네, 〈하이 눈〉. 매우 훌륭한 영화지요. 거기엔 서사시적인 게 있어요.

콜먼 험프리 보가트의 영화는 어떻습니까?

보르헤스 기억나긴 하지만 좀 흐릿하네요. 폭력배 역할을 했던 조지 밴크로프트나 윌리엄 파웰, 프레드 콜러가 주로 생각나요.

콜먼 그런데 당신의 소설에 폭력배나 악당들이 많이 나오는 이유는 뭔가요? 당신은 그런 사람들이 나오는 영화를 좋아하는 것 같고, 당신의 소설에도 살인자들이 많이 등장하잖아요. 그렇지만 당신은 폭력적인 사람 같아 보이지 않습니다.

보르헤스 난 폭력적인 사람들을 알고 지내왔어요. 하지만 내가 폭력적인 사람은 아니에요.

콜먼 폭력적인 사람들을 알고 지내왔다는 게 무슨 뜻인가요?

보르헤스 친구 중 한 명이 살인자였어요. 매우 호감이 가는 친구였죠.

콜먼 부에노스아이레스의 독일 숭배자들에 대해서는 어떻게 생각하십니까?

보르헤스 내가 기억하는 한 그들은 전혀 흥미롭지 않은 자들이에요.

콜먼 1941년에 히틀러를 숭배했던 그들은 어떤 사람들인가요?

보르헤스 그들은 민족주의자들이고 가톨릭교도들이었어요. 나는 가톨릭이나 민족주의를 이해하지 못해요. 그것들을 잘 몰라요. 알고 싶지도 않고요. 오히려 증오하는 편이랍니다. 그런데 그 얘길 왜 하나요?

콜먼 그만합시다. 이 얘긴 그만해요.

리드 하나만 더 물어볼게요. 당신 작품의 주인공 가운데에는 부에노스아이레스의 칼잡이들이 있는데, 실제로 아는 사람들이었나요? 그들과 얘기를 나누곤 했죠? 아닌가요?

보르헤스 네, 얘기를 나누곤 했어요.

리드 칼잡이들. 그건 부에노스아이레스에 이른바 '총의 법칙' 또는 '칼의 법칙'을 위한 무대가 있었다는 뜻이네요.

보르헤스 네. 하지만 그건 상당히 달라요. 용감해야 하거든요.

리드 그리고 명예로운 것이었죠?

보르헤스 총은 멀리서 쏠 수 있어요. 그러나 칼싸움은 아니에요. 상대에게 도전을 해야 하죠. 그런 다음 무기를 고르고 맞서 싸워야 해요.

리드 그러니까 서로 결투를 하는 것과 같았네요.

보르헤스 아니, 결투와는 좀 달랐어요. 결투는 미리 싸울 준비를 하잖아요.

리드 칼잡이들 중에 알고 지낸 실제 인물이 있었나요?

보르헤스 한 사람 있어요. 이름을 말해도 될 것 같은데, 뉴욕에 사는 돈 니콜라스 파레데스라는 사람이에요. 그는 내 친구였어요.

콜먼 『도박꾼의 카드Los naipes del tahúr』에 나오는 사람.

보르헤스 아, 어렴풋이 생각나는 제목이네요. tahúr는 멋진 단어예요.

콜먼 도박꾼이라는 뜻이죠? 아주 평범한 질문이 하나 있는데요, 작가들에게 늘 하는 질문이니까 개의치 않으셨으면 합니다.

질문은 이겁니다. 당신의 작업 방법은 어떤 겁니까? 작가로서 어떻게 작업하시는지요? 당신은 받아쓰게 하잖아요.

보르헤스 네, 그래요. 하지만 난 밤낮으로 일한답니다. 낮에는 줄곧 시와 이야기를 구상해요. 그리고 밤엔 꿈을 꾸는데, 그건 같은 걸 계속하는 거예요. 그러다가 사람이 오면 나는 한 스탠자나 한 페이지의 글을 그들에게 받아쓰게 하지요.

콜먼 그런데 보르헤스, 당신은 원고를 쓸 때 한 문단 전체를 쓰나요, 아니면 한 줄 한 줄 쓰면서 조금씩 나아가나요? 어떻게 쓰는지 말씀해주시겠어요?

보르헤스 나는 잘못된 방법으로 시작했어요.

콜먼 어떤 방법으로요?

보르헤스 잘못된 방법이란 한 문단을 쓰고 그걸 수정하는 방법이에요. 그러고 나서 두 번째 문단을 쓰고요. 그 방법은 글을 쓰는 내내 산만한 느낌이 들게 해요. 나는 현실적으로 좋은 방법은 가능한 한 많이 쓰고, 그러고 나서 그걸 수정하는 방법이라고 생각해요. 한 문장을 고치고, 그런 다음 새 문장의 초고를 쓰는 방식은 바람직하지 않아요. 일단 다 쓰는 것이 좋지요.

리드 그게 바로 요즘 작가들 사이에서 '토해내기'라고 알려진 방법이랍니다, 보르헤스.

보르헤스 네, 그거예요.

콜먼 안 돼요. 토하려거든 al fresco(밖에서), 제발. 이탈리아어였습니다.

보르헤스 난 retching(구역질)이라고 말하고 싶군요. 앵글로색슨어로.

악몽, 꿈의 호랑이

난 종종 악몽에 사로잡히죠. 내가 만약 신학자라면—다행히도 나는 신학자가 아니랍니다—지옥을 지지하는 논증을 찾아냈을 것 같은 생각이 들어요. (…) 악몽에는 특유한 공포가 있어요. 악몽에는, 꿈의 호랑이에는 말이에요.

반스톤 우리가 서로 알고 지낸 세월 동안 우린 거의 시에 대해서만 얘기해왔어요.

보르헤스 네, 사실상 그게 유일한 화제였지요.

반스톤 며칠 전 우리가 뉴욕에서 비행기를 탔을 때 당신은 항공사 이름을 물어봤고, 내가 TWA라고 말했어요. 당신은 그게 무슨 말의 약자냐고 물었고, 난 트랜스 월드 에어라인스Trans World Airlines의 약자라고 대답했죠. 그때 당신이 한 말 기억나세요?

이 인터뷰는 1980년 4월 인디애나대학교에서 열렸다. 인터뷰어는 윌리스 반스톤.

보르헤스 네. 그게 월트 휘트먼 트랜스 월드의 약자라면 휘트먼이 좋아할 텐데, 라고 말했죠.

반스톤 온 세상에 영향을 미친 그 선구자적인 시인을 어떻게 생각합니까?

보르헤스 내가 지금 얘기하려는 것은 아주 오래전에 쓴 에세이 『토론 Discusion』에서 말했던 거예요. 많은 사람들이 잊고 있는 사실에 관한 것인데, 휘트먼은 『풀잎』을 일련의 짧은 시가 아니라 하나의 서사시로 생각했다는 점을 말하고 싶어요. 그동안 서사시를 시도해온 작가들이 아주 많았는데, 서사시에는 항상 중심인물이 있었지요. "Arma Virumque cano.(나는 전쟁과 한 남자를 노래한다, 라는 뜻. 베르길리우스의 서사시 「아이네이스」 첫 부분)" 독자들은 늘 실제보다 과장된 인물을 만났다는 뜻이에요. 예를 들어 율리시즈가 그렇고, 베오울프가 그렇고, 롤랑이 그랬어요. 그러나 월트 휘트먼은 서사시를 쓰려고 생각하면서 음, 이 서사시는 민주적인 서사시여야 해, 그러니 난 중심인물을 만들 수 없어, 라고 생각했을 거예요. 그는 어떤 시에서 이런 말을 했어요. "군중을 그린 화가들은 군중 가운데 한 사람에게만 후광을 씌우지. 그러나 나는 나의 모든 인물들, 내 그림의 모든 사람들에게 후광을 씌우고 싶네." 그리하여 그는 아주 낯선 기법을 시도했는데, 그걸 언급한 사람은 없었던 것 같아요. 왜냐하면 월트 휘트먼을 모방한 사람은, 또는 모방하려고 한 사람은 그의 방법을 모방한 게 아니라 그가 한 방법의 결과를 모방했기 때문이죠. 나는 매우 중요한 시인들, 예컨대 칼 샌드버그, 파블로 네루다, 에드거 리 매스터스를 생각하고 있어요. 휘트먼은 민주적인 서사시를 써야 했으므로 한 인물을 창조했는데, 그 인물은 아주 이상한 삼위일체랍니다. 그런데 많은 사람들이 그 인물을 작가로 오해하죠. 하지만 작가는 그 인물이 아니에요. 월트 휘트먼은 작업을 시작하면서 자신의 삶을 생각했어요. 롱아일랜드에서 태어난 것을 생각했는데, 그것으로는 충분치 않다고 여겼죠. 나는 온 미국에서 태어났어야 해, 라고 생각했어요. 그래서 그 아주 이상한 인물인 월트 휘트먼을 창조한 거예요. 여기서 말하는 월트 휘트먼을 그 책의 저자인 월트 휘트먼으로 여겨선 안 돼요. 브루클린의 언론인이고, 술과 관련된 소설을 한 편 썼으며, 내가 보기에는 노예제를 옹호하는 논문을 쓴 적이 있는 월트 휘트먼으로 생각해선 안 된다는 거예요. 이 대목에서 그는 매우 대담한 실험을 했어요. 내가 아는 한 모든 문학사에서 가장 대담하고 가장 성공적인 실험을 한 거예요. 그 실험이란 이런 것이었어요. 작가의 이름을 따서 중심인물을 월트 휘트먼이라고 부르기로 한 것이죠. 그 사람은 첫째, 인간 월트 휘트먼이었어요. 『풀잎』을 쓰는 매우 불행한 사내 월트 휘트먼 말이에요. 그런 다음 그 월트 휘트먼을 확대 또는 변형했는데, 그 사람은 진짜 휘트먼이 아니라, 적어도 동시대 사람들이 아는 휘트먼이 아니라 신성한 방랑자 월트 휘트먼이었어요. 그 사람은 "월트 휘트먼, 한 우주, 맨해튼의 아들 / 거칠고, 살찌고, 감각적이고, 먹고, 마시고, 번식하는"(「나 자신의 노래」 24장, 497~498행)에 나오는 진짜 인물이었어요. 전기에 나오는 내용들은 사실과 거리가 좀 있는 것 같아요. 거기서 우리는 휘트먼에 관한 고통스러운 일들을 많이 발견할 수 있는데, 다른 월트 휘트먼에 관해서는 그렇지 않잖아요. 그 인물은 삼위일체여야 했기 때문에—왜냐하면 그가 그 인물을 삼위일체로 생각했으니까—그는 제3의 인물을 도입했습니다. 바로 독자예요.

그러므로 월트 휘트먼은 인간 월트 휘트먼, 신화로서의 월트 휘트먼, 그리고 독자로 이루어져 있어요. 그가 독자 역시 그 책의 영웅으로, 그 그림의 중심인물로 생각했기 때문이에요. 그러므로 독자는 월트 휘트먼에게 이렇게 얘기하고 이렇게 묻지요. "월트 휘트먼, 넌 뭘 보니? 월트 휘트먼, 넌 뭘 듣니?" 그러면 휘트먼이 대답해요. "나는 미국을 듣는단다." 또는 다음과 같이 대답하기도 하는데, 내가 아르헨티나 사람이라서 이와 같은 특별한 예를 골랐습니다.

> 평원을 가로지르는 가우초를 본다, 올가미 밧줄을 팔에 든
> 비할 데 없이 활기찬 말 탄 사람을 본다,
> 가죽을 얻으러 야생 소 떼를 뒤쫓는 모습을 팜파스에서 본다.
>
> 「세계에 대한 인사」 122~123행

"비할 데 없이 활기찬 말 탄 사람." 이 표현은 물론 『일리아드』의 마지막 행인 "말을 다루는 자, 헥토르(Hector, tamer of horses)"에서 취한 것이지요. 휘트먼이 말 탄 사람을 rider라

고만 표현했다면 별 감흥이 없었을 테지만 rider of horses라고 표현해서 특이한 힘이 나오는 거예요.

그래서 우리는 이와 같은 아주 이상한 인물을 만나는 거랍니다. 생몰 연대가 사전에는 나와 있으나 잊힌 휘트먼, 캠던에서 죽은 휘트먼, 휘트먼의 확대, 그리고 독자……. 독자는 미래의 모든 독자들을 의미하게 되는데, 그는 독자를 모든 미국인으로 생각했지요. 휘트먼은 자신이 전 세계에 알려질 거라는 걸 알지 못했어요. 그는 전 세계의 차원에서 생각한 적이 없어요. 미국의 차원에서, 그리고 미국 민주주의의 차원에서 생각한 거랍니다.

때때로 휘트먼은 자기 자신에 대한 얘기를 해요. 그러나 그는 모든 사람이 되기를 원했기 때문에 어떤 시인도 해본 적이 없는 말을 했지요. 그 시들은 이런 식이랍니다.

> 이런 생각들은 모든 시대 모든 땅에서 모든 사람들이 했던 생각,
> 그것은 나의 독창적인 생각이 아니네,
> 만약 그것이 내 생각도 아니고 당신 생각도 아니라면 그것은 무無일 뿐,
> 무가 아니라도 무에 가까운 것일 뿐,
> 만약 그것이 수수께끼이자 수수께끼를 푸는 것이 아니라면
> 그것은 무일 뿐,
> 만약 그것이 멀리 있으면서 동시에 가까이 있는 것이 아니라면
> 그것은 무일 뿐.
> 이것은 땅이 있고 물이 있는 곳이라면
> 어디에서나 자라는 풀,

이것은 지구를 감싼 흔한 공기.

「나 자신의 노래」 17, 355~360행

다른 시인들은, 예를 들어 에드거 앨런 포나 포의 제자 중 한 사람인 보들레르는 진귀한 것들을 말하려고 노력했지요. 그들은 독자들을 놀라게 하려고 했어요. 시인들은 여전히 계속해서 그런 놀이에 열중하고 있답니다.

그러나 휘트먼은 거기서 더 나아갔어요. 휘트먼은 자신의 생각을 "모든 시대 모든 땅에서 모든 사람들이 했던 생각"이라고 생각했고 "그것은 나의 독창적인 생각이 아니"라고 했지요. 그는 다른 모든 사람이 되기를 원했어요. 모든 인간이 되고 싶었던 거예요. 심지어 자신을 범신론자라고 생각했는데, 이 점에 대해선 말이 좀 많아요.

나는 그게 휘트먼의 마음속 깊은 곳에서 나온 거라고 생각해요. 나는 휘트먼의 그런 생각들을 사람들이 알아차렸을까 의문스러워요. 왜냐하면 사람들은 『풀잎』을 읽고서도 자신들이 삼위일체 월트 휘트먼에 속하는 셋 가운데 한 사람이라고 생각하지 않으니까요. 그렇다고 해도 그게 휘트먼의 생각이었어요. 그는 미국 전체를 나타내고 싶어 했어요. 그는 이런 시를 썼습니다.

나는 이제 어린 시절에 텍사스에서 알았던 것을 말하려고 하네,
(내가 말하려는 것은 앨러모의 함락이 아니네,
어느 한 사람도 달아나서 알라모의 함락을 알리지 않았네,

150명이 여전히 알라모에서 말이 없네.)

「나 자신의 노래」34, 871~874행

그런데 그는 평생 텍사스에 간 적이 없어요. 그는 또 이런 글도 썼지요. "앨라배마에서 아침 산책을 했듯이."(「포마녹에서의 출발」Ⅱ, 148행) 내가 아는 한 그는 앨라배마에 간 적이 없어요. 또 다른 시에서는 남부에서 태어난 것을 기억한다고 말해요. 물론 나는 그가 몇몇 장소에서 동시에 태어났다고 생각하지 않아요. 그렇다면 그건 기적이잖아요. 하지만 그런 점이 그를 위대한 시인으로 만들었어요. 그 어떤 사람도 그와 같은 것을 시도한 적이 없는 것 같아요. 사람들은 그저 그의 어조를 베끼고 그가 성경의 운율을 이용하여 자유시를 구사한 것을 모방할 뿐, 그의 개인적인 실험이 얼마나 이상한 일인지에 대해선 보지 못한 것 같아요.

월트 휘트먼도 자신의 그 서사시에 어울리게 살지 못했답니다. 훗날 남북전쟁이 일어났고, 월트 휘트먼은 모든 미국인일 수가 없었죠. 그는 우리가 예상할 수 있듯이 열렬한 북부 지지자였어요. 그래서 더는 자신이 남부 사람이기도 하다는 식으로 생각할 수 없었지요. 처음에는 그렇게 생각했는데 말이에요. 그래서 그는 어느 정도 줄어든 월트 휘트먼이 되었어요. 어떤 특정한 사람이 된 거죠. 그는 더 이상 모든 시대, 모든 땅에 사는 모든 사람이 아니었어요. 미국의 내전을 겪는, 그 시대의 사람이 된 거예요. 하지만 그런 것들을 굳이 언급할 필요가 있을까요? 그는 책의 끝 부분에 놀랄 만큼 아름다운 시구를 써놓았어요. 그가 동무라는 뜻으로 Camerado라고 말했을 때 스페인어를 사용한 것이라고 생각했겠지만, 실은 그가 그 단어를 만들어낸 거예요.(comrade에 해당하는 스페인어는 양성명사 camarada다.)

동무여, 이것은 책이 아니라네,
이것을 접하는 사람은 인간을 접하는 것이라네,
(지금은 밤인가? 이곳엔 우리밖에 없는가?)
당신이 잡고 있는 이는 나인데 당신을 잡고 있는 이는 누구인가,
나는 지면紙面에서 튀어나와 당신 품에 안기네—죽음이 나를 앞으로 불러내네.

「안녕!」 53~57행

그리고 이렇게 끝납니다.

나는 육신을 떠난 사람, 승리를 거둔 죽은 사람.

71행

그 책은 '죽은 사람'이라는 말로 끝나죠. 그러나 그 책은 살아 있어요. 여전히 살아 있지요. 우리가 그 책을 펼칠 때마다, 그 책으로 돌아갈 때마다(나는 수시로 그렇게 한답니다) 우리는 그 삼위일체의 일부가 됩니다. 우리가 월트 휘트먼이에요. 그러므로 나는 휘트먼에게 감사하답니다. 그의 사상에 감사하는 건 아니에요. 내가 개인적으로 민주주의를 필요로 하는 게 아

니니까요. 하지만 민주주의는 『풀잎』이라는 그 비범한 서사시를 만들어내기 위해 휘트먼에게 필요한 도구였고, 개정판을 낼 때마다 내용을 수정하는 이유기도 했어요. 책이 나왔을 때 에머슨은 그 책을 "미국이 아직 제시하지 못한 참으로 훌륭한 기지와 지혜"라고 말했어요.

나는 월트 휘트먼을 신화가 아니라 내 친구로 생각하기도 한답니다. 그는 적잖이 불행한 사람이었지만, 줄곧 기쁨과 행복을 노래하려고 애써온 사람이에요. 그런 경우는 아마 다른 시인에게서도 찾을 수 있을 거예요. 스페인의 호르헤 기옌도 그런 사람일 텐데, 그는 정말 우리에게 행복감을 주는 시인이랍니다. 때때로 셰익스피어도 그렇고요. 휘트먼의 경우, 우리는 그가 실제로 행복하지 않았는데도 행복해지려고 최선을 다하는 것을 언제나 보게 되지요. 그게 휘트먼이 지닌 흥미로운 점의 일부예요. 그럼 이제 당신이 얘기해보세요. 내가 말을 너무 많이 했어요, 반스톤.

반스톤 물어보고 싶은 게 하나 있는데…….

보르헤스 왜 하나예요. 많이 있겠죠!

반스톤 평생 한 권의 책을 쓴다는 휘트먼의 생각을 어떻게 보시는지요? 그리고 호르헤 기옌도 언급하셨는데, 그도 31년 동안 『노래Cántico』라는 한 권의 책만 썼어요.(나중에 『절규Clamor』와 『경의Homenaje』라는 두 권의 책을 더 냈는데, 둘을 합쳐 『우리의 노래

Aire Nuestro』라는 책으로 출간.)

보르헤스　매우 훌륭한 책이에요.

반스톤　보들레르 역시 『악의 꽃』이라는 한 권의 책을 썼지요.

보르헤스　아, 그렇군요.

"나는 개인적으로 모든 작가는
같은 책을 되풀이하여 쓰고 있다고 생각해요"

반스톤　휘트먼의 예언자적인 태도와 관련하여, 한 권의 두꺼운 책을 공들여 다듬는 데 일생을 바치는 작가의 태도를 어떻게 생각하시는지요?

보르헤스　나는 개인적으로 모든 작가는 같은 책을 되풀이하여 쓰고 있다고 생각해요. 또 모든 세대는 다른 세대들이 이미 썼던 것을 아주 약간 변형하여 다시 쓰는 게 아닌가 하는 생각을 가지고 있답니다. 누구든 혼자 힘으로 많은 걸 할 수 없다고 생각하는데, 왜냐하면 사람은 언어를 사용해야 하고, 그 언어는 전통이기 때문이에요. 물론 그 전통을 바꿀 수도 있겠지만, 한편으로 전통은 그 이전의 모든 전통을 당연시한 것이라는 걸 알아야 해요. 토머스 엘리엇이 말하길, 우리는 새로 글을 쓸 때 색다른 것을 최소한으로 제한하려고 노력해야 한다고 했어요. 버나드 쇼가 매우 부당하고 경멸적인 방식으로 유진 오닐에 대해 말했던 것도 기억나는군요. "그에게는 새로운 것이 아무것도 없다. 색다른 것을 빼고는." 색다른 것은 사소한 것이라는 뜻이지요. 한 권의 책에 관해 말하자면, 글쎄요……. 내가 쓴 모든 글을 한 권으로 묶는다면 살아남을 수 있는 것은 아마 몇 페이지 안 될 거예요.

반스톤 에드거 앨런 포와 유럽의 관계가 휘트먼과 미국의 관계와 흡사하다는 게 매우 흥미로워요.

보르헤스 네, 그 점은 프랑스에 많이 빚지고 있어요. 보들레르와 말라르메에게 빚지고 있는 거예요. 내가 어렸을 때 포는 프랑스를 통해 우리에게 알려졌지요.

반스톤 그런데 왜 월트 휘트먼은 신대륙과 관련 있고, 포는 구대륙과 관련 있는 걸까요? 당신을 포함하여 사실상 모든 라틴아메리카 시인들은 월트 휘트먼에 관한 시가 있어요.

보르헤스 휘트먼은 유럽에도 큰 반향을 일으켰다고 생각해요. 난 휘트먼을 요하네스 슐라프가 번역한, 훌륭한 독일어 번역본으로 읽은 기억이 나요. 휘트먼은 유럽에서도 큰 반향을 일으켰답니다. 미국이 최소한 세 사람의 이름을 세상에 널리 알렸다는 건 부인할 수 없는 사실이에요. 모든 걸 바꿔놓은, 잊힐 수 없는 이름들이지요. 그 이름은 휘트먼, 두 번째 이름은 포, 그리고 마지막으로 로버트 프로스트를 고를 수 있겠어요. 다른 사람들은 에머슨을 고를지도 모르겠군요. 당신도 고를 수 있어요. 아무튼 미국은 잊힐 수 없는 세 사람을 세상에 알렸답니다. 그들은 본질적인 작가예요. 아주 다르지만 비슷하게 불행했던 두 작가, 에드거 앨런 포와 월트 휘트먼이 없었다면 오늘날의 모든 현대문학은 지금과 같은 모습이 아닐 거예요.

반스톤 휘트먼의 작시법에서 다른 작가들이 구체적으로 어떤 것을 모방했다고 생각하시나요? 만약 작시법이 아니라고 한다면 다른 작가들은 휘트먼의 어떤 면에 끌렸을까요?

보르헤스 물론 휘트먼은 자유시를 창안한 많은 사람들 가운데 한 사람이에요. 그중에서도 아마 가장 눈에 띄는 사람일 거예요. 성경의 시편을 읽고 월트 휘트먼을 읽어보세요. 휘트먼이 시편을 읽었다는 것은 알 수 있겠지만, 그 음악은 달라요. 모든 시인은 자신의 음악을 발전시키고, 거의 모든 시인이 자신의 언어도 발전시키지요. 위대한 시인이 언어를 거쳐가면 언어는 더 이상 전과 같지 않아요. 뭔가 변하죠. 월트 휘트먼의 경우에도 언어가 변했답니다. 휘트먼은 방언을 즐겨 썼어요. 그렇지만 독자들은 휘트먼이 그걸 잘 구사하는 법을 몰랐다고 느끼지요. 때때로 볼썽사나운 구절들이 눈에 띄곤 해요. 예를 들면 이런 거예요. "미국인들이여! 정복자들이여! 인도주의로 나아가라!(Americanos! Conquerers! Marches humanitarian!)" 이 대목은 매우 불쾌한 부분인데, 그는 그런 식으로 쓴 거예요. 그러나 방언을 잘 익힌 작가들이 그를 이어 방언을 능숙하게 사용했죠. 내가 말하는 사람은 작품의 성격이 서로 다른 두 사람으로, 바로 마크 트웨인과 샌드버그랍니다. 그들은 방언을 쉽게 사용했어요. 반면 월트 휘트먼은 다소 허둥댔지요. 그는 프랑스어 단어, 스페인어 단어 등을 썩 훌륭하게 사용하지 못했어요. 그렇지만 내가 월트 휘트먼을 발견했을 때, 나는 압도당했다는 걸 알고 있어요. 나는 그를 유일한 시인으로 느꼈답니다. 나중에 키플링에게서도 똑같은 감정을 느꼈고, 산문으로 시를 쓴 드퀸시에게서도 같은 감정을 느꼈는데, 그들은 매우 다른 시인들이지요. 하지만 당시에는 휘트먼을 '유일한' 시인으로 생각했고, 시가 가야 할 바른 길을 찾은 사람으로 생각했답니다. 물론 시를 쓰는 방법은 여러 가지가 있고, 모든 방법들이 서로 달라요.

반스톤　당신이 휘트먼에 대해 쓴 시에 관해 얘기를 해주시겠어요?

보르헤스　음, 그 시가 떠오르지 않는군요. 나도 궁금하네요. 훨씬 더 낫게 영어로 번역한 것으로 읽어주실래요? 당신이 실망할지도 모르겠네요. 그 시는 별로 좋지 않아요.

반스톤　1892년 캠던

커피 냄새, 신문 냄새.

일요일, 일요일의 권태. 아침이다.

어떤 우화적인 시가
신문의 흐릿한 면을 장식하고 있다.
행복한 동료 시인의 공허한 약강5보격 시.
노인은 허름하지만 품위 있는 방에
쭉 뻗은 채 창백하게 누워 있다.
천천히 눈을 들어 피곤한 거울 바라본다.
눈이 얼굴을 본다. 이제 놀라지 않고 생각한다,
그 얼굴이 나라는 걸. 노인은 느릿느릿 손을 뻗어
덥수룩한 수염과 메마른 입을 만진다.
끝이 멀지 않았다. 노인의 목소리가 선언한다.
나는 거의 죽은 사람, 그럼에도 나의 시에는 삶과
삶의 황홀한 가락이 있지. 난 월트 휘트먼이었네.

보르헤스 꽤 좋지 않아요? 아주 좋지는 않지만 어느 정도 좋은 시예요. 신화로서 휘트먼이 아닌, 오직 인간 휘트먼에 관한 거예요.

반스톤 휘트먼은 자신을 예언자로 생각했어요. 일종의 성경을 쓴다고 생각한 거죠.

보르헤스 맞아요, 그랬어요.

반스톤 당신은 성경을 쓰진 않았지만, 소설과 시에서 빈번히 비밀이나 수수께끼나 한 단어에 대한 열망을 드러내잖아요.

보르헤스 나는 이런저런 것들에 끊임없이 당황하고 있어요.

반스톤 당신은 다른 길로 가고 있어요. 당신의 작품은 점점 더 단순해지고 점점 더 말이 줄어들고 있어요.

보르헤스 네, 동의해요.

반스톤 휘트먼은 형용사를 넣을 수 있을 땐 그렇게 했어요.

보르헤스 휘트먼은 자주 그렇게 했다고 말해야겠군요.

반스톤 그의 작품은 그냥 『풀잎』이 아니라 『넓은 풀잎』이라고 불러야 할 듯싶어요. 왜냐하면 강렬한 효과를 위해 단어들을 첨가했으니까요. 보통 좋은 결과를 얻지 못했죠. 놀랍도록 훌륭하고 탁월한 이 시인이 왜 그처럼…….

보르헤스 하지만 그는 '여전히' 놀랍도록 훌륭하고 탁월해요. 실비나 오캄포가 내게 말하길, 시인에겐 나쁜 시도 필요하다고 했어요. 나쁜 시가 없다면 다른 시들이 두드러져 보이지 않을 테니까요. 그때 우린 셰익스피어 이야기를 하고 있었지요. 나는 셰익스피어의 시 중에 나쁜 시들이 많다고 했어요. 그러자 그녀가 말했어요. "그건 좋은 일이에요. 시인에게는 나쁜 시들이 있어야 해요." 이류 시인들이 오직 좋은 시만 쓴답니다. 정중히 말하건대, 당신에게도 나쁜 시가 있어야 해요.

"시를 육체적으로 느끼지 않는다면
시를 전혀 느끼지 못한 거나 마찬가지예요.
그런 사람은 교수나 비평가가 되는 게 낫지요"

반스톤 엘리엇은 강한 단어들 사이에 약한 단어들이 있어야 한다고 했어요. 그래야 시행들이 어렵고 딱딱하게 되지 않는다는 거였죠. 하지만 월트 휘트먼의 시집을 번역하는 일은, 당신도 해봤다고 말씀하셨지만, 매우 까다로운 일이에요. 당신은 월트 휘트먼이 당신의 시인이고, 당신에게 아주 많은 의미가 있는 사람이라고 말하곤 합니다. 그가 당신에게 가르쳐준 게 무엇인가요?

보르헤스 똑바로 나아가라는 걸 가르쳐주었어요. 그게 내가 그에게서 배운 한 가지 교훈이랍니다. 그러나 가르침은 중요하지 않아요. 나는 정서적으로 압도당했고, 그가 쓴 작품의 많은 부분을 외웠어요. 그래서 낮이든 밤이든 그 시들을 혼자서 읊조리곤 하지요. 시를 읽을 땐 감동을 받는 게 중요하다고 생각해요. 시를 육체적으로 느끼지 않는다면 시를 전혀 느끼지 못한 거나 마찬가지예요. 그런 사람은 교수나 비평가가 되는 게 낫지요. 나는 시를 매우 사적이고 중요한 경험이라고 생각한답니다. 물론 그걸 느낄 수도 있고 못 느낄 수도 있죠. 만약 느낀다면 그걸 설명할 필요는 없어요.

반스톤 당신 얘기를 너무 집중해서 듣다 보니 다른 생각과 질문들이

다 지워져버렸어요. 에드거 앨런 포 얘기가 필요할 것 같아요. 이제 포에 대해 얘기해주시겠습니까?

보르헤스 모든 작가는 서로 다른 두 가지 일을 동시에 떠맡고 있어요. 그 하나는 자신이 쓰고 있는 특별한 시이자 자신이 얘기하고 있는 특별한 이야기고, 꿈에 자신을 찾아온 특별한 우화이지요. 다른 하나는 자신이 만들어가고 있는 자기 자신의 이미지랍니다. 아마 평생 지속되는 두 번째 과제가 가장 중요할 거예요. 포의 경우에는 포에 대한 우리의 이미지가 그가 쓴 어떤 시구나 글보다 더 중요하다고 생각해요. 우리는 포를 소설 속의 인물을 생각하듯 떠올린답니다. 그는 우리에게 맥베스나 햄릿처럼 생생하지요. 매우 생생한 이미지를 만들어내고 그걸 세상의 기억으로 남겨놓는 것은 아주 중요한 일이에요. 에드거 앨런 포의 시에 대해 말하자면, 난 일부를 외우고 있는데, 아주 좋아요. 하지만 썩 좋지 않은 시들도 많답니다. 내가 알고 있는 시를 예로 들어 이야기해볼게요.

그건 운명이 아니었던가, 이 7월의 자정에
그건 운명이 아니었던가(운명의 다른 이름은 슬픔)
나에게 잠든 장미의 향 들이마시며
정원 문 앞에 멈춰 서 있으라 한 것은
(…)
(아, 이 정원은 매혹적이었다는 것을 기억하라!)

「헬렌에게」 21~24행, 30행

또 그의 첫 책인 『알 아라프Al Aaraaf』에는 다음과 같은 아주 이상한 시구도 나와요. 기억이 흐릿해서 확실치는 않아요.

하느님의 영원한 목소리가 곁을 지나가고 있네
그리고 하늘에서 빨간 바람이 시들고 있네!

131~132행

그의 갈까마귀를 생각할 때면, 그건 인위적인 갈까마귀라는 생각이 들곤 해요. 난 그걸 진지하게 받아들일 수 없어요! 갈까마귀가 말하는 대목인 "갈까마귀는 말했네, 다시는 안돼(Nevermore)"라는 시구는 내가 보기엔 효과적이지 않은 것 같아요. 「갈까마귀」를 읽은 게 틀림없는 단테 가브리엘 로세티가 그런 식의 표현을 더 훌륭하게 구사했어요. 그는 포에게서 영감을 받았는데, 이렇게 썼지요.

내 얼굴을 보라. 내 이름은 그럴 수도 있었는데(Might-have-been)이다.
나는 또한 이제 끝(No-More), 너무 늦었어(Too-late), 안녕(Farewell)이라고도 불린다…….

소네트 97, 「표제」, 『인생의 집』에서

17세기에 윌킨스 주교가 만들어낸 아주 멋진 단어도 있지요. 너무 멋진 단어여서 여태 어떤 시인도 감히 사용하지 못했답니다. 그는 두 개의 단어를 만들어냈어요. 하나는 everness인데, 나는 대담하게도 그 단어를 내 소네트 「영원Everness」의 제목으로 사용했답니다. 왜냐하면 everness가 eternity보다 더 좋으니까요. 그 단어는 독일어 Ewigkeit(영원)와도 어울려요. 그리고 파멸(doom) 같은 뜻을 지닌 또 다른 단어가 있는데, 그건 내가 아주 좋아하는 단테의 시구보다 훨씬 좋은 단어랍니다. "Lasciate ogni speranza voi ch'entrate.(여기 들어오는 자 모든 희망을 버려라.)" 윌킨스 주교에 의해 만들어져 영어에 주어진 그 단어는, 모든 시인들이 두려워서 결코 사용하지 않은 그 단어는, 그 오싹하고 아름다운 단어는 바로 neverness 예요. 어쩌면 독일어에 Nimmerkeit라는 형태로 들어갈 수도 있을 거예요. 스페인어에는 들어갈 수 없다는 걸, 난 알아요. everness는 멋진 단어고 neverness는 절망적인 단어지요. 에드거 앨런 포는 많은 시를 썼는데, 난 그 시들을 썩 좋게 생각하지 않아요. 그러나 그에겐 돋보이는 장편소설이 한 편 있는데, 『아서 고든 핌의 모험』이 그거예요. 아서와 에드거는 둘 다 앵글로색슨 이름이랍니다. 그리고 고든과 앨런은 스코틀랜드 이름이죠. 핌은 포에 해당되고요. 그 긴 소설의 앞부분은 그리 기억할 만한 게 못 된다고 말하고 싶군요. 그러나 뒷부분은 악몽이지요. 기이하게도 하얀 악몽이에요. 무시무시한 것으로 여겨지는 흰색의 존재에 대한 악몽이지요. 물론 허먼 멜빌은 『아서 고든 핌의 모험』을 읽었어요. 그리고 『모비 딕』을 썼지요. 이 책에서 멜빌은 같은 착상을 활용하여, 주홍색이나 검은색이 아닌 흰색을 가장 무섭고 오싹한 색으로 구상했어요. 우리는 『모비 딕』과 『아서 고든 핌의 모험』, 두 책

모두 흰색의 악몽이라는 것을 발견하게 된답니다.

또한 에드거 앨런 포는 장르를 만들어냈어요. 추리소설이라는 장르를 만들어냈지요. 그 후에 이루어진 모든 것들은 포가 이미 다 생각했던 것들로 보여요. 「마리 로제의 수수께끼」 「모르그가의 살인」 「도둑맞은 편지」 「황금 풍뎅이」를 떠올려 보세요. 그러면 그 뒤에 나온 많은 훌륭한 책들이 포의 작품에서 비롯했다는 것을 알게 될 거예요. 결국 셜록 홈즈와 왓슨은 포와 그의 친구 오귀스트 뒤팽일 뿐이죠. 포는 많은 것들을 생각해냈어요. 추리소설은 인위적인 것이라고 생각해서 치밀한 사실성을 추구하진 않았답니다. 그는 프랑스를 소설의 배경으로 삼았어요. 그의 탐정은 프랑스인 탐정인데, 그 까닭은 포가 뉴욕에서 일어나는 당대의 사건들에 관한 소설을 쓰는 것보다 파리를 다루는 게 더 쉬울 거라는 걸 알았기 때문이죠.(나는 그가 파리나 프랑스인을 잘 알았다고 생각하지 않아요. 아마 거의 몰랐을 거예요.) 그는 추리소설이 일종의 환상소설이라는 것을 아주 잘 인식하고 있었어요. 그가 모든 관례를 만들어낸 거예요. 또한 다른 것들도 만들어냈는데, 추리소설의 '독자'도 만들어냈죠. 다시 말해서 우리가 어떤 추리소설을 읽을 때면, 예를 들어 이든 필포츠나 엘러리 퀸 또는 니콜라스 블레이크 등의 작품을 읽을 때면, 우리는 사실 에드거 앨런 포에 의해 창조되고 있는 거예요. 그가 새로운 형태의 독자를 창조했어요. 그로 인해 전 세계에 걸쳐 수천 권의 책이 나오게 되었지요. 나 자신도 그 장르를 시도했어요. 추리소설을 써보았답니다. 그래서 나는 늘 진정한 작가는 에드거 앨런 포였다는 것을 알았어요. 이처럼 포는 우리에게 많은 것들을 주었어요. 또한 그는 한 가지 발상을 우리에게 보여주었는데, 나는 그게 잘못되었다고 생각하지만 아무튼 매우 흥미로운 거랍니다. 그것은 바로 시가 추론을 통해 만들어질 수 있다는 발상이에요. 그가 「갈까마귀」에 대해 쓴 글을 당신도 기억할 거라고 생각해요. 그는 시를 쓰기 시작할 때 o와 r이 있는 한 단어가 필요했다고 말했어요. 그래서 nevermore를 택한 거죠. 그리고 모든 연을 이 단어로 똑같이 끝내려고 생각했기 때문에, 도대체 왜 모든 연의 끝에 이 단어가 반복되어야 하는지를 설득력 있게 보여주어야 할 문제에 봉착했지요. 그는 이렇게 말했어요. "왜 합리적인 존재가 계속해서 nevermore를 말하겠는가?" 그래서 그는 비합리적인 존재를 생각했어요. 처음에는 앵무새를 생각했죠. 하지만 앵무새는 녹색이고 그에게 별 도움이 안 되었어요. 그래서 갈까마귀를 생각해낸 거예요. 갈까마귀는 검정색이지요. 적합한 색깔이에요. 검정색이 눈에 띄어야 하므로 그가 생각해낸 게 대리석이에요. 그건 또 팔라스의 흉상을 생각나게 했지요. 계속 이런 식이랍니다. 그는 일련의 추론을 통해 「갈까마귀」라는 시를 만들어낸 거예요. 그리고 포는 시가 너무 길면 안 된다고 생각했어요. 한자리에서 읽지 못하고 자리를 옮겨 두 곳에서 읽으면 주의력이 떨어지고 감흥이 이어지지 않기 때문이라는 거예요. 또한 짧은 시는 강렬하지 않을 것이기 때문에 너무 짧아도 안 된다고 생각했답니다. 그래서 스스로에게 나는 100행짜리 시를 쓰겠어, 라고 말했죠. 실제로 그는 107행인가 97행인가, 그 비슷한 길이의 시를 썼답니다. 그는 또 자문했어요. 이 세상에서 가장 비극적인 주제가 뭐지? 그리고 즉시 자답했지요. 이 세상에서 가장 비극적인 주제는 아름다운 여자의 죽음이야. 그러면 그녀의 죽음을 가장 슬퍼할 이는 누굴까? 물론 포는 그녀의 연인을 생각했지요. 그래서 포는 연인과 완벽한 여자의 죽음을 얻게 되었어요. 또한 시의 배경이 너무 넓으면 시가 탄생하기 어렵다고 생각했으므로 닫힌 방이 필요했어요. 그는 서재를 생각했고, 서재는 물론 팔라스의 흉상이 놓이기에 아주 적합한 곳이었지요. 그리고 대조적인 게 있어야 했어요. 갈까마귀가 시 속으로 들어와야 했으므로 폭풍우 치는 밤을 만들어서 갈까마귀가 쫓기듯이 방 안으로 들어오게 했어요. 이처럼 포는 일련의 추론을 통해 이 시를 계속 써내려갔지요. 이런 방법은 조작일 뿐이라고 생각해요. 포는 조작하는 것을 매우 좋아하지요. 나는 누가 이런 식으로 시를 쓸 수 있다고 생각하지 않아요. 어쨌든 우리가 그의 첫 번째 논증을 받아들였다고 가정해봅시다. 그는 이렇게 추론했을 수도 있을 거예요. 나는 비합리적인 존재, 예를 들어 미친 사람이 필요해. 그러나 그는 그러지 않고 새를, 갈까마귀를 선택했어요. 나의 빈약한 경험에 의하면 시는 그런 식으로 쓸 수 있는 게 아니에요. 그런데 포는 많은 시를 그 체제에 따라 썼답니다. 하지만 나는 시를 쓰는 것과 추론을 하는 것은 본질적으로 다른 것이라고 생각해요. 생각의 방법에는 두 가지가 있다고 말하고 싶군요. 하나는 논증이고 다른 하나는 신화예요. 그리스인들은 그 두 가지를 동시에 할 수 있었어요. 예를 들면 소크라테스가 독약을 마시기 전에 한 마지막 대화에서 우리는 이성과 신화가 서로 결합되어 있는 것을 보게 되지요. 그러나 오늘날 우리는 그 능력을 잃어버린 것 같아요. 우리는 논증을 사용하든 아니면 비유나 이미지나 우화를 사용하든, 둘 중 하나만 사용한답니다. 시를 쓰는 진정한 방법은 자신을 꿈에 수동적으로 맡기는 것이라고, 난 생각해요. 그걸 이성적으로 도출해내려고 하면 안 돼요. 물론 세부사항, 운율, 우리가 따라야 할 운의 패턴, 리듬 등은 이성적으로 도출해야 하겠지만, 그 나머지는 신화의 형태로 우리에게 주어지는 것이랍니다. 이 모든 게 에드거 앨런 포에 대한 우리의 이미지에서 나옵니다. 그를 불행한 사람으로 생각하는 게 중요해요. 불행은 그 이미지의 일부지요. 불행이 햄릿이란 이미지의 일부인 것처럼 말이에요. 포의 작품 중에서 고른다면 난 『아서 고든 핌의 모험』을 고를 거예요. 그런데 왜 이걸 고를까요? 왜 모든 단편소설을 고르지 않고요? 예를 들어 왜 「M. 발데마르 사건의 진실」「함정과 진자」「황금 풍뎅이」를 고르지 않은 걸까요? 그 단편들은 서로 아주 달라요. 그렇지만 그 모든 작품에서 우리는 포의 목소리를 듣지요. 우린 지금 이 순간에도 여전히 포의 목소리를 듣고 있답니다.

반스톤 휘트먼의 신화 가운데 하나는 그가 평범한 남자와 여자를 다루었다는 것, 방언을 다루었다는 것, 남북전쟁 같은 역사적 사건을 다루었다는 것, 링컨의 죽음을 다루었고 또 하나의 역사적 사건인 그 일을 「앞마당의 라일락이 마지막으로 피었을 때」에서 기렸다는 것 등이었어요. 당신의 작품도 이런 양상을 지니고 있어요. 방언을 다루고, 불량배를 다루고, 거친 사람들을 다루고, 죽음을 다루고, 평범한 삶을 다루잖아요.

보르헤스 그것들은 문학적 기교지요.

"나는 악몽에서 소설의 플롯을 얻곤 했지요.
난 악몽을 아주 잘 알아요.
그걸 자주 꾸는데, 늘 똑같은 패턴을 따르죠"

반스톤 그건 평범한 사람들에 대한 문학적 기교잖아요. 그러니까 당신에게는 휘트먼과 공통점이 있고, 동시에 포의 몇 가지 다른 양상들, 예컨대 악몽, 꿈, 창의력, 상상력, 박식 그리고 종종 눈에 띄는 기만 등이 추가되어 있어요. 때로는 박식을 가장한 조작도 있지요. 당신은 어느 정도 포와 휘트먼이 아닌가요?

보르헤스 나는 모든 현대 시인들과 마찬가지로 그 두 사람에게 빚지고 있어요. 모든 현대 시인들은 그래야 하는 거예요. 악몽과 포에 대해서 말하자면, 그건 매우 이상해요. 나는 많은 심리학 책을 읽었지만 악몽에 대한 내용은 거의 없더군요. 악몽은 너무 특이한 것이에요. 악몽에 해당하는 스페인어는 pesadilla 라는 흉측해 보이는 단어인데, 거의 쓰기 힘든 말이랍니다. 그리스어에는 ephialtēs라는 멋진 말이 있는데, 밤의 악령을 의미하지요. 나는 이틀에 한 번꼴로 악몽을 꿔요. 종종 악몽에 사로잡히죠. 내가 만약 신학자라면—다행히도 나는 신학자가 아니랍니다—지옥을 지지하는 논증을 찾아냈을 것 같다는 생각이 들어요. 우리가 불행한 감정에 빠지는 경우는 아주 흔해요. 그러나 불행의 감정은 악몽의 느낌, 섬뜩하고 괴기한 느낌이 아니에요. 이런 느낌은 악몽 자체에 의해 우리에게 주어지는 것이에요. 악몽에는 특유한 공포가 있어요. 악몽에는, 꿈의 호랑이에는 말이에요. 그것은 깨어 있을 때 생활 속에서 일어나는 일들과 아무 관계가 없답니다. 그 공포는 지옥의 맛보기일지도 몰라요. 나는 물론 지옥을 믿지 않아요. 하지만 악몽에는 매우 이상한 게 있는데, 그걸 알아차린 사람이 아무도 없는 것 같아요. 나는 꿈에 관한 책을 많이 읽었지요. 해블록 엘리스의 책을 예로 들 수 있겠군요. 하지만 그런 책들 어디에서도 악몽의 섬뜩하고 매우 이상한 맛에 대한 언급은 찾지 못했어요. 그렇지만 분명 그런 게 있고, 우리가 아는 한 그건 선물일 수 있어요. 나는 악몽에서 소설의 플롯을 얻곤 했지요. 난 악몽을 아주 잘 알아요. 그걸 자주 꾸는데, 늘 똑같은 패턴을 따르죠. 미로의 악몽을 꾸곤 한답니다. 그건 언제나 내가 부에노스아이레스의 어떤 특별한 장소에 있는 것으로 시작해요. 내가 잘 아는 거리의 모퉁이일 때가 많아요. 베네수엘라, 페루, 아레날레스, 에스메랄다 같은 거리지요. 나는 그곳이라는 것을 알지만 거리의 모습은 아주 달라요. 악몽 속에서 내가 보는 것은 늪, 산, 언덕 같은 것이고, 때로는 소와 말도 본답니다. 하지만 나는 내가 부에노스아이레스의 그 특별한 거리에 있다는 것을 알아요. 보이는 모습은 상당히 다르지만 말이에요. 나는 집으로 가는 길을 찾아야 하는데 찾지 못하리라는 것도 알고 있어요. 이것이 미로의 악몽이라는 것도요. 왜냐하면 계속해서 나아가지만 같은 장소나 같은 방으로 거듭 되돌아오니까요. 이게 내가 꾸는 악몽 가운데 하나랍니다. 다른 하나의 악몽은 거울의 악몽이에요. 내가 나 자신을 들여다보는데, 내가 모르는 누군가, 내가 본 적이 없는 사람이 보이는 거예요. 이윽고 나는 내가 바로 그 사람이라는 것을 알게 되는데, 이런 일이 일어나면 깨고 나서 심하게 몸이 떨려요. 이처럼 나의 악몽은 항상 같은 패턴을 따른답니다. 우리 얘기가 에드거 앨런 포에서 많이 벗어난 것 같군요.

반스톤　당신이 꿈과 악몽이라는, 현실에 대한 이상한 생각으로 빠져들어간 까닭에 우리가 포에게서 벗어난 것 같아요. 꿈과 악몽은 당신의 작품과 포의 작품에서 큰 특징이지요.

보르헤스　포의 작품은 관념론적인 작품이기도 해요. 세상을 비현실적으로 보는 관점에 대해 말하자면, 나는 세상을 생각할 때마다 늘 놀라고 나에게 일어난 일들에 대해 놀라곤 한답니다. 예를 들어, 작년에 여든 살이었던 나는 아무 일도 내게 일어날 수 없을 거라고 생각했지요. 그런데 아주 고통스러웠지만 성공적인 수술을 받게 됐어요. 멋진 일본 여행도 가게 되었지요. 전에는 몰랐지만, 지금은 아주 좋아하는 나라랍니다. 그리고 참 묘하게도, 난 지금 여기 인디애나대학교에서 여러분과 얘기하고 있어요. 미래라는 것이 나를 위해 그 모든 걸 쌓

아두고 있었던 거예요. 나는 전혀 모르고 있었는데도 그 모든 선물을 준비해두고 있었던 거죠. 그게 지금 온 것이고요. 그래서 나는 미래로부터 더 많은 선물을 기대한답니다. 우리가 미래에 대해 알고 있는 것 중 하나는, 미래는 현재와 아주 많이 다르다는 것이에요. 사람들은 미래를 확대되고 왜곡된 20세기의 관점에서만 생각할 뿐이에요. 그러나 나는 첫째, 많은 미래가 있을 것을 알고 있어요. 둘째, 우리가 중요하게 여기는 것들이 미래에는 하찮거나 상관없는 것들이 될 거라는 것도 알고 있답니다. 예를 들어 인간은 정치 지향적이지 않을 것이고, 더 이상 평등하지도—이건 착각이에요—않을 것이고, 환경이나 성공이나 실패의 관점에서 생각하지도 않을 거예요. 나는 아주 다른 세계를 예상하고, 그런 세계들은 무수히 많을 겁니다. 올더스 헉슬리의 멋진 신세계를 예상하는 게 아니에요. 그건 단지 할리우드의 변형일 뿐이죠. 나는 많은 미래들이 곧 도래할 것을 알고 있어요. 왜 '유일한' 미래를 말하는 거죠? 그건 아무 의미도 없어요.

반스톤 로버트 프로스트에 관한 당신의 말을 듣는 것으로 우리 얘기를 마무리하는 게 좋을 듯싶습니다. 프로스트의 시 「밤에 익숙해지다」를 외우고 계시는지요?

보르헤스 나는 밤에 익숙해지게 되었네.
빗속을 거닐다 빗속으로 되돌아왔지.
도시의 불빛 끝나는 곳까지 거닐다 왔지.

끝 행에 다시 "나는 밤에 익숙해지게 되었네"라는 똑같은 시구가 나와요. 이 시를 처음 읽으면 우리는 밤에 익숙해진다는 걸 "나는 밤에 도시를 걸었다"라는 뜻으로 이해합니다. 그러나 마지막 행에 이르면 우리는 밤이 악을 상징할 거라고 생각하게 되지요. 특히 다음을 읽어보면 청교도가 느끼는 육욕적인 악을 상징할 거라는 느낌이 들어요.

하늘에 걸린 빛나는 큰 시계 하나
이 시대가 나쁘지도 좋지도 않다고 알려주네.
나는 밤에 익숙해지게 되었네.

나는 이 시가 프로스트 시의 주요 성과물이라고 생각합니다. 프로스트는 단순해 보이지만 읽을 때마다 더 깊이 탐구하게 되고 구불구불한 길과 여러 가지 다른 의미들을 찾게 되는 시를 쓸 줄 알았어요. 그러니까 프로스트는 우리에게 비유에 대한 새로운 개념을 제시했어요. 직접적이고 단순한 진술을 받아들이게 하는 방식으로 우리에게 비유를 제공한 것이지요. 나중에야 우린 그게 비유라는 것을 알게 된답니다. "잠들기 전에 가야 할 길이 있다 / 잠들기 전에 가야 할 길이 있다." 우린 여기서 같은 단어에 두 가지 다른 의미가 담겨 있는 것을 보게 되지요. 첫 번째 시행은 가야 할 곳에 가서 잠을 자겠다는 의미를 나타내요. 그런데 이 시의 마지막 부분인 두 번째 시행에서는 잠이 죽음을 나타냅니다. 그렇지만 야단스럽지 않은 방식으로 그걸 드러내지요. 그는 내성적인 사람이라는 생각이 들어요. 나는 그가 금세기의 가장 위대한 시인일 거라고 생각한답니다. '가장 위대한 시인'이라는 말이 정말 의미가 있다면 말이에요. 나는 프로스트가 윌리엄 버틀러 예이츠보다 더 훌륭한 시인이라고 생각해요. 난 프로스트를 더 좋아하지만 그건 개인적인 성향일 거예요. 물론 예이츠도 존경해요. 예이츠의 "저 돌고래에 찢기고 종소리에 고통받는 바다" 같은 시구를 생각해볼까요. 이 시구는 아주 멋진 표현이지만 프로스트가 피하고자 했고 나도 피하고자 하는, 그런 시구랍니다. 하지만 예이츠도 직접적이고 솔직한 시를 쓸 줄 알았어요. 예를 들어보죠.

어떻게 내가
저기 서 있는 여자를 보면서
내 주의를 로마나 러시아
또는 스페인의 정치에 집중할 수 있을까?

그리고 뒷부분은 다음과 같아요.

전쟁이니 전쟁의 조짐이니
하는 말들이 사실일지 모르지만,
그러나 오, 나 다시 젊어져
그녀를 품에 안아봤으면!

「정치」 일부

청중 노벨문학상에 대한 당신의 생각을 알고 싶습니다. 그리고 다른 보르헤스는 그걸 어떻게 생각하는지요?

보르헤스 보르헤스와 다른 보르헤스, 둘 다 그걸 몹시 탐내고 있다고 생각해요. 그러나 둘은 절대 그걸 받지 못할 거예요.

반스톤 노벨상위원회가 매년 실망시키는군요.

청중 고대영어에 대한 얘기를 더 듣고 싶습니다. 그냥 제가 고대영어와 앵글로색슨인을 좋아하기 때문입니다.

보르헤스 내 제자였던 학생 한 명이 떠오르는데, 그가 이런 말을 했어요. "이걸 어째, 이걸 어째, 헤이스팅스 전투 말이야! 이제 앵글로색슨어가 영어가 되어버렸어. 이제 우린 셰익스피어를 참고 받아들여야만 해. 이걸 어째!" 사실 난 고대영어에 흠뻑 빠졌답니다. 나는 개모음과 딱딱한 스코틀랜드의 rs 발음이 있는 고대영어의 소리가 오늘날 우리가 쓰는 조용한 영어보다 더 낫다고 생각해요. 고대영어가 더 깊은 울림이 있어요. 그래서 고대영어를 좋아하는 거죠. 나의 기억 속에는 고대 영시들이 가득 들어차 있답니다. 고대 영시를 읽다 보면, 그 시들은 용감하고 단순한 사람들이 짓고 노래한 것 같은, 아니 그런 사람들에게 시적 영감이 주어진 것 같은 인상을 받게 되지요. 그 시들에는 허영이 많지 않아요. 완곡대칭어법에서 허영을 느낄 수도 있어요. 하지만 앵글로색슨인들은 곧 완곡대칭어법이 도움이 되지 않는다는 것을 알았고, 그건 단순한 동의어로 대체되었어요. 그들은 처음으로 하고 싶은 얘기를 공개적으로 말했지요. 『항해자The Seafarer』라는 비가의 시작 부분이 생각나는군요. "나는 이제 나에 대한 진정한 노래를 얘기할 수 있네. / 나의 여행을 얘기할 수 있네.(Maeg ic be me sylfum soðgied wrecan, / siþas secgan.)" 이 첫 행들은 월트 휘트먼과 아주 흡사하답니다. 고대 영시에는 어떤 본질적인 게 있어요. 영국뿐 아니라 온 세계에 해당되는 본질적인 게 있죠. 거기엔 바다가 있어요. 고대 영시에는 수시로 바다가 나온답니다. 매우 음울한 시 『베오울프』에서도 첫 부분에 바다가 나오는 것을 보게 될 거예요.

Men ne cunnon 이 뱃짐을 누가 찾았는지
secgan to soðe, selerædende, 궁정 고문관도 용사도,
hæleð under heofenum, hwa þæm hlæste onfeng.
하늘 아래 누구도 분명히 알지 못했다.

『베오울프』 50~52행

『항해자』에도 당연히 바다가 있는데, 이 시에서 그는 바다의 사나움과 매력을 얘기하지요. 사람들은 『항해자』를 대화로 생각해왔어요. 내가 보기에 그건 틀린 생각이에요. 우리는 그 시를 바다에 패하고 바다로 인해 고통을 겪었지만 여전히 바다를 사랑하는 한 사람에 의해 쓰인 것으로 생각해야 해요. 어쩌면 그 작품이 우리에게 남겨진 모든 앵글로색슨 문학 중

에서 가장 좋은 작품일 거예요. 그렇지만 헤이스팅스 전투 이후에 쓰인 시도 있는데, 그 시는 롱펠로가 영어로 번역을 했답니다. 「무덤」이라는 시예요. 롱펠로는 이렇게 번역했죠. "그 집은 문이 없네 / 안은 캄캄하네." 하지만 원문을 보면 그게 훨씬 좋다는 것을 알게 될 거예요. Durelass is ðæt hus / And deerc hit is wiðinnen.

청중　당신과 루도비코 아리오스토의 관계에 대해 말씀해주시겠습니까? 아니면 이탈리아 문학과 단테에 대한 당신의 생각을 얘기해주시겠어요?

보르헤스　나는 『신곡』이 모든 문학을 통틀어 최고일 거라고 생각하는데, 내 생각이 옳은 것 같아요. 내가 그걸 좋아해야 할 만한 아무런 이유가 없으니까요. 예를 들어 나는 내가 아는 한 이탈리아인의 피가 전혀 섞이지 않았어요. 나는 가톨릭교도가 아니에요. 그 시의 신화를 받아들일 수도 없죠. 나는 지옥과 연옥과 천국을 생각할 수 없어요. 그런데도 나는 단테가 언제나 옳다고 생각합니다. 셰익스피어의 경우, 우린 수시로 실망해요. 그러나 단테는 대단히 신뢰할 수 있는 사람이지요. 그는 우리를 실망시키지 않아요. 그는 자신이 하고 있는 일을 알아요. 단테의 사상과 관련하여 여러분에게 말해주고 싶은 또 하나의 이상한 부분이 있어요. 일생에는 한 순간만이 존재한다는 게 단테의 생각이랍니다. 그 순간이 수많은 세월을 의미하거나 또는 한 인간을 의미한다는 거예요. 예를 들어 우리는 파올로와 프란체스카에 대해 들어본 적이 없어요. 우리는 그들의 정치적 견해나 사상에 대해 아는 게 없죠. 그런 게 있다면 말이에요. 하지만 우리는 그들이 브리타니에게서 빌린 책을 읽고 있었다는 것을 알아요. 그들은 갑자기 책 속의 인물들이 자신들이라는 것을 알게 되고, 자신들이 사랑에 빠졌다는 것을 알게 되지요. 그거면 충분해요. 그래서 단테는 모든 생의 한 순간을 선택하는 거랍니다. 그에게는 그거면 충분해요. 단테는 그 특별한 순간으로부터 그 사람의 성격 전체와 인생 전부를 우리에게 주니까요. 그 인물은 세 편의 시에만 등장할 수도 있어요. 그렇지만 그는 거기에 영원히 존재하는 거예요. 그 점이 단테의 공 가운데 하나예요. 단테의 많은 공 가운데 하나이지요. 나는 이탈리아어를 공부한 적이 없어서 롱펠로가 번역한 책으로 단테를 읽기 시작했어요. 그리고 주석을 읽었죠. 이탈리아어와 영어가 함께 나온 대역판을 구해서 먼저 영어로 한 부분을 읽고, 이어서 그 부분을 이탈리아어로 읽었어요. 그렇게 계속했지요. 연옥 편을 다시 읽고 있을 즈음 나는 영어판 없이 이탈리아어로 읽을 수 있게 되었답니다. 단테를 스페인어로 번역하려는 것은 잘못된 판단일 거예요. 왜냐하면 두 언어는 너무 비슷해서 누구든 그 둘을 다 이해할 수 있으니까요. 게다가 이탈리아인들이 그에 관해 아주 좋은 일을 해두었답니다. 나는 『신곡』을 이미 열 번인가 열두 번쯤 읽었어요. 매번 다른 판으로 읽었는데, 새로운 해석들이 들어가 있었어요. 아리오스토 역시 나에게 큰 의미가 있는 사람이에요. 사실 나는 「아리오스토와 아랍인들」이라는 시를 썼어요. 그 시에서 나는 아무도 아리오스토를 읽지 않는 것처럼 보이는 세태를 슬퍼했지요. 『아라비안나이트』가 아리오스토를 대체했던 것인데, 지금 우리는 마땅히 읽어야 할 『아라비안나이트』조차 읽지 않아요. 우리는 아리오스토를 잊어버렸는데, 그를 잊으면 안 돼요. 『미친 오를란도L'Orlando furioso』와 『아라비안나이트』, 이 두 작품은 끝이 없는 이야기라는 점에서 서로 닮았어요. 그리고 우리가 아주 긴 글을 읽고 있다는 사실은 미덕이랍니다. 그 책들은 길어야 해요. 미로는 길어야 하는 거예요.

나는 항상 거울을 두려워했어요

나는 늘 두려운 마음으로 거울 앞에 선답니다. 어렸을 때 우리 집엔 섬뜩한 게 있었어요. 내 방의 삼면에 전신 거울이 있었죠. 가구는 마호가니 제품이었는데, 그래서 일종의 어두운 거울이 되었어요. 성 바울의 서간에 나오는 거울처럼 말이에요. 나는 그 거울들 앞에 서면 두려웠는데, 어렸기 때문에 아무 말도 하지 못했죠.

코파 모든 보르헤스 독자들은 보르헤스가 가장 좋아하는 철학자들이 관념론의 전통과 관련 있는 인물인 경우가 많다는 사실에 익숙해요. 분명 쇼펜하우어도 그중 한 사람일 테고요.

보르헤스 흄, 버클리, 쇼펜하우어…… 네, 그래요.

코파 그래서 가장 쉽고 아둔한 질문으로 시작하도록 할게요. 그런

이 인터뷰는 1980년 4월 인디애나대학교에서 열렸다. 인터뷰어는 알베르토 코파(Alberto Coffa. 인디애나대학교 과학철학 및 과학사 교수).

다음 아둔하지만 그래도 덜 아둔한 질문들로 이어갈게요.

보르헤스 우리의 얘기는 더없이 아둔할 거예요!

코파 당신은 쇼펜하우어에 대해 이런 말을 했습니다. "오늘 한 명의 철학자를 고른다면 나는 쇼펜하우어를 고를 것이다. 우주의 수수께끼가 말로 표현될 수 있다면 그 말은 쇼펜하우어의 글 속에 있을 것이라고 나는 생각한다."

보르헤스 내가 정말 그런 말을 했나요?

코파 네, 그런 것 같아요. 당신은 이 말에 동의하나요?

보르헤스 그럼요, 동의해요.

코파 로드리게스 모네갈은 그의 보르헤스 전기에서 이런 문제를 제기해요…….

보르헤스 난 그 책을 읽지 않았어요. 나는 나에 대한 전기는 읽은 적이 없답니다.

코파 당신은 그 삶을 살았으니 읽지 않는 편이 더 나아요.

보르헤스 맞아요, 나는 그 삶을 겪었지요.

코파 그는 쇼펜하우어가 준 영향의 본질은 무엇인가 하는 문제를 제기하고 나름대로 그 문제에 대해 추측을 하지요. 내가 그 부분을 읽어볼 테니 그에 대한 당신의 소감을 말해주세요. 그의 말이 옳은지 그른지, 아니면 그 사이에 놓일 수 있는 어떤 것인지요. "보르헤스는 쇼펜하우어에게서 예술은 의미에 이르는 유일한 길이라는 개념을 발견한 것 같다. 예술은 허물어진 사회질서로부터 과학 못지않게 의미 있는 자연 질서를 창조해낸다는 개념을 발견한 듯싶다." 이 인용문이 진실에 가까운지 어떤지 얘기해주세요.

보르헤스 허물어진 사회질서라는 것이 철학과 관련 있는지 의심스럽군요. 나는 철학이 영원한 것이라고 생각해요. 그런데 질문의 첫 번째 부분은 뭐였죠?

"난 그 말에 동의할 수 없어요.
나는 '모든' 언어가 의미에 이르는 길이라고 생각해요"

코파 모네갈의 요점은, 보르헤스가 쇼펜하우어에게서 예술은 의미에 이르는 유일한 길이라는 개념을 발견한 것 같다는 거예요.

보르헤스 난 그 말에 동의할 수 없어요. 나는 '모든' 언어가 의미에 이르는 길이라고 생각해요. 이 세상의 모든 것 하나하나가 다 의미를 위해 사용될 수 있어요. 그런데 왜 예술이 유일한 것이어야 하나요? 나로선 이해하기 어렵군요.

코파 당신은 사르미엔토에 대한 시를 한 편 썼어요. 아르헨티나의 정치적 영웅 말입니다.

보르헤스 그는 우리가 낳은 천재예요. 어쩌면 알마푸에르테 시인도 그럴 거예요. 나머지 사람들은 그저 재능이 있는 정도이지요.

코파 이 시에서 당신은 그를 다른 사람들과 대비하여…….

보르헤스 내가 사르미엔토에 대해 뭐라고 했는지 잘 모르겠어요.

코파 그럼 당신이 사르미엔토에 대해 한 말을 얘기해줄게요.

보르헤스 고마워요. 궁금하군요.

코파 어쩌면 동의하지 않을지도 모르지만, 당신은 그를 이른바 아르헨티나 정치의 백인 영웅들과 대비해서 보여주었어요. 그 사람들…….

보르헤스 건국의 아버지들을 말하는 거로군요. 우리가 próceres(거물)이라고 부르는.

코파 맞아요. 미국의 워싱턴이나 볼리비아의 볼리바르 같은 사람.

보르헤스 또는 산마르틴 같은 사람.

코파 그런 사람들은 다양하고 모호한 면이 있어서 누구나 그들을 존경할 거예요. 정치적 성향에 관계없이 말이에요. 반면 사르미엔토는 아르헨티나인 절반이 그를 증오하고, 나머지 절반이 그를 사랑해요. 오늘날에도 말입니다.

보르헤스 그게 바로 그가 여전히 살아 있고, 여전히 적과 친구가 있다는 증거이지요.

코파 그 점이 저를 쇼펜하우어에게 데려다준답니다. 이해하기 힘들지만 말이에요.

보르헤스 나로서도 무척 이해하기 힘들군요.

코파 얘기하자면 이래요. 명료하게 사고하는 능력을 기준으로 쇼펜하우어를 바라볼 때, 당신은 다음과 같은 사실이 걱정되지 않나요? 즉 쇼펜하우어는 보르헤스 씨 같은 아주 훌륭한 사람과 당신 소설「독일 진혼곡」에 나오는 수용소 부소장인 오토 디트리히 주르린데 같은 대단히 역겨운 사람, 두 부류 모두에게서 하나의 본보기로 존경받고 수용될 수 있다는 사실이 걱정되지 않나요?

보르헤스 아, 오토 디트리히 주르린데, 기억나요. 그 이야기가 되살아나네요.

코파 그 사실이 신경 쓰이지 않으세요?

보르헤스 신경 쓰이지 않아요. 우리가 쇼펜하우어를 존경한다면, 우리 둘 다 올바른 판단을 한 거예요.

"나는 모든 민족주의를 증오해요.
세계주의자, 세계의 시민이 되려고 노력한답니다"

코파 그렇지만 산마르틴과 다른 백인 영웅들이 모든 사람들에게 존경받는 것은 왜 신경에 거슬리는지요? 그리고 당신은 모호하지 않은 쇼펜하우어를 더 좋아하는데, 나치들이 자신들의 말과 부합한다며 그를 받아들일 수도 있고, 다른 한편으로는 당신도 말하고자 하는 바를 위해 그를 받아들일 수 있다는 사실이 왜 신경 쓰이지 않는지요?

보르헤스 쇼펜하우어는 나치에 의해 이용될 수 있어요. 하지만 그건 나치가 그를 이해하지 못했다는 것을 의미해요. 니체조차도 그래요. 그를 예로 들면, 니체는 독일 제국이 탄생했을 때 "또 하나의 제국, 또 하나의 멍청한 짓"이라고 말했어요. 하지만 나치는 그를 이용했지요. 쇼펜하우어는 니체의 스승이기도 했지만, 아무튼 그들은 민족주의자가 아니었어요. 나는 모든 민족주의를 증오해요. 세계주의자, 세계의 시민이 되려고 노력한답니다. 그와 동시에 나는 좋은 아르헨티나 시민이지요. 아르헨티나 공화국은 세계의 일부니까요.

코파 어떤 사람들은 그 말에 이의를 제기할 거예요.

보르헤스 그러면 아르헨티나가 무엇의 일부인가요? 지옥? 연옥?

코파 어쩌면.

보르헤스 낙원?

코파 아니에요. 낙원은 아니에요.

보르헤스 낙원은 분명 아니겠죠. 낙원은 도달할 수 없거나 존재하지 않는 곳일 거예요. 반면 지옥은 늘, 혹은 대부분의 시간 동안 우리와 함께 있지요. 물론 오늘은 아니에요.

코파 그러면 쇼펜하우어의 올바른 해석은 무엇입니까? 쇼펜하우어에 있는 무엇이 어린 시절부터 줄곧 당신의 마음을 사로잡았나요?

보르헤스 내가 정확히 기억하고 있는 거라면 쇼펜하우어는 자신이 단 하나의 사상만 가지고 있다고 글로 썼어요. 『의지와 표상으로서의 세계Die Welt als Wille und Vorstellung』가 그것이지요. 그의 사상을 설명하는 지름길은 그가 쓴 매우 즐거운, 그 두 권짜리 책에서 찾을 수 있을 거라고 했어요. 그게 지름길이라고, 그가 말했답니다. 나는 그것 말고 다른 방법은 몰라요. 내가 늘 말하는 것은 '의지와 표상으로서의 세계'예요. 물론 나는 이 말을 명확히 해야 해요. 이 말 자체는 거의 의미가 없는 말이니까요. 쇼펜하우어가 말한 Wille(의지)는 베르그송의 élan vital(생의 약동), 버나드 쇼의 '생명력'과 같은 것이에요. 거의 같은 의미죠. 그리고 Vorstellung(표상)은 불교에서 말하는 maya(환영幻影)의 사상과 같은 거라고 생각해요. 그 자체로는 존재하지 않고 현상으로서만 존재하는 것이죠. 쇼펜하우어는 내가 평생 읽어온 작가랍니다. 그는 매력적인 작가예요. 보통 철학자들은 매력적인 작가로 생각되지 않죠. 하지만 칸트와 헤겔 이전에는 철학자들이 글을 꽤 잘 썼어요. 그런데 그 이후 철학자들이 자신들만의 이상한 용어로 나아가버렸죠. 과거에 플라톤은 훌륭한 작가였고, 성 아우구스티누스도 훌륭한 작가였고, 데카르트도 그랬어요. 물론 로크, 흄, 버클리 역시 훌륭한 작가였죠. 쇼펜하우어도 그렇고요. 그러나 오늘날의 철학자들은 일종의 낯선 전문용어와 연계해버린 것 같아요.

"그러나 나는 이 문제를 풀기 위해 계속 노력할 거예요.
나의 모든 시도가 쓸데없으리란 것을 알지만,
기쁨은 해답이 아니라 수수께끼에 있으니까요"

코파 로드리게스 모네갈이 말하길, 당신은 아버지와 마세도니오 페르난데스와 만나 철학 얘기를 나누곤 했다더군요. 쇼펜하우어 얘기를 자주 했고요. 주로 어떤 토론을 했습니까?

보르헤스 내가 어렸을 때 아버지가 철학의 본질적인 수수께끼, 본질적인 문제를 가르쳐주셨던 기억이 나는군요. 그 철학에 대한 적절한 명칭이나 시대에 대한 언급은 전혀 없이 말이에요. 예를 들어 아버지는 체스판을 가져와서 그걸 도구 삼아 제논의 역설과 소크라테스 이전 철학자들의 역설을 가르쳐주었답니다. 제논의 역설이니 소크라테스 이전 시대니 따위의 말은 하지 않고서 말입니다. 어느 날 밤, 집에서 아버지가 내게 한 질문이 생각나는군요. 우리는 저녁을 먹고 있었는데, 아버지가 손에 오렌지를 들고 이렇게 물었어요. "이 오렌지는 무슨 색깔이니?" 그래서 내가 말했죠. "오렌지색이라고 생각하는데요." 그러고 나서 나는 그 대답만으로 충분하지 않다는 것을 깨닫고 이렇게 덧붙였어요. "붉은색과 노란색 사이의 색이에요." "그렇겠지. 하지만 내가 불을 끄거나 또는 네가 눈을 감는다면……." 나는 아버지를 빤히 쳐다보았지요. 다음 날 밤엔 아버지가 이렇게 물었어요. "이 오렌지는 어떤 맛일까?" 내가 말했어요. "오렌지 맛이요." "너는 정말 이 오렌지가 낮 동안 내내, 그리고 밤새 내내 고유한 맛을 낼 거라고 생각하는 거니?" "거기까지는 모르겠어요." 아버지가 다시 물었어요. "이 오렌지의 무게는 얼마일까?" 그러면서 오렌지를 손에 쥐었어요. 그렇게 해서 나는 관념론으로 빠져들었답니다. 관념론이라는 말을 사용하는 일 없이 말예요. 나는 제논의 역설들을 이해하는 게 아니라 알아차리도록, 느끼도록 이끌어졌던 거예요. 그렇지만 아버지는 그런 말을 한마디도 하지 않으셨어요. 나중에 아버지는 나에게 루이스가 쓴 책을 한 권 주셨어요. 루이스는 유대인이고 조지 엘리엇의 친구였는데, 책의 제목은 『철학 인물사A Biographical History of Philosophy』였지요. 그 책은 아직도 내 집에 있답니다. 나는 그 책 안에 아버지가 해주신 모든 철학적 농담과 수수께끼가 들어 있는 것을 보았어요. 그 모든 걸 그 책 안에서 발견했는데, 그것들이 관념론, 소크라테스 이전의 철학자 등등의 이름으로 불리고 있었어요. 나는 아버지에 의해서 그 철학으로 인도된 거였죠. 아버지는 가르치는 법을 알았어요. 심리학 교수였으니까요. 심리학을 철저히 불신하셨지만 말이에요. 하지만 아버지는 단순히 질문을 던지는, 아주 즐거운 방식으로 나를 가르쳤어요. 오렌지와 체스판으로 내게 철학을 가르쳐주신 거예요. 나중에 나는 그런 문제들을 스스로 느껴보는 습관을 들이게 되었어요. 때때로 나는 맑은 정신으로 누워서 스스로에게 이렇게 묻곤 한답니다. 나는 누구인가? 혹은 나는 무엇인가? 무엇을 하고 있는가? 그러면서 시간이 흐르는 것을 생각하지요. 테니슨이 열다섯 살에 썼던 아주 멋진 시구가 생각나는군요. "시간은 한밤을 가로질러 흐른다." 물론 그것은 뉴턴의 시간이겠죠. Tempus absoluto(절대 시간) 말입니다. 시간에 대한 시구들은 많아요. 시간은 아주 멋진 주제이니까요. 나에게는 '가장' 중요한 주제이고 '본질적인' 수수께끼인 것 같아요. 시간이 무엇인지 안다면—물론 결코 알 수 없겠지만—그때 우리는 우리가 누구인지, 무엇인지 알게 될 거예요. 왜냐하면 정체성의 문제는 시간의 문제인 것 같으니까요. 오늘 내가 여러분과 함께 여기 있다는 사실, 열흘쯤 뒤에는 부에노스아이레스에 있을 거라는 사실, 그리고 어렸을 때 우루과이와 아르헨티나에서 지낸 시절을 기억한다는 사실, 그 모든 것이 내가 표현할 수 없고 내가 이해할 수 없는 방식으로 나에게 속해 있는 거예요. 그러나 나는 이 문제를 풀기 위해 계속 노력할 거예요. 나의 모든 시도가 쓸데없으리란 것을 알지만, 기쁨은 해답이 아니라 수수께끼에 있으니까요.

코파 당신은 관념론에 대한 관심에서 우연히 유아론을 접하게 되었지요. 실은 시에 관한 지난번 대담에서 당신은 유아론을 언급했어요.

보르헤스 유아론의 중심 사상은 오직 하나의 개인만 있다는 것이에요. 나는 개인이고 여러분 역시 한 명, 한 명 모두 다 개인이라는 거지요. 나머지 모든 것들은 꿈이라는 거예요. 예를 들면 하늘, 별, 둥근 지구, 모든 역사, 이 모든 것들이 꿈이라는 거죠. 만약 유아론을 절대적인 것으로 받아들인다면, 세상은 내가 탁자를 이렇게 탁 칠 때 시작하는 거예요. 아니, 그때 시작하는 게 아니에요. 그건 이미 과거니까요. 그것은 이미 아주 오래전, 내가 탁자를 친 순간에 일어난 거예요. 이런 식으로 계속하게 되고, 그리하여 결코 끝나지가 않죠. 우리가 정말 유아론자라면 우리는 현재를 존재하는 것으로, 과거와 미래를 존재하지 않는 것으로 생각할 거예요. 그러나 현재는 미끄러지듯 나아가므로 우리는 아주 적은 양의 과거와 아주 적은 양의 미래를 받아들여야 해요. 그러한 것을 받아들여야 합니다.

그러면 그게 우리를 세계사로, 전 세계의 온 과거로, 미래 등으로 이끄는 거예요.

코파 제가 이 대담을 준비할 때 저는 유아론에 관한 질문을 하기 전에 청중들에게 유아론이 무엇인지 설명해야 한다고 생각했어요. 그러다가 아주 심각한 문제를 알게 되었어요.

보르헤스 나는 유아론이 데카르트에 의해 발견되었다고 생각해요. 데카르트는 그걸 부인하지만 말이에요. 하지만 유아론을 받아들이는 사람은 없는 것 같아요. 나는 최소한 유아론을 반박하는 브래들리와 버트런드 러셀의 글은 읽었어요. 하지만 유아론을 증명하거나 그걸 받아들이는 글은 읽은 적이 없어요. 오직 반박하는 글만 읽은 거예요.

코파 네, 맞아요. 하지만 그들은 마냥 반박할 수도 없다고 말하는 사람들이지요.

보르헤스 네, 반박할 수도 없고 납득할 수도 없다는 거죠. 그건 바로 흄이 버클리에 관해 한 말이에요. "그의 주장은 반박할 수 없지만 확신할 수도 없다." 그게 데이비드 흄의 말이랍니다.

코파 대부분의 철학적 주장에 해당하는 말이지요.

보르헤스 그런 것 같아요. 에머슨이 한 말이 생각나는군요. "주장은 아무도 납득시키지 못한다." 월트 휘트먼도 주장은 별 소용이 없다고 생각했어요. 우리는 주장이 아니라 밤공기에 의해서, 바람에 의해서, 별을 바라보는 것에 의해서 납득하게 되는 것이겠죠.

코파 우리는 곧 관념론으로 돌아오겠지만, 그전에 한 철학자와 관련하여 당신에게 질문을 드리고 싶어요. 제가 아는 한 당신에게 큰 영향을 미치지 않은 스페인 철학자 오르테가에 관한 거예요. 저는 그 사람에 관해 질문할 생각이 없었지만, 당신이 논의했던 것 중에…….

보르헤스 제 논의 중에?

코파 네. 오르테가가 쓴 주제에 관한 것인데, 제가 듣기로 그는 모든 주제에 관한 글을 썼으므로 놀랍지는 않은 것이에요.

보르헤스 나는 그의 글을 읽지 않았어요.

코파 그 논의는 오르테가의 소설 이론과 관련이 있어요. 그가 한 말의 요지는…….

보르헤스 새로운 플롯을 만들어내는 것은 불가능하다. 그러나 사람들은 새로운 플롯을 늘 만들어낸다. 예를 들어 추리소설 작가들은 새로운 플롯을 늘 만들어낸다.

코파　맞습니다. 그는 실체와 기능을 구분해야 한다고 말했어요. 그가 주장하기를, 1900년까지는 과학뿐 아니라 문학도 기능의 개념에 토대를 두었고, 반면 실체에 대해서는 진지한 관심을 기울이지 않았다고 했어요.

보르헤스　실체와 기능이라, 정확히 무슨 뜻이죠? 이해가 잘 안 돼요.

코파　전 그의 말을 인용하고 있는 겁니다.

보르헤스　하지만 그 사람 말을 이해할 수 있도록 쉽게 풀어서 설명해야 할 것 같네요. 그는 기능이란 말을 무슨 뜻으로 쓴 거죠? 플롯을 의미한 건가요?

코파　제 생각에는 소설의 구조를 의미한 것 같아요. 인물의 심리와는 별 관계 없는 구조를 말한 거라고 생각해요.

보르헤스　그건 경우에 따라 달라요. 단편소설의 경우, 플롯은 굉장히 중요해요. 그러나 장편소설의 경우 플롯은 신경 쓰지 않아도 돼요. 정말 중요한 건 인물이죠. 헨리 제임스의 단편소설에서는 둘 다 중요할 거예요. 키플링의 단편에서도 둘 다 중요해요. 플롯과 막연히 인물의 심리라고 부르는 것, 그 두 가지가 말이에요. 그러나 유명한 『돈키호테』의 경우 그토록 유명한 소설인데도 사람들은 모험을 인물의 형용사 정도로밖에 생각하지 않는답니다. 모험은 그의 속성일 뿐이죠. '그'를 알기 위해 모험이 필요한 거예요. 돈키호테의 모든 모험은 돈키호테의 형용사일 뿐이에요. 모험은 그가 어떤 사람인지를 우리에게 보여주기 위한 것일 뿐이죠. 물론 감춰진 의미로 말이에요. 그가 행하는 모험들은 엉뚱하거나 빈약해요. 하지만 그 모험들은 기능에 기여하죠. 왜냐하면 『돈키호테』를 읽고 나면 우리는 그가 누구인지를 알게 되니까요. 그 책을 읽는 내내 우리는 돈키호테 또는 알론소 키하노였던 거예요. 많은 소설에 대해 그와 같은 얘기를 할 수 있을 거예요. 『에고이스트 The Egoist』 같은 조지 메러디스의 소설들이 그런 경우예요. 그 소설들은 인물을 보여주는 작품이죠. 행동과 마지막에 놀라움을 주는 게 중요한 소설들도 있답니다. 스티븐슨의 『보물섬』이나 『아라비안나이트』 같은 모험소설에서는 대부분 중요한 것이 인물이 아니라 모험이에요. 그 인물들은 모험이 없으면 존재하지 못해요. 모험이 가장 중요하답니다.

코파 　오르테가가 주장하려고 했던 것은…….

보르헤스 　오르테가는 소설을 별로 읽지 않은 것 같아요. 그렇게 생각하지 않나요?

코파 　저는 모르겠어요.

보르헤스 　음, 그는 영어를 못해서 이 세상의 가장 좋은 소설들을 놓친 거예요.

"나는 늘 새로운 플롯을 만들어내는 것 같은데요.
난 플롯이 없는 것 같지 않아요"

코파 그 점에 대해선 잘 모르겠어요. 그러나 그가 우리에겐 플롯이 없다고 주장한 것 같아요.

보르헤스 난 우리에게 플롯이 없다고 생각하지 않아요. 나는 늘 새로운 플롯을 만들어내는 것 같은데요. 난 플롯이 없는 것 같지 않아요.

코파 당신 말이 옳다고 생각합니다. 어쨌든 그가 말하기를…….

보르헤스 나도 알아요. 그가 원했던 것은 월터 페이터의 『쾌락주의자 마리우스Marius the Epicurean』 같은 소설들이었어요. 그렇죠? 실질적으로 아무 일도 일어나지 않는 소설들, 노인을 위해 만들어진 소설들……. 그는 그런 종류의 소설을 추구했다고 생각해요. 그렇지 않나요?

코파 프루스트의 소설을 높이 평가했어요. 비록 프루스트는 그에게 적잖이 버거운 작가였을 테지만 말이에요.

보르헤스 그래요. 헨리 제임스, 메러디스, 페이터 등이 있겠군요.

코파 심리소설은 어떻게 생각하십니까?

보르헤스 나는 개인적으로 두 종류의 소설을 다 즐긴답니다. 플롯 중심의 소설도 즐기고 인물 중심의 소설도 즐겨요.

코파 오르테가는 심리소설을 즐겼기 때문에, 철학자로서 그런 소설이 유일하게 인정받을 수 있는 종류라는 걸 증명해야 한다고 생각한 거예요.

보르헤스 생각 좀 해봅시다. 셰익스피어의 경우 우리는 인물을 믿어요. 플롯을 믿는 게 아니에요. 우리 모두 햄릿을 믿지요. 햄릿은 나보다 훨씬 더 사실적이에요. 그러나 나는 그의 아버지, 유령은 믿지 않아요. 아버지의 어머니도 믿지 않아요. 나는 그 플롯을 믿을 수 없답니다. 맥베스의 경우도 마찬가지예요. 나는 맥베스와 맥베스 부인을 믿어요. 운명의 여신인 세 마녀도 믿어요. 하지만 플롯은 믿을 수 없어요.

코파 그래서 또 다른 심리소설이 있는 거예요. 거기에서 중요한 것은 인물이고, 그 인물들에게 일어난 일들은 그다지 중요하지 않지요.

보르헤스 콘래드의 경우 그 두 가지가 '전부' 중요한 것 같아요. 나는 콘래드를 매우 중요한 소설가라고 생각해요. 당신은 콘래드를 어떻게 생각하는지요? 독자들은 그를 이야기의 측면에서도 생각하고 인물의 측면에서도 생각합니다. 그러므로 아무런 반대도 없어요. 우린 그 두 가지를 다 얘기했군요.

코파 그러나 당신의 글에서는, 적어도 당신의 많은 글에서는 플롯이 인물보다 훨씬 더 주의를 끄는 요소예요.

보르헤스 나는 인물을 창조하지 않으니까요. 나는 늘 불가능한 상황에 처한 나 자신에 관해 글을 쓴답니다. 나는 내가 아는 한 인물을 한 사람도 창조하지 않았어요. 내 소설에서는 나 자신이 유일한 인물이라고 생각해요. 나 자신을 가우초나 compadrito(거리의 무뢰한) 등으로 변장하지요. 하지만 그건 항상 나 자신이에요. 가상의 시간이나 상황에 처한 나 자신인 거죠. 나는 인물을 창조하지 않았어요.

코파 당신 자신을 빼고 말이죠.

보르헤스 네. 그러나 디킨슨을 생각해보면, 그는 아주 많은 인물을 만들어냈어요. 셰익스피어의 경우도 그렇고요. 발자크의 경우도 그렇다고 들었는데, 그의 소설은 읽어보지 못했어요.

코파 그럼 제 질문을 드릴게요.

보르헤스 드디어 질문이로군요. 죄송해요.

코파 청중은 제 질문을 들으러 온 게 아니에요.

보르헤스 나는 당신의 질문을 들으러 왔어요.

코파 오르테가는 심리소설이 유일하게 좋은 것이라고 말했어요. 오늘날에는 그렇게 쓰는 사람이 아주 많지요. 이처럼 당신 생각과는 다른 종류의 글쓰기도 있잖아요.

보르헤스 억지스러운 생각이에요.

코파 당신이 활기차고 좋다고 주장하는 것, 당신이 아돌포 비오이 카사레스를 포함한 몇 사람들과 함께 작업하는 것, 그리고 남아메리카에 영향을 미쳐왔다고 여겨지는 것들에 관해 물어볼게요. 저는 라틴아메리카라고 말하진 않을 거예요. 그렇게 말하면 당신이 그런 건 없다고 제게 말할 테니까요.

보르헤스 네, 그런 건 다 허구예요. 맞아요.

"하지만 나는 내가 원하는 것을 쓰는 게 아니라는 걸
미리 말하고 싶군요. 내가 쓰는 것들은 뭔가에 의해
또는 누군가에 의해 나에게 주어진답니다"

코파 질문은 이거예요. 그런 것들이 당신에게 심리소설을 쓰지 않고 다른 종류의 글을 쓰게 한 것과 어떤 관련이 있나요? 이 질문에 대한 대답을 듣기 전에 당신이 쓴 글의 한 구절을 읽어드리고 싶습니다.

보르헤스 네, 좋습니다. 하지만 나는 내가 원하는 것을 쓰는 게 아니라는 걸 미리 말하고 싶군요. 내가 쓰는 것들은 뭔가에 의해 또는 누군가에 의해 나에게 주어진답니다. 그걸 뮤즈나 성령, 잠재의식이라고 부를 수 있을 거예요. 내가 주제나 플롯을 선택하는 게 아닙니다. 그것들이 나에게 주어지지요. 나는 물러나 있다가 어떤 순간에 수동적으로 그걸 받아들이는 거예요.

코파 우리가 『만리장성과 책들Other Inquisition』이라는 책을 가지고 있던가요?

보르헤스 없으면 당신이 좋아하는 걸 만들어내면 돼요.

코파 『만리장성과 책들』에 나오는 「버나드 쇼에 관한 주석」에서 당신이 한 말에 대해 얘기해주셨으면 합니다.

보르헤스 내가 버나드 쇼에 대해 얘기를 했어요?

코파 네, 했어요.

보르헤스 나는 그런 글들을 아주 오래전에 썼고, 지금은 여든이 넘은 노인이에요. 내가 쓴 글을 기억할 거라고 기대하면 안 돼요. 나는 내가 쓴 글을 절대 다시 읽지 않는답니다. 대신에 다른 훌륭한 작가들을 기억하려고 애쓰지요.

코파 "인물의 성격 및 변주는 현대 소설의 본질적인 주제다. 서정시는 행복과 불행의 자기만족적인 확대다."

보르헤스 내가 그걸 썼어요?

코파 네, 그렇습니다.

보르헤스 꽤 잘 썼네요. 그렇죠?

코파 "하이데거와 야스퍼스의 철학은……"

보르헤스 그것도 내가 썼어요?

코파 네. 제가 마저 읽게 해주세요.

보르헤스 난 그걸 읽은 적도 없어요.

코파 "하이데거와 야스퍼스의 철학은 우리들 개개인을 무無 또는 신과의 비밀스럽고 지속적인 대화의 흥미로운 참여자로 바꾸어놓는다." 그래서 우리가 한편으로 서정시를, 다른 한편으로 실존주의 철학을 갖게 된다는 거지요.

보르헤스 내가 읽은 건 알렉시우스 마이농의 실존주의 철학뿐이에요.

코파 "형식상 감탄스러워 보이는 이 실존주의는 나 또는 자아에 대한 환상을 조장하는데, 베단타 철학은 이를 중대한 과오로 여겨 반대한다."

보르헤스 부처 역시 비난하겠지요. 흄도 마찬가지일 테고.

코파 쇼펜하우어도 그렇고요.

보르헤스 쇼펜하우어도 그렇고, 내 친구 마세도니오 페르난데스도 그럴 거예요.

코파 "그들은 절박감과 괴로움을 다루는데, 결국 우리의 허영에 아부한다. 그런 점에서 그들은 비도덕적이다." 이에 따르면 우리는 서정시, 결국에는 비도덕적인 하이데거와 야스퍼스의 작품들을 갖게 됩니다. 그런데 당신은 버나드 쇼의 작품을 그와 반대되는 접근 방식의 패러다임으로 제시하며 "해방의 여운을 남긴다"라고 했어요.

보르헤스 누군가 하이데거와 야스퍼스의 이름을 빌려 작업했나 봐요.

코파 이에 대해 말씀해주시겠어요?

보르헤스 네, 물론이죠. 어쨌든 최선을 다해 얘기해볼게요. 나는 장편소설이 독자들에게 아첨을 한다고 생각해요. 왜냐하면 독자가 흥미로운 인물이 되니까요. 반면 서사시를 예로 들면, 서사시는 독자로 하여금 자신의 불행을 분석하지 않게 해요. 그런 의미에서 우리는 장편소설을 비도덕적이라고 생각할 수도 있을 거예요. 또한 덴마크 왕자 햄릿도 비도덕적이라고 생각할 수 있어요. 바이더도 그렇게 생각할 수 있는데, 그는 키플링이 말했듯이 커다란 자기 연민에 빠져 자기반성을 촉구하니까요. 장편소설은 그런 경향이 있답니다. 그러나 서사시나 또는 서사시적인 피가 흐르는 작가들의 경우—예컨대 조지프 콘래드와 조지 버나드 쇼가 그런 경우랍니다—그런 식으로 '자극'하지 않아요.

코파 당신이 반박해주기를 바라는 억측은 다음과 같은 것이었어요. 당신은 자아에 아무것도 없다는 걸 알기 때문에, 아무튼 자아에는 흥미로운 것이 없다는 걸 알기 때문에 심리소설에 그다지 흥미를 느끼지 못한다는 거요.

보르헤스 심리소설은 어느 정도의 가식과 거짓말을 담고 있다고 생각해요. 심리소설에서는 뭐든 말할 수 있어요. 이러저러해서 매우 행복했는데 그는 자살했다. 그런 게 장편소설에서는 가능하지만 단편에서는 가능하지 않다고 말하고 싶군요. 장편소설에서는 모든 게 가능하지요. 사람을 사랑하면서 동시에 증오하는 것도 가능하고요. 음, 정신분석은 일종의 소설이지요. 혹은 잡담이거나.

코파 그러니까 당신은 심리소설이 하이데거나 야스퍼스의 철학 같은, 잘못된 철학에 토대를 두고 있다고 말씀하시는 건가요? 그리고 서정시조차도 윤리적으로 잘못된 게 있다는 거죠?

보르헤스 네, 나는 감히 그렇게 말하고 싶어요. 적어도 오늘, 지금은 말이에요. 내일은 이 문제에 관해 어떻게 생각할지, 모레에는 또 어떤 생각을 할지 잘 모르겠어요. 그러나 오늘은, 그래요, 완전히 동의해요. 심리소설에는 뭔가 잘못된 게 있어요. 낭만주의 운동과 감상주의에도. 그러한 종류의 것들은 장려하기보다 억눌러야 해요.

코파 심리소설을 사실주의적 태도와 관련짓는 게 공정할까요?

보르헤스 공정할 거라고 생각해요.

"나는 사물과 현상을 환상에 지나지 않는 것으로
생각하는 경향이 있어요. 세상을 꿈으로 보는 관념이
나에게는 낯설지 않아요"

코파 당신의 마술적이고 환상적인 문학에 사물과 현상을 관념적으로 보는 방식—적어도 자아라는 개념과 관련된 관념론—을 적용하는 것은요?

보르헤스 나는 사물과 현상을 환상에 지나지 않는 것으로 생각하는 경향이 있어요. 세상을 꿈으로 보는 관념이 나에게는 낯설지 않아요. 그러나 나는 글을 쓸 때 꿈을 풍요롭게 해야 한다는 걸 알아요. 꿈에 뭔가를 덧붙여야 한다는 걸 알아요. 예를 들어 꿈에 패턴을 덧붙여야 하죠. 사실주의에 관해 말하자면, 난 사실주의가 본질적으로 거짓이라고 늘 생각했어요. 예컨대 나는 지방색을 싫어하고, 역사에 충실할 필요성도 느끼지 못해요. 그러한 것들은 내게 낯설답니다. 내가 좋아하는 것은—영어에 멋진 말이 있어요—꿈꾸며 시간을 보내는(dream away) 거예요. 꿈을 꾸도록 나 자신을 놓아두는 것이지요. 그건 내가 정말 좋아하는 거랍니다. 물론 그 후에는 그걸 글로 쓰고 교정을 하고 문장을 수정하는 과제를 해야 하죠. 그러나 나는 정말로 작가라는 것은 끊임없이 꿈꾸는 사람이라고 생각해요. 나는 끊임없이 꿈을 꿔요. 아마 지금 이 순간에도 당신을 꿈꾸고 있을 거예요. 다시 유아론으로 돌아왔군요.

코파 당신은 세계사가 몇 가지 비유의 역사라고 말했어요.

보르헤스 그걸 쓸 때 내가 멋들어진 문장을 만들어낸 것 같아요. 그 말이 사실인지 의문스럽군요. 그렇죠? 그렇게 말할 수도 있을 테고, 그 말 자체에 멋진 울림이 있긴 해요. 하지만 그게 다인 것 같아요. "세계사는 몇 가지 비유의 역사다." 그래요. 그 글을 쓸 때 내가 속은 거예요. 지금도 난 속고 있어요. 아마 당신도 속고 있을 거예요. 나는 이 순간에 '존재'하는 게 아니에요. 세계사는 훨씬 더 그렇죠. 역사에 대해 제임스 조이스는 이렇게 말했어요. "우리가 깨어나려고 무지 애쓰는 악몽."

코파 제가 방금 전에 읽었던 것과 밀접한 관련이 있고 아마 당신이 더 열성적으로 주장할 듯싶은 글이 있어요. "문학은 한정된, 상당히 적은 수의 비유를 탐사하는 것이다."

보르헤스 그건 사실이에요. 나는 아주 적은 수의 비유만 있다고 생각해요. 새로운 비유를 만들어낸다는 발상은 잘못된 거라고 생각해요. 예를 들어 우리에겐 시간과 강, 삶과 꿈, 잠과 죽음, 눈과 별이 있어요. 그거면 충분할 거예요. 그런데 난 열흘쯤 전에 매우 놀라운 비유를 읽었답니다. 인도의 시인에게서 나온 거예요. "그 안에서 나는 히말라야산맥이 시바의 웃음이라는 것을 발견했네." 즉 살벌한 산을 살벌한 신에 빗댄 것이죠. 그 비유는 새로운 것이에요. 적어도 나에게는 새로웠죠. 나는 그것을 내가 사용해온 비유들과 연결 지을 수 없어요. 산을 시바의 웃음으로 본 그 발상 말이에요. 나는 예전에 체스터턴에게서 새로운 비유를 발견했는데, 나중에 그게 정말 새로운 것은 아니라는 걸 알았어요. 『백마의 발라드The Ballad of the White Horse』에서 덴마크의 바이킹이 이렇게 말하는 장면이죠. "단단한 달빛 같은 대리석, / 얼어붙은 불 같은 황금." 이 비유들은 놀라워요. 그렇지만 흰 대리석과 흰 달을, 불과 황금을 비교하는 발상은 새롭지 않아요. 하지만 그것들이 새로운 방식으로 표현된 거죠. 체스터턴의 시를 함께 볼까요.

그러나 나는 광대한 밤이 떠오르는 것과
세상보다 더 큰 구름과

눈이 만들어낸 괴물을

보지 못할 만큼 늙지는 않겠네.

「제2의 어린 시절」 27～30행

우리는 이 시를 새로운 것으로 생각할 수도 있어요. 그러나 눈과 별의 개념은 늘 같이 갔어요. 그러므로 체스터턴이 한 일은 아주 오래된, 내가 보기에는 본질적인 비유들에 새로운 형상을 준 거예요.

코파 당신 자신도 약간의 비유를 사용했어요.

보르헤스 에머슨이 한 말이 기억나는군요. "언어는 화석이 된 시다." 그는 모든 말이 비유라고 했어요. 사전에서 단어를 찾아 그걸 확인해볼 수 있어요. 모든 말은 비유인 거예요. 또는 화석이 된 시, 멋진 비유, 그 자체인 거죠.

코파 그걸 사용한 것에 대해 제가 당신을 비난하는 게 아닙니다.

보르헤스 그런 기교들은 내게 본질적인 것이에요. 임의적인 게 아니랍니다. 내가 그것들을 선택하는 게 아니라 그것들이 나를 선택하는 거예요.

코파 그것들은 훌륭한 취향을 가졌군요. 아마 거울을 예로 들 수 있겠죠?

보르헤스 나는 늘 두려운 마음으로 거울 앞에 선답니다. 어렸을 때 우리 집엔 섬뜩한 게 있었어요. 내 방의 삼면에 전신 거울이 있었죠. 가구는 마호가니 제품이었는데, 그래서 일종의 어두운 거울이 되었어요. 성 바울의 서간에 나오는 거울처럼 말이에요. 나는 그 거울들 앞에 서면 두려웠는데, 어렸기 때문에 아무 말도 하지 못했죠. 그래서 밤마다 서너 개의 나 자신과 맞닥뜨려야 했답니다. 정말 무서웠어요. 나는 아무 말도 하지 않았어요. 어린 시절엔 내성적이었거든요.

코파 제가 당신 글에서 본 대부분의 비유는 어느 의미에서 일종의 관념론을 지탱하기 위해 사용된 것으로 보여요. 이런 주장을 해도 될지 모르겠지만요.

보르헤스 나도 그렇다고 생각해요. '데리러 오는 이'라는 나의 개념, 독일어의 도플갱어, 지킬과 하이드의 이중성 등이 다 그래요.

"거울과 성행위는 같은 거예요.
그것들은 현실이 아닌 이미지의 창조를 나타내죠"

코파 「틀뢴」『픽션들』에 수록된 「틀뢴, 우크바르, 오르비스 테르티우스」에는 한 이교도 창시자가 거울과 성교는 사람의 수를 증식시키기 때문에 가증스러운 것이라고 말했다는 내용이 나오잖아요.

보르헤스 나는 사람들의 이미지와 거울 속의 이미지가 똑같이 비현실적인 동시에 똑같이 현실적이라고 생각한답니다. 거울과 성행위는 같은 거예요. 그것들은 현실이 아닌 이미지의 창조를 나타내죠.

코파 이와 비슷하게 꿈은 종종 다른 비유들과 결합하는데, 예컨대 순환적 회귀나 또는…….

보르헤스 시간의 회귀.

코파 네, 무한히 계속되는. 거기서 꿈꾸는 자들은…….

보르헤스 성 아우구스티누스는 그걸 "스토아학파의 원형 미로"라고 불렀지요. 거기서는 역사가 늘 반복되는 거예요. 나는 동일한 사상에 토대를 둔 단테 가브리엘 로세티의 아주 멋진 시를 기억해요.

> 나는 전에 여기 왔었네,
> 그러나 언제 어떻게 왔는지 알지 못하네.
> 나는 문 밖에서 자라는 풀을 아네,
> 달콤하면서도 강렬한 냄새,
> 한숨짓는 소리, 해변을 둘러싼 불빛.
>
> 너는 전에 나의 것이었네…….

이 시는 세 개의 연으로 이루어졌는데, 제목은 「갑작스러운 빛」이랍니다. 이 모든 게 전에 일어났던 일이라고 느끼는 것에 관한 시예요. 프랑스어로 데자뷔라고 하죠.

코파 당신은 이러한 비유들을 사용하여 우리를 둘러싼 세상의 본질에 대한 상식적인 믿음을 깨뜨리려고 하는 건가요?

보르헤스 진보에 대한.

코파 아니에요. 저는 진보에 대해 물어보려는 게 아니었어요. 당신은 세상이 이처럼 견고하지 않다는 인상을 만들어내려는 건가요?

보르헤스 사실 나는 공간을 불신하는 편이랍니다. 우리는 공간 없는 세상을 상상할 수 있어요. 음악의 세상이 그런 것이죠. 전적으로 소리로 만들어진 세상, 말로 만들어진 세상, 이런 것들이 상징하는 것으로만 만들어진 세상……. 하지만 시간 없는 세상은 상상할 수 없어요. 그렇지만 나는 지금까지 살면서 시간 없는 세상에 있어본 경험이 두 번 있습니다. 평생 두 번밖에 없었죠. 어느 날 나는 기분이 아주 안 좋았는데, 갑자기 내가 시간 밖에 있다는 느낌이 들었어요. 그게 얼마나 지속되었는지는 몰라요. 아주 이상한 경험이었답니다.

코파 당신의 소설 속에는 우주의 수수께끼를 풀고자 하는 인물들이 있어요. 당신 표현대로 누군가 그 수수께끼에 대한 답을 종이 위에 적어놓았다면, 아마 쇼펜하우어가 그랬을 거예요. 당신의 소설 속에는 그걸 성공한 사람들이 몇 있잖아요.

보르헤스 그들은 성공했지만, 나는 성공하지 못했어요! 상상으로 만들어낸 인물인 그들이 성공했죠. 내겐 내놓을 만한 어떤 해답도 없답니다.

코파 그걸 당신에게 묻진 않을 거예요. 단지 저는 그 사람들이 우주의 수수께끼를 풀었을 때, 그들에게 일어난 우스운 일에 대해 당신이 논평해주기를 바랐을 뿐이에요.

보르헤스 물론 그들은 그걸 표현할 수 없죠. 내가 그걸 표현하지 못했으니까요. 그들은 답을 발견했지만 나는 답을 몰라요. 그래서 나는 그들의 침묵을 설명하기 위해 뭔가 핑계를 지어내야 했어요.

코파 당신이 답을 주었지만 어쨌든 저는 질문을 할게요. 제가 보기엔 같은 상황의 두 가지 상반된 경우가 있는 것 같은데, 첫 번째가 「알레프」의 카를로스 다네리의 경우예요. 그는 알레프를 관찰함으로써 마침내 힘겹게 태양을 관찰하게 됩니다. 그는 자신이 본 것을 말하려고 하고, 그리하여 매우 터무니없는 시를 쓰게 되지요.

보르헤스 매우 터무니없는……. 대부분의 시인들처럼.

코파 다른 경우로는 카올롬의 피라미드 마법사인 치나칸이 있는데, 그 역시 어떤 의미에서 우주의 수수께끼를 풀었어요. 하지만 그는 말하지 않기로 마음먹고…….

보르헤스 그 이유는 내가 말할 수 없기 때문이에요. 내가 그걸 모르니까요.

코파 정말 그게 전부입니까? 속임수인 거예요?

보르헤스 유감스럽게도 속임수인 것 같아요. 그 문제에 대해 내가 뭘 해줄 수 있을까요? 난 그 소설을 아주 오래전에 썼답니다.

코파 제가 마지막 문단을 읽어드릴까요? 좋아하실 거예요.

보르헤스 고마워요. 나도 듣고 싶네요. 그 시절엔 대단히 바로크적인 스타일로 글을 썼답니다. 표범실제로는 호랑이에 관한 이야기죠?

코파 네. 작품 속에 표범이 나와요. 카올롬의 피라미드 사제 또는 마법사에 관한 이야기예요.

보르헤스 마침내 그는 신의 힘을 느끼죠? 그의 여러 신들 가운데 한 신의 힘을.

코파 그는 표범의 무늬에 쓰인 문자를 해독해요.

보르헤스 내 기억에 그는 아즈텍족이었던 거 같군요.

코파 네, 맞아요.

보르헤스 나는 재규어남아메리카에 서식하는 고양잇과 동물를 필요로 했으니 그는 아즈텍 사람이어야 했어요.

코파 "호랑이의 몸에 쓰인 비밀은 나와 함께 죽으리라."

보르헤스 그래요. 나는 표범 가죽에 문자가 쓰여 있다고 생각했어요.

코파 "우주를 엿본 사람, 우주의 타오르는 계획을 엿본 사람은 한 인간에 대해, 한 인간의 사소한 행복이나 슬픔에 대해 생각할 수 없다." 비록 자신의 일일지라도.

보르헤스 그는 악에 관해 생각하고 있으니까.

코파 "그 인간이 바로 그 자신이었다. 하지만 이제 그는 그 사실이 중요하지 않다."

보르헤스 이제 그는 변했고, 계시는 다른 사람에게 나타난 것과 같으니까. 그는 그 상황에 이르기 전, 그 자신이었던 특정한 개인에 대해 더 이상 신경 쓰지 않지요.

코파 우주의 수수께끼를 알아낸 사람으로는 이 두 사람이 있어요. 그중 한 사람은 그걸 말하려고 하지요. 그래서 우리가 생각할 수 있는 가장 바보 같은 것들을 쓰게 돼요.

보르헤스 다른 한 사람은 침묵을 선택했지요. 왜냐하면 내가 그를 위해 해줄 수 있는 어떤 말도 찾지 못했으니까.

"모든 단어는 말하는 이와 듣는 이에 의해 공유되었거나
독자와 작가 사이에 공유된 실재하는 것이나
실재하지 않는 것을 의미해요"

코파 그도 쇼펜하우어적인 세계관을 가지고 있었어요.

보르헤스 그에게 말은 '표현할 수 없는 것', 말할 수 없는 것이었어요. 그렇지 않나요? 그 생각은 옳아요. 왜냐하면 모든 말들은 공유하는 게 필요하니까요. 내가 '노란색'이라는 단어를 쓰는데 당신이 노란색을 한 번도 본 적이 없다면 당신은 내 말을 이해할 수 없어요. 내가 절대자를 아는데 당신이 모른다면 당신은 내 말을 이해하지 못해요. 그게 진짜 이유죠. 모든 단어는 말하는 이와 듣는 이에 의해 공유되었거나 독자와 작가 사이에 공유된 실재하는 것이나 실재하지 않는 것을 의미해요. 그러나 많은 경우, 황홀경의 경우, 그건 비유를 통해서만 말할

수 있어요. 직접 말할 수가 없답니다. 비유를 통해 말해져야 하는 거예요. 신비주의자들이 항상 동일한 비유에 의존하는 이유가 바로 그거예요. 비유는 개념적일 수 있어요. 또는 신비주의자가 포도나 장미나 육체적 사랑의 면에서 얘기할 수도 있어요. 이슬람교 신비주의자인 수피교도들도 그렇답니다.

코파 대단한 영향력을 지녔으며 당신이 가장 좋아하는 사람들인 쇼펜하우어와 마우트너로부터 큰 영향을 받은 철학자가 한 명 있어요. 당신이 몹시 좋아하는 철학자예요. 그는 바로 비트겐슈타인…….

보르헤스 비트겐슈타인, 네, 그래요.

코파 그는 가장 중요한 철학적 구분이 말할 수 있는 것—이것은 생각할 수 있는 것과 일치해요—과 말할 수 있기를 바라지만 실은 말할 수 없는 것을 구분하는 일이라고 주장했어요. 철학자들은 직업적인 혼동 속에서 단지 보여줄 수만 있을 뿐이고 말할 수는 없는 것을 평생 말하려고 애쓴다고 했어요. 말할 수 있는 것과 보여줄 수만 있는 것의 구분이 중요하다고 했지요.

보르헤스 나는 예술이란 암시하기라고 생각해요. 우리는 사물과 현상을 암시할 수만 있을 뿐이에요. 그걸 표현할 수는 없어요. 이건 물론 베네데토 크로체의 이론에 반하는 것이에요. 나는 사물과 현상을 암시할 수만 있을 뿐이에요. 달을 언급할 수는 있지만 달을 규정할 수는 없죠. 그래도 나는 달을 언급할 수 있고, 그건 내게 허락된 일이에요. 내가 그걸 야단스럽지 않게 한다면 말이에요.

코파 당신 작품의 주인공 치나칸도 그 같은 생각을 가진 사람이었을 거예요.

보르헤스 나는 그에 대해 아는 게 별로 없어요.

코파 다른 누구 못지않게 많이 알고 계시는데요. 그건 그렇고, 제가 당신의 단편 「만리장성과 책들」의 마지막 문단을 읽어드리고 싶어요.

보르헤스 그건 사실 단편소설이 아니라 에세이예요. 그러나 어떤 의미에서는 단편소설이기도 하죠.

코파 당신은 에세이와 단편소설의 구분을 흐릿하게 만들었다는 말을 들었어요. 당신 덕택에 우린 어디에서 에세이가 끝나고 어디에서 단편소설이 시작되는지 더 이상 알지 못한답니다.

보르헤스 운문과 산문의 구분도 그래요. 나는 계속 이리저리 흔들려요.

코파 제가 마지막 문단을 읽어드릴게요.

보르헤스 얼른 듣고 싶네요.

코파 "지금 이 순간뿐 아니라 그 어느 순간에도 내가 결코 보지 못할 땅 위에 그림자를 체계적으로 드리우는 견고한 성벽."

보르헤스 "체계적으로"는 좋은 말이에요. 뭔가 규칙적인 동시에 모르는 어떤 것이라는 느낌이 들게 하니까요. "그림자를 체계적으로 드리우는."

코파 "그것은 가장 존귀한 민족에게 그들의 과거를 태워버리라고 명령했던 황제의 그림자다."

보르헤스 그는 최초의 황제였어요. 중국의 시황제 말이에요.

코파 이러한 관념이 그 자체로 우리를 움직이게 하는 것 같아요. 거기에서 비롯된 추측과 별개로 말이에요. 이전의 경우부터 일반화하면, '모든 형식'은 그 자체에 미덕이 있는 것이지 추측해낸 어떤 '내용'에 있는 게 아니라는 걸 알 수 있어요. 이것은 베네데토 크로체의 논지와도 일치해요. 페이터는 이미 1877년에 모든 예술이 순수한 형식인 음악의 상태를 갈망한다고 단언했어요. "음악, 행복한 상태, 신화, 세월에 씻긴 얼굴들, 어떤 황혼, 어떤 장소들은 우리에게 뭔가를 말하고자 하거나, 우리가 놓쳐서는 안 될 뭔가를 이미 말했거나 지금 막 말하려고 한다. 아직 일어나지 않은, 임박한 계시. 이것이 아마도 미학적 현상일 것이다." 여기에 덧붙일 것이 있는지요?

보르헤스 동의한다는 말밖에 달리 할 말이 없네요. 그건 아주 오래전에 쓴 글이지만 말이에요. 나는 때때로 그런 느낌이 든답니다. 특히 바다를 보거나 평원이나 산을 볼 때 또는 음악을 들을 때 그런 느낌이 들곤 해요. 뭔가 느낌이 막 찾아드는데, 그걸 표현할 수가 없어요. 맞아요, 그런 느낌이 있답니다.

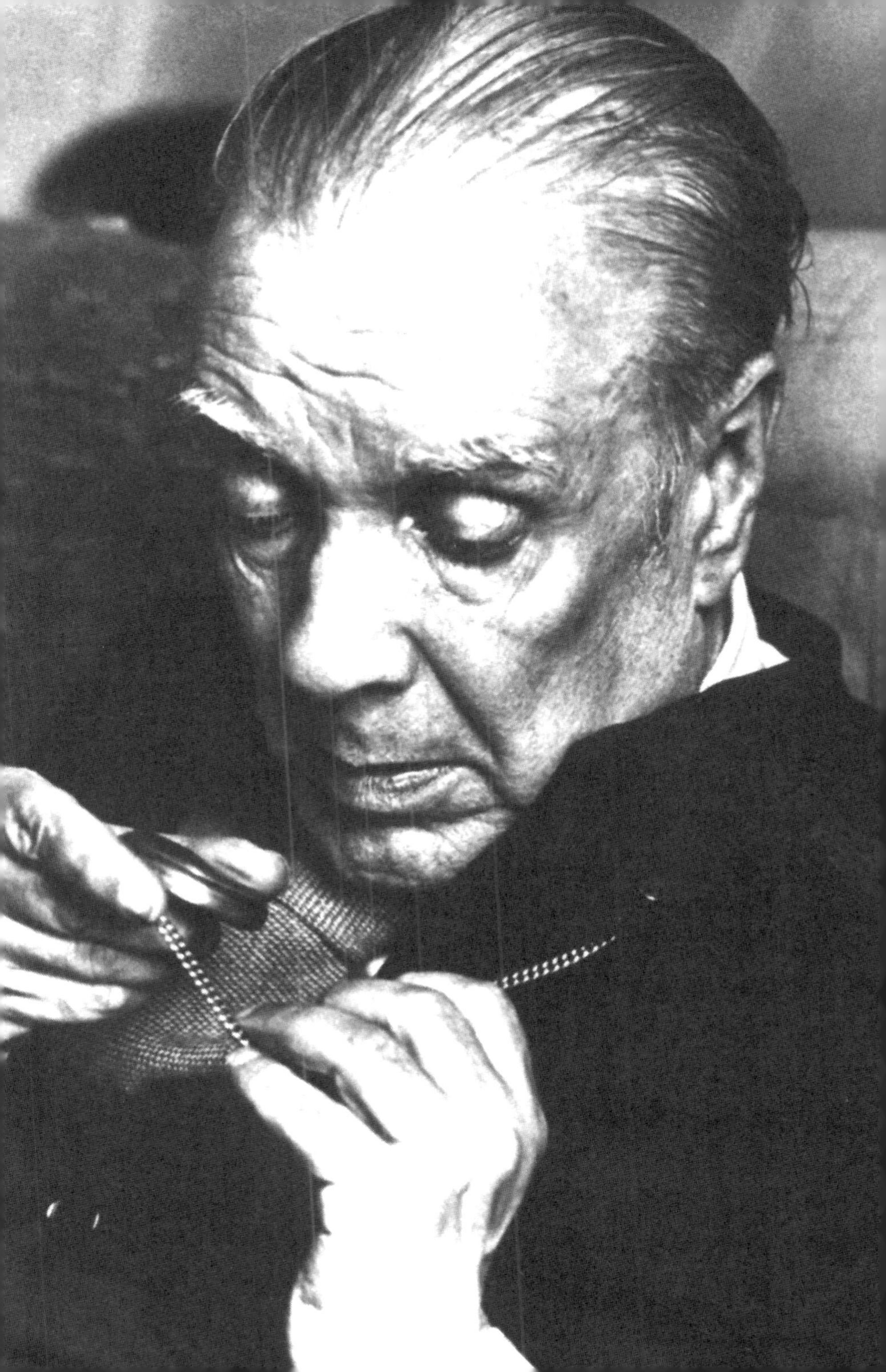

말의 천재

1982년 말비나스영국에서는 포클랜드로 부름에서 아르헨티나와 영국 간에 피의 전쟁이 벌어진 후 호르헤 루이스 보르헤스는 이런 질문을 받았다. 누가 옳았나? 옛 정복자와 유럽계 혈통이라는 배경에 더하여 영국인 할머니를 둔 보르헤스는 뼛속 깊이 아르헨티나인이었다. 그는 영국을 예찬하는 고대영어 교수이자 휘트먼과 멜빌과 체스터턴을 친구로 여기는 박학다식한 사람이었으며 지배층인 대지주에 반대하는 급진시민연합의 지도적 민주 인사이기도 했다. 제2차 세계대전 기간에는 자기 나라가 무솔리니와 파시즘을 지지하는 것을 비난했고, 더러운 전쟁Dirty War. 1970년대에 아르헨티나 군부가 민주 세력을 탄압한 것을 일컫는 말이 끝난 뒤에는 재판에 참여하여, 군사 정부의 장군들이 납치와 고문을 자행하고 수많은 반대 인사를 살해한 범죄자들이라고 비난했다. 그는 누구 편을 들어야 했을까? 아르헨티나 독재 정부일까, 아니면 호전적인 마거릿 대처의 영국? 심각한 상황을 빈정대는 농담으로 표현하는 데 익숙한 보르헤스는 이렇게 말했다. “포클랜드 문제는 두 대머리 사내가 서로 빗을 차지하려고 벌인 싸움이었어.”

비통한 보르헤스만이 전쟁의 어리석음과 헛됨을 독한 비유로 바꿀 수 있었다.

책과 대화에서 보이는 보르헤스의 패러독스는 단일한 원천에서 나온다. 그에게 인쇄된 글과 입으로 한 말은 하나의 복합체다. 스스로를 폄하한 보르헤스의 탁월한 글「보르헤스와 나」에서 책이나 인명사전에 나오는 보르헤스의 공적 인격은 부에노스아이레스의 거리를 걷는, 그리고 모래시계, 지도, 18세기의 활판 인쇄, 커피 맛, 스티븐슨의 산문을 좋아하는 사람과는 구분된다. 그 글을 끝맺으며 그는 이렇게 말한다. "나는 이 글을 우리 둘 가운데 누가 쓰고 있는지 알지 못한다." 여기서 글말과 입말은 그의 외적 인격, 사적 인격과 같다.

보르헤스의 글은 독자들이 아는 공적인 자아를 보여준다. 한편 인터뷰나 녹음, 공식적인 강연이나 비공식적인 담소의 자리에서 나누는 그의 대화는 친구들에게 보여주는 자아를 드러낸다. 그는 구어로 창작 행위를 드러내고, 그것은 기록되어 텍스트가 된다. 이 결과물은 고대에 아테네 거리를 걸어 다니면서 소크라테스의 철학적 구술을 그의 뛰어난 필경사인 플라톤이「크리톤」과「변명」에 기록한 것과 별개로 생각할 수 없을 것이다. 우리가 현자들—노자, 부처, 소크라테스, 예수, 이사야—의 더없이 훌륭한 대화에 다가갈 수 있는 것은 그들, 필경사의 예술적 성실함에서 비롯할 것이기 때문이다. 보르헤스의 경우, 목소리와 펜에 의해 드러난 그의 정체성은 많은 친구들과 일반 청중들, 녹음 장치에 의한 것이다. 그러므로 이 책『보르헤스의 말』은 입말 로고스라고 볼 수 있다.

보르헤스는 중년기에 눈이 멀게 되면서 한때 말과 펜의 결합을 봉쇄당한 적이 있다. 그는 모든 글을 받아쓰게 해야 했는데, 그렇게 하면서 후기의 작품들 하나하나에 유려한 가락을 담았다. 그는 학구적인 탐색이 필요한 에세이를 포기하고 단편소설과 산문시와 운문시를 구술하여 받아쓰게 했다. 차에 앉아 있을 때나 라플라타 강변의 옛 페더럴리스트 거리를 걸을 때, 그는 전설적인 백과사전적 기억력에 힘입어 머릿속에서 한 편의 소네트나 이야기를 짓고 다듬을 수 있었다. 그리고 그것을 조수에게 받아쓰게 했다. (그는 신화적인 이야기 「기억의 천재 푸네스」에서 통제할 수 없는 기억으로 우리를 인도한다. 이 작품은 말에서 떨어지는 사고를 당한 후에 창조의 첫 순간에서부터 바람에 흔들리는 과수원의 나뭇잎 하나하나에 이르기까지 그 어떤 것도 잊지 못하는 기억력을 갖게 된 젊은 우루과이 가우초에 관한 이야기다. 그는 연속되는 세세한 내용들을 모두 다 기억하는 탓에 추상적 개념화를 못하며 "사고를 그리 잘하지 못한다". 그런데 보르헤스는 뉴욕의 청중 앞에서 고백한 적이 있다. "나는 내 소설에서 푸네스라는 단 하나의 인물을 창조했는데, 그건 바로 나예요.") 다행히도 말하는 이와 글 쓰는 이로서 보르헤스의 통일성은 지켜질 수 있었다. 말하는 이와 글 쓰는 이를 분리하는 것은 보르헤스 문학의 경이로움을 뒤엎는 일일 것이다.

보르헤스는 눈이 멀어서 몹시 외로웠다. 그는 종종 내게 말하길, 많은 친구들에도 불구하고 자신의 운명은 변형된 형태의, 몇 개의 주된 꿈으로 돌아가고 불완전하게 깨어나 하루를 시작한다고 했다. 그는 아첨하는 사람들을 못 견뎌 했지만 대화를 나누는 것은 무척 좋아했다. 모르는 목소리의 사람이 말을 하면 이 눈먼 시인은 그 사람이 누구인지 알기 어려웠다. 그렇지만 그는 보이지 않는 사람 모두에게 한결같이 친근하고 자신감 있는 목소리로 말했다. 언론인이든 안내원이든 학생이든 작가든 웨이터든 점원이든, 모르는 사람 모두를 한결같은 태도로 대했다. 보르헤스의 글이 그의 말에 신뢰감을 부여하듯이, 그의 말은 그의 글이 믿을 수 있는 것임을 증명했다. 그의 말을 듣는 것은 그의 글을 읽는 것과 같다. 또한 그의 글을 읽는 것은 그의 바리톤 목소리를 듣는 것이다. 20여 년 동안 그를 알아오면서 나는 이 시인이 자신의 목소리를 선뜻 들려주는 것을 보며 놀라곤 했다. 이와 비슷하게 그는 자신의 책도 남들에게 선뜻 주곤 했으며, 자신의 작품은 한 권도 서재에 두지 않겠다는 다짐을 철저히 지켰다. 우편배달부가 보르헤스 작품의 새 판이나 번역본을 가지고 집에 오면 그는 그 책을 가장 가까이에 있는 방문객에게 주곤 했다. 심지어 그 우편배달부에게 주어서 그를 놀라게 하기도 했다.

경쾌한 분위기든 무거운 분위기든, 웃을 때든 지쳐 있을 때든, 그는 언제 어디서나 문학 얘기를 했다. 우리는 자주 마이푸 거리에 있는, 그의 아파트 근처의 막심스라는 수수한 식당에 가서 식사를 하고 담소를 나누었다. 음식은 좋았다. 몇몇 나이 든 독일 나치들이 습관적으로 뒷자리 탁자에 앉아 수군거리고 있었다. 우리의 대화는 주로 그가 좋아하는 작가들인 조이스, 프로스트, 단테에 관한 이야기였다. 비행기도 담소와 창작에 더없이 좋은 장을 제공했다. 안데스산맥에 위치한 코르도바로 가는 비행기 안에서 나는 그와 함께 수 시간을 보냈고 그에게 던과 홉킨스의 시, 스티븐스의 시 「일요일 아침」, 프로스트의 시 「자작나무」 등을 읽어주었다. 그는 프로스트의 많은 시를 외우고 있었는데, 내가 읽어줄 때 그의 입술은 「밤에 익숙해지다」와 「자작나무」를 따라 읊었다. 나는 그에게 샌프란시스코에서 태어나 매사추세츠의 로런스라는 공업 도시에서 자란 나로서는 「자작나무」를 외운다는 것이 불가능하다고 말했다. 물론 보르헤스도 '소 데리러 오고 가듯' 자작나무를 타서 휘게 하는 시골 소년은 아니었다. 그런데 갑자기 그가 실명한 눈을 반짝이며 시의 착상이 떠올랐다고 말했다.

"제목이 떠올랐어요?"

"불가능한 기억."

"어떤 종류의 시예요? 정형시, 자유시?"

"자유시. 내가 좋아하는 휘트먼 같은 시."

"길이는요?"

"40행 정도."

몇 주 후에 나는 이 시인과 동행하여 그가 종종 새 작품을 발표하곤 했던 일요일자 신문의 예술 증보판 〈라 나시온La Nación〉의 편집자를 찾아갔다. 보르헤스는 자신을 폄하하는 가벼운 농담을 주고받은 후(1980년에 뉴욕에 있는 펜클럽 미국 본부에서 앨라스테어 리드는 보르헤스에게 물었다. "왜 당신은 겸손함이라는 강력한 무기를 휘두르시는 겁니까?") 편집자에게 「불가능한 기억을 위한 비가Elegía del recuerdo impossible」를 건넸다. 휘트먼풍의 첫 구절 반복과 유려함이 돋보이는 42행짜리 시였다. 같은 해인 1976년, 그의 「비가」는 새 시집인 『동전』의 맨 앞쪽에 나오는 시가 되었다. 그 시에서 보르헤스는 산타이레네의 집에서 아침 풍경을 응시하는 자기 어머니의 불가능한 기억에 대해 묻는다.(그녀가 자신의 성이 보르헤스가 될 운명이라는 것을 전혀 모를 때의 기억이다.) 그리고 아직은 영국이 아닌 섬을 찾아 항해하는 덴마크인들의 불가능한 기억에 대해 묻는다. 이어 소크라테스가 불멸의 문제를 차분히 검토한 후에 독배를 마셨으며, 이미 차가워진 그의 다리에서 죽음의 장미가 푸르게 피어났다는 것을 들은 불가능한 기억에 대해 묻는다. 그리고 "당신은 나를 사랑한다고, 새벽까지 고통과 행복으로 잠을 이루지 못했다고 말했다"는 기억에 대해 묻는다. 이 모든 불가능한 탐사는 프로스트가 자작나무를 흔드는, 있을 법하지 않은 기억을 만들어냈다는 것을 그가 발견한 데서 비롯했다.

우리는 종종 자정이 넘은 시간에 코르도바 거리에 있는 세인트제임스

카페에서 스크램블드에그를 먹고 와인을 마신 후에 서로 비밀을 털어놓았다. 보르헤스는 〈웨스트 사이드 스토리〉와 이 뮤지컬의 로미오와 줄리엣 배역을 좋아했다. 그는 나에게 〈프랭키와 자니〉 가사를 읊어달라고 요청하거나 탱고가 북쪽의 할리우드를 거쳐 파리에서 어떻게 변질되었는지 말해주었다. 어느 일요일 오전에는 책 사인회를 하러 가는 길에 자기는 자살에 반대한다고 말했다. 그렇지만 소크라테스의 "영원한 잠"은 "역사상 가장 멋진 죽음"이었다고 했다. 그는 예수의 죽음이 신격화되었다며 불만스러워했다. 하지만 교토에서 「십자가의 그리스도Christ on the Cross」라는 비범한 시를 썼는데, 이는 예수가 T형 십자가에 못 박힐 때 예수의 육체적 고통을 묘사한 작품이다. "그의 얼굴은 판화에서 보이는 얼굴이 아니다. 가혹한 아픔을 겪는 유대인 얼굴. (…) 뼈가 부러진 고통 속에서 침묵에 빠진 사내. (…) 신이 아닌 그가 느끼는 쇠못의 찢어지는 고통." 개인적으로 그의 목소리를 아는 행운을 가졌던 것은 보르헤스를 이중으로 누린 것이었다.

보르헤스는 자신이 가장 존경하는 철학자들인 헤라클레이토스, 쇼펜하우어, 스피노자의 삶을 간접적으로 따른 철학적인 시인이었다. 그는 그리스의 헤라클레이토스를 친구로 삼았고 쇼펜하우어를 독일어로 규칙적으로 읽었으며 스피노자와 자신을 마음속 깊이 동일시했다. 암스테르담의 유대인 거주 지역에 살았던 범신론적 철학자인 스피노자는 보르헤스의 일부 조상들처럼 스페인-포르투갈계 유대인이었다. 보르헤스는 자신의 시 「스피노자Spinoza」에서 겸손한 렌즈 제작자를 불러낸다.

> 황혼 속에 흐릿하게 보이는 유대인의 손
>
> 수정 렌즈를 열심히 닦고 있다.

저물어 가는 오후는 춥고 두렵다.
모든 오후가 마찬가지다. 그 손과
유대인 지역의 벽에 둘러싸여
창백해져가는 히아신스빛 공간은
그 조용한 사람을 위해 있는 게 아니다.
(…)

보르헤스가 구술한 소네트들은 그가 감지하는 희뿌연 빛에 대해 얘기하고 책과 하늘, 그리고 한 얼굴을 보고 싶어 하는 갈망에 대해 얘기한다. 어느 늦은 오후에 그는 내 아파트로 와서 마리아 코다마가 어떻게 생겼는지 물었다. "그녀는 늘 자기가 못생겼다고 말하거든." 그는 그녀의 얼굴을 만져보았지만 알 수 없었던 것이다. 나는 그녀가 아름답다고 말했다. 그녀가 당신을 바라보기만 해도 당신은 고마워해야 할 거라고 했다. 보르헤스가 한 모든 일은 개인적인 눈멂의 세계에서 발현된 것이다. 그는 밀턴이 죽은 아내를 회상하면서 흐릿해진 시력에 관해 지은 유명한 시 「눈이 멀고서On His Blindness」에서 제목을 따온다. 보르헤스는 마리아 코다마의 얼굴을 볼 수 있었으면 하고 바랐다. 생을 마감하기 몇 달 전에, 자신과 결혼하게 될 여자의 얼굴을 말이다. 그는 거울에 비친 자신의 얼굴조차 알아볼 수 없었다. 그에게 남아 있는 것은 시를 쓰는 습관이었는데, 아래의 「눈먼 사람A Blind Man」이 그런 경우다.

거울 속 얼굴을 볼 때 나는
어떤 얼굴이 나를 마주 보는지 알지 못한다.
어떤 늙은이가 거울의 빛 속에서

음모를 꾸미는지

(…)

그는 상실에 대해 얘기한다.

내 손은 어둠 속에서 천천히

보이지 않는 나의 이목구비를 탐사한다.

(…)

내가 잃은 것은 고작

쓸모없는 겉가죽뿐.

이 위안이 가득 밀려온다.

밀턴이 느꼈던 위안이다.

편지와 장미에 의지해야지, 나는 생각한다.

내 얼굴을 볼 수 있다면

이 오후의 흔치 않은 감정을 누리는

내가 누구인지 금방 알 수 있을 텐데.

보르헤스는 말년에는 세계 각지를 돌아다니는 현자가 되었다. 일본의 이즈모에서 크레타 섬의 미노타우로스의 미로에 이르기까지 돌아다녔고, 열기구를 타고 나파밸리 위를 날았으며, 이스탄불에 있는 성 소피아 사원의 황금 돔을 찾아가기도 했다. 보르헤스는 그렇게 여행을 다니며 담소를 즐기는 가운데 세계 도처의 청중들에게 특별한 구술 문학을 들려주었다. 지팡이를 짚고 천천히 걸어가는 이 눈먼 사람은 자신의 세계에 빠져 있는 듯했으나, 일단 말을 시작하면 한 세기 전의 마크 트웨인처럼 자신의 시대를 얘기하는 사람이 되었다.

오로지 말로만 가르침을 전하는 현자의 오래된 전통은 잘 알려져 있다. 부처, 예수, 디오게네스, 걸어 다니며 가르치는 아테네 학원의 철학자들이 그런 경우다. 이들은 자신들의 생각을 종이 위에 글로 고정함으로써 생각을 한정하려 하지 않았을 뿐 아니라, 자신들의 말이 교리가 되어버리는 위험을 피하고자 했다. 그래서 플라톤은 소크라테스의 대화 안에 생각을 담음으로써 자발적으로 자신의 책이 구술 형식을 띠게 했다. 예전의 사상가와 철학자들은 생각이 움직이는 것이어서 파도 위의 잉크와 마찬가지로 고정될 수 없다는 것을 알았다. 우리에게 남겨진 현자들의 기록은 대부분 그 시대에 우연히 그들의 말을 기록하게 된 익명의 사람들에게서 나온 것이다.

중국 도가의 시조인 노자는 한 개인이 아니라 실은 세 사람이었다는 말도 있고 단지 무위자연의 전통을 일컫는다는 말도 있지만, 아무튼 그는 어느 날 물소를 타고 문명 세계를 벗어나 사막으로 들어갔고, 그곳에서 시와 우화를 지었다고 한다. 부처는 성을 나와 한적한 곳으로 가서 명상을 하고 설법을 펼쳤다. 보르헤스는 마지막 순간까지 시, 우화, 약간의 에세이, 단편소설을 구술하여 받아 적게 했지만, 점차 현대적 토론술인 담소라는 새로운 수단을 늘려갔다. 뛰어난 대화술로 동료와 청중들에게 묻고 답함으로써 보르헤스는 우리 시대에 대한 공개적인 증언을 펼쳤는데, 그것은 친구들과 나누는 사적인 이야기와 질적으로나 깊이로나 범위로나 크게 다르지 않았다. 그것이 성인成人이 된 이후 그의 도道였고 글로 쓰지 않은 말을 공유하는 그의 방식이었다.

걷고 음식을 먹고 이야기를 할 때, 거기엔 이 눈먼 사람의 목소리가 있다. 그 목소리는 깨어 있거나 또는 칼데론 데 라 바르카의 『인생은 꿈』에서 그러하듯이 꿈꾸고 있다. 그의 목소리는 이 세상을 한 마디 단어—어디나 다 중심이고 주변은 없는 한 마디 단어—와 동일시한다. 그 목소리는 시간의 알파벳을 해독한다. 그것은 절망한다. 그것은 환상적으로 벽을 뛰어넘는다. 그 목소리는 다른 목소리를 껴안는다. 그 눈먼 사람의 목소리가 본질적인 보르헤스다. 그의 목소리를 들었거나 그의 글을 읽은 사람은 평생 그를 기억할 것이다.

2013년 오클랜드에서

윌리스 반스톤

바리톤 목소리가 들려주는 수수께끼의 기쁨

좌담 사회자가 "이곳에 앉아 계신 모든 사람들이 보르헤스를 알고 싶어 한다"라고 말하자 보르헤스는 이렇게 말한다. "나도 그랬으면 좋겠어요. 나는 그 사람이라면 넌더리가 나는걸요." 이 책은 이렇게 시작한다.

재치 있는 답변이다. 보르헤스의 농담 같은 답변에 이 인터뷰집의 번역 작업이 만만치 않을 거라고 생각하며 책을 펼쳐든 나의 긴장이 약간 풀린다. 보르헤스가 누구인가. 현학적이고 난해한 작가여서 그의 작품 세계를 파악하기가 쉽지 않지만, 현대문학을 이해하고 문학의 새로운 가능성을 탐구하기 위해서는 피해 갈 수 없는 작가로 널리 알려져 있는 사람 아니던가. 내가 다소 긴장을 한 것은 어찌 보면 자연스러운 일이었을 것이다. 특히 보르헤스의 작품을 집중적으로 번역, 소개한 고故 황병하 씨의 다음과 같은 글을 읽고 난 후였으므로.

"서구 문학은 모두 그의 '허구적 예언'으로부터 추출한 기호학, 상호텍스트성, 해체주의, 환상적 사실주의, 독자 반응 이론, 마술적 사실주의, 후기구조주의, 포스트모더니즘과 같은 세계 속으로 진입해 들어갔다. 이제 위에서 열거한, 20세기 후반 서구의 본체를 결정짓는 그러한 충격적인 패러다임들이 모두 보르헤스로부터 나왔다는 것을 부정하는 사람은 없다."

다시 "나는 그 사람이라면 넌더리가 난다"라는 보르헤스의 말로 돌아가면, 이 말은 단순한 농담이 아니라 이 책의 색깔을 어느 정도 상징적으로 보여주는 말이다. 먼저, 보르헤스는 '나'와 '그 사람'을 구분해서 말하고 있는데, 이 책에 나오는 「보르헤스와 나」라는 작품에 잘 드러나듯이 그는 사적인 자아와 공적인 자아를 구분해서 생각하는 경향이 강하다. 그에게 소중한 것은 느낌, 꿈, 글쓰기 같은 사적 자아가 하는 일이다. 책을 출간하고 언론 매체에 노출되는 따위의 공적 자아가 하는 일은 보르헤스에게는 비현실적으로 여겨질 뿐이다.

둘째, "넌더리가 난다"는 말의 어조에서 느낄 수 있듯이, 보르헤스는 종종 시니컬하게 여겨질 정도로 가식이 없다. 시종일관 자신을 치장하는 일 없이 겸손하면서도 당당하게, 유머러스하면서도 진솔하게 자신의 생각을 풀어놓는다는 게 이 책의 미덕 중 하나이다. 더 이상 꾸밀 필요도, 숨길 필요도 없는 노대가의 달관한 목소리가 그의 문학 세계의 문 앞까지 우리를 편안하게 인도한다.

또 하나, "넌더리가 난다"라는 말처럼 이 책은 넌더리 나는 삶에 관한 얘기가 많고, 이 점은 그의 문학적 소재나 주제와도 맞닿아 있다. 그의 삶에 부단히 출몰하고, 그리하여 그의 환상적인 사고 과정을 거쳐 문학으로 태어나는 미로의 악몽, 거울의 악몽 역시 넌더리 나는 삶의 일종이라 할 수 있을 것이다. 삶에 관한 이런 생각은 그의 독특한 죽음관으로 이어진다. 그에게 죽음은 구원이다. 그가 바라는 죽음은 철저히 잊히는 것이다. 죽음 뒤에 이어지는 이런저런 세계는 물론이고 완전한 암흑조차도 그가 바라는 죽음의 모습이 아니다. 암흑이라는 것도 그 어떤 것이니까. 철저한 망각, 철저한 소멸만이 그가 바라고 그리는 죽음의 모습인 것이다.

보르헤스는 이틀에 한 번꼴로 악몽을 꾸며, 이 세상의 많은 것들에 늘 당황하고 혼란스러워한다는 것을 여러 차례 고백한다. 자신이 쓴 모든 것은 사물과 현상에 대한 당혹감을 은유적으로 표현한 것인지도 모른다고 말한다. 그에게 이 세상은 수수께끼이다. 이 수수께끼는 결코 풀리지 않을 것인데, 보르헤스는 역설적이게도 이 점을 다행스럽게 생각하고 경이롭게 느낀다. 그는 자신의 모든 시도가 쓸데없으리라는 것을 알면서도 그 수수께끼를 풀기 위해 계속 노력한다. 왜냐하면 기쁨은 해답이 아니라 수수께끼에 있다고 생각하니까. 그는 자신이 원하는 것을 쓰는 게 아니라고, 자신이 주제나 플롯을 선택하는 게 아니라고 말한다. 그것들은 뮤즈나 성령 또는 잠재의식에 의해 자신에게 '주어지는' 것이며, 자신은 최선을 다해 꿈을 꾸고 글을 쓸 뿐이라고 말한다. 그것이 자신의 운명이라는 것이다. 이런 점에서 보르헤스의 글쓰기는 자못 숙명론적이다.

우리나라에서는 주로 『픽션들』 『알레프』 등에 수록된 대표적인 단편들을 통해 알려진 탓에 보르헤스는 포스트모더니즘이나 메타픽션 같은 새로운 문학 기법과 관련하여 언급되는 경우가 대부분이지만, 이 책에서 만나는 보르헤스는 뜻밖에도 현대보다 과거 시대의 전통적인 문학에 더 어울려 보이는 문학인이다. 스스로도 자신은 현대 작가라기보다는 19세기 작가이며, 자신은 문학을 19세기와 20세기 초반의 관점에서 생각한다고 얘기한다. 보르헤스는 말년으로 갈수록 소설이나 에세이보다는 시 창작에 더 몰두했는데, 물론 시라는 것은 본질적으로 번역이 잘 안 된다는 것을 감안한다 해도 우리나라에서 그의 시에 대한 소개는 너무 빈약하다. 아무튼 우리가 알고 있다고 생각하며 열광하는 보르헤스는 부분적인 보르헤스일 뿐이고, 보르헤스 문학을 균형 있게 이해하기 위해서는 훨씬 많은 출판인들과 연구자들의 손길이 필요하다는 사실을 깊이 깨닫게 해준 점만으로도 이 책의 존재감이 빛나 보인다.

이 책을 읽은 독자는 적어도 보르헤스에게만큼은 책 속의 세상이 현실보다 더 현실적이었다는 것이 단순한 비유적 표현이 아니라 분명한 사실이었다는 것을 실감 나게 느낄 것이다. 보르헤스만큼 삶과 책이 하나로 인식되는 사람도 없을 것이다. 그래서 그가 오랫동안 복무한 아르헨티나 국립도서관장이라는 자리가 더없이 잘 어울려 보이고, 그가 낙원을 정원이 아니라 도서관으로 생각한다는 말에도 고개를 끄덕이게 된다. 나아가 이 책을 읽다 보면 그의 뇌 자체가 하나의 도서관이 아니었을까 하는 생각마저 든다. 무슨 말인고 하면, 그의 뇌 속에는, 그의 기억 속에는 도서관이라 해도 좋을 만큼 무수히 많은 인용문들이 들어차 있다는 뜻이다. 이 인터뷰집에서 그는 늘 책으로 돌아가고 인용문으로 돌아간다. 그의 머릿속에는 고대 영시, 단테, 셰익스피어, 세르반테스, 포, 휘트먼, 스티븐슨, 프로스트 등과 같은 무수히 많은 작가의 무수히 많은 작품의 주요 구절들이 들어 있어서 필요할 때 필요한 구절들이 막힘없이 인용되곤 한다. 그것도 스페인어, 영어, 독일어, 라틴어 등과 같은 여러 언어로 말이다. 놀라운 기억력이 아닐 수 없다. 기억에 짓눌린 한 남자를 그린 그의 소설 「기억의 천재 푸네스」가 얼마간 자전적인 소설로 읽히는 것도 이 때문일 것이다. 하긴 보르헤스 자신은 인물을 창조한 적이 없으며 항상 그 자신에 대해서 글을 쓴다는 주장에 따른다면 그의 모든 작품이 자전적인 것일 테지만 말이다.

이 책을 번역하고 있을 때 이 사실을 아는 지인이 보르헤스 책을 읽어보려 했는데 좀 어렵더라, 어떻게 하면 잘 이해할 수 있느냐고 물어온 적이 있는데, 나는 거기에 대해 답변하지 못했다. 나 역시 보르헤스를 제대로 이해한다고 말할 처지가 못 되었는지라 해줄 말이 없었던 것이다. 지금 다시 그런 질문을 받는다면, 보르헤스 같은 경우에는 작품에 곁들여 그의 삶과 문학에 대한 배경 지식을 늘려주는 책을 함께 읽는 게 도움이 될 거라고 말해주고 싶다. 보르헤스가 여든의 나이에 자신의 삶과 문학을 총체적으로 바라보며 담백하고 진솔하게 쏟아낸 목소리가 실린 이 책 또한 그러한 책 가운데 하나일 것이다.(이 책을 편집한 윌리스 반스톤은 그의 목소리가 바리톤이라고 했다. 보르헤스의 실제 육성을 듣고 싶은 사람은 인터넷에서, 유튜브에서 찾아 들어볼 수 있을 것이다. 인터넷은 그가 묘사한 끊임없이 확장되는 도서관이라는 개념과 흡사한 것 아니던가.)

위에서 언급한 개념들 말고도 이 책에 나오는 미학, 종교관, 영지주의, 카발라, 신비주의, 인과율 등에 대한 보르헤스의 생각을 읽는 것은 그의 작품을 이해하는 데 도움이 될 뿐 아니라, 그 자체로도 매우 흥미롭고 삶에 대한 영감을 주는 것이었음을 고백하고 싶다. 나 개인적으로는 인격신이 아닌 범신론적 세계관에 기울어진 그의 사상과 철저한 망각으로서의 죽음에 대한 그의 생각에서 왠지 모르게 큰 위안을 받았다.

보르헤스는 몸과 영혼 모두 완전히 죽고 싶고 완전히 잊히고 싶다고 했지만, 그의 후학들인 우리는 그를 놓아주지 않고 이렇게 다시 그의 말을 살려내어 반추한다. 그에게 세계는 살아서나 죽어서나 악몽인 것일까…….

2015년 여름

서창렬

『부에노스아이레스의 열기Fervor de Buenos Aires』(1923)

『심문Inquisiciones』(1925)

『정면의 달Luna de enfrente』(1925)

『산 마르틴의 일지Cuadernos de San Martin』(1929)

『에바리스토 카리에고Evariesto Carriego』(1930)

『토론Discusión』(1932)

『불한당들의 세계사Historia universal de la infamia』(1935)

『영원의 역사Historia de la eternidad』(1936)

『픽션들Ficciones』(1944)

『알레프El aleph』(1949)

『또 다른 심문Otras inquisiciones』(1952)

『창조자El hacedor』(1960)

『타자, 그 자신El otro, el mismo』(1964)

『여섯 개의 현을 위하여Para las seis cuerdas』(1965)

『어둠의 찬양Elogio de la sombra』(1969)

『브로디의 보고서El informe de Brodie』(1970)

『호랑이의 황금El oro de los tigres』(1972)

『보르헤스 전집Obras completas』(1974)

『심오한 장미La rosa profunda』(1975)

『모래의 책Libro de arena』(1975)

『동전La moneda de hierro』(1976)

『밤의 역사Historia de la noche』(1977)

영어 번역본

『픽션들Ficciones』(1962)

『미로Labyrinths』(1964)

『꿈의 호랑이Dreamtigers』(1964)

『또 다른 심문Other Inquisitions』(1937~1952, 1964)

『선집A Personal Anthology』(1967)

『시선집Selected Poems』(1923~1967, 1968)

『환상 동물 이야기The Book of Imaginary Beings』(1969)

『알레프, 기타The Aleph and Other Stories』(1933~1969, 1970)

『브로디 박사의 보고서Doctor Brodis's Report』(1971)

『불한당들의 세계사A Universal History of Infamy』(1972)

『어둠의 찬양In Praise of Darkness』(1974)

『모래의 책The Book of Sand』(1977)

『호랑이의 황금The Gold of the Tigers』(1977)

책 · 편명

ㄱ

ㄴ

ㅌ

ㅍ

ㅎ

기타

영화·잡지명

ㅁ

찾아보기 | 영화·잡지명